古典詩歌研究彙刊

第四輯

龔鵬程　主編

第 18 冊

《庚子秋詞》研究

陳正平　著

國家圖書館出版品預行編目資料

《庚子秋詞》研究／陳正平 著 — 初版 — 台北縣永和市：花木
蘭文化出版社，2008〔民 97〕

目 2+182 面：17×24 公分（古典詩歌研究彙刊 第四輯：第 18 冊）

ISBN 978-986-6657-48-1（精裝）
1. 清代詞　2. 詞論

852.376　　　　　　　　　　　　　　　　97012122

ISBN - 978-986-6657-48-1

9 789866 657481

古典詩歌研究彙刊
第四輯　第十八冊　　　　　　　　ISBN：978-986-6657-48-1

《庚子秋詞》研究

作　　者　陳正平
主　　編　龔鵬程
總 編 輯　杜潔祥
出　　版　花木蘭文化出版社
發 行 所　花木蘭文化出版社
發 行 人　高小娟
聯絡地址　台北縣永和市中正路五九五號七樓之三
　　　　　電話：02-2923-1455／傳眞：02-2923-1452
電子信箱　sut81518@ms59.hinet.net
初　　版　2008 年 9 月
定　　價　第四輯 20 冊（精裝）新台幣 28,000 元

《庚子秋詞》研究

陳正平 著

作者簡介

陳正平，台灣省台中縣人，一九六六年生。畢業於東海大學中文系、中文研究所碩士班、博士班，二○○六年獲文學博士學位。曾任建國科技大學通識教育中心講師、靜宜大學中文系兼任講師、東海大學中文系兼任講師。現任建國科技大學通識教育中心專任國文副教授。專著有《唐代游藝詩歌研究》（文津出版社，2007年1月），論文有〈論唐詩在唐代民俗研究之價值〉、〈李商隱詩中的民俗及其意象〉、〈唐代的「踏歌」之風〉、〈唐代的舞獅游藝〉、〈唐代的蹴球游藝〉……等期刊論文，現在主要致力於游藝詩歌、民俗文學、文藝美學方面的研究。

提　　要

　　《庚子秋詞》是庚子事變（1900 年）下的文學作品，作者是晚清四大詞人中的王鵬運、朱祖謀兩人，及劉福姚等人，困居於北京城中，自寫幽憂唱和之作的詞集。

　　本論文除緒論及結論外，共分為四章。第一章為庚子秋詞背景綜述。此章研究可分為兩個方向，一是《庚子秋詞》的歷史背景，另一是《庚子秋詞》的文學背景。在歷史背景研究中，論述庚子事變的始末，了解所處的歷史環境背景。文學背景中，論述晚清詞學發展狀況，詞論主張，與《庚子秋詞》的寫作有密切的影響。

　　第二章為《庚子秋詞》作者生平。作者的性情、學養、學詞的過程，同樣是影響其創作的主要因素，作者的風格特徵往往也是作者才情、人格的反映。此章就作者生平事蹟、政治生涯、交游及詞學幾方面作探討，並析論作者的詞論，以探索其詞論與《庚子秋詞》的寫作關係。

　　第三章為《庚子秋詞》作品分析。此章為本論文重點所在，分別論述《庚子秋詞》的版本及詞牌和詞作呈現的風格特徵，再析論內容，予以分類，以求全面了解《庚子秋詞》的風格和內容。其中內容部分和作者詞論部分，以及詞作技巧運用，三者有密切的關係，成為相當特別的架構，亦是作品研究中旨趣所在。運用詞論中「比興寄託」的方式，呈現《庚子秋詞》中部分具有反映歷史的作品。最後再分析詞作所展現的藝術技巧和特色。

　　第四章為有關《庚子秋詞》的評論。將前人對於《庚子秋詞》的評論，作一番分析論述，了解歷來各家對《庚子秋詞》的看法。

　　《庚子秋詞》是強烈的時代悲憤、歷史悲劇無奈的情景，以及作者的文采性情，交織鎔鑄而成的一部作品，它傳達了「詩有史，詞亦有史」（介存齋論詞雜著）的詞論觀點，寄託婉諷時事，反映社會狀況，成為最佳有力依據。其作品呈現的時代意義、文學價值以及作者忠貞人格和高尚的志節典範，這三者為《庚子秋詞》所透露的意義和價值，最值得深思與肯定的。

目次

緒　論 ……………………………………………………… 1
　　第一節　研究動機 ………………………………………… 1
　　第二節　研究說明及方法 ………………………………… 3
第一章　庚子秋詞背景綜述 ……………………………… 5
　　第一節　義和團興起 ……………………………………… 5
　　第二節　京城風雨──八國聯軍 ……………………… 11
　　第三節　晚清詞學發展狀況 …………………………… 19
第二章　庚子秋詞作者生平 …………………………… 31
　　第一節　王鵬運 ………………………………………… 31
　　第二節　朱祖謀 ………………………………………… 53
　　第三節　劉福姚（附論宋育仁）……………………… 74
第三章　庚子秋詞作品分析 …………………………… 79
　　第一節　版本及詞牌 …………………………………… 79
　　第二節　風格介紹 ……………………………………… 86
　　第三節　內容析探 ……………………………………… 97
　　第四節　比興寄託 …………………………………… 122
　　第五節　藝術特色 …………………………………… 137
第四章　有關《庚子秋詞》的評論 ………………… 157
結　論 ………………………………………………… 165

參考書目舉要 ………………………………………… 169
　　一、專著部分 ………………………………………… 169
　　二、期刊論文部分 …………………………………… 174

附　錄 ………………………………………………… 177
　　附錄一：半塘僧鶩自序 …………………………… 177
　　附錄二：王鵬運與交游唱和詞作一覽表 ………… 178
　　附錄三：朱祖謀與交游唱和詞作一覽表 ………… 180

緒　論

第一節　研究動機

　　清代是個大動盪的時代，民族的屈辱，內憂外患交迫是前所未有的局勢。而在學術、文學發展上，大都能熔鑄舊說新知於一體，以謹嚴縝密的態度，實事求是的精神來從事這些工作，因此在學術史上大放異采，貢獻卓越。在清代的文學發展上，詞學的成就，也閃耀著非凡的光彩。詞興於晚唐五代，至兩宋極盛，成為一個極為燦爛的黃金時代。到了元、明兩代，詞被視為小道，為豔科，不登大雅之堂，趨於衰落不振，直到清季，詞人眾多，詞派紛呈，詞風競秀，使詞學呈現振興的局面，號稱「中興」。

　　清代結束至今八十餘年，而晚清因動亂的時局，在詞壇的表現更為突出，眾多的詞作、詞論、詞話，豐富了晚清的詞壇。近來研究清詞者，不在少數，大多都是以詞派、詞論、個人為研究對象，或以詞人互相比較研究。〔註1〕其中對於晚清詞學之研究多，但甚少人以晚

〔註 1〕研究清代詞派者，如《常州派詞學研究》（吳宏一，台大 58 年碩士論文），《清代浙江詞派研究》（張少眞，東吳 67 年碩士論文）。研究詞論者，如《晚清詞論研究》（林玫儀，台大 68 博士論文）。研究個人者，如《周濟詞論研究》（李鍾振，師大 73 年博士論文），《王靜安詞研究》（趙桂芬，東海 74 年碩士論文，《文廷式詞學研究》（翁

－1－

清之詞為研究對象，本論文選定由王鵬運、朱祖謀和劉福姚（附論宋育仁）三位詞人於庚子事變（1900 年），身陷北京城中寫作的詞集——《庚子秋詞》為主要的研究對象，其動機如下：

> 一、《庚子秋詞》向來僅為各家作詞選式的介紹〔註2〕，或選錄幾首評論〔註3〕，未能對《庚子秋詞》有全面而完整的探討。〔註4〕因此，希望能採全面完整的角度來研究此詞集。

> 二、凡詞集者，大多為集一人之作，然《庚子秋詞》是集三人困居京城相唱和之作，如此的組合，是否有其獨特之處？

> 三、《庚子秋詞》為庚子事變下的文學作品，與時代的脈動關係為何？是否有反映歷史深刻含意的作品？

> 四、晚清詞壇的主流為常州詞派，王鵬運和朱祖謀為晚清四大詞人之二，其與常州詞派的關係為何？《庚子秋詞》的寫作，是否融入了常州詞派的詞論？作者又如何運用藝術技巧來表露他們心中的感受？

以上的研究動機，亦是筆者所思考的問題，同時也是研究《庚子秋詞》的旨趣，希望能以全面的觀點來探討較大的範疇（如背景、作者），增加對《庚子秋詞》的基本認識與了解；以合理適切的觀點來析論《庚子秋詞》的作品本身，論述其要，並試解決所提之問題，以獲得《庚子秋詞》全面完整的詮解。

淑卿，東海 82 年碩士論文）。以詞人比較者如：《清三家詞比較》（陳申君，東海 63 年碩士論文）。對於清代研究相當眾多，且以晚清詞學研究者更盛，詳見《詞學研究書目》，黃文吉主編，清代部分。
〔註 2〕各家所選《庚子秋詞》部分，詳見第三章第一節版本及詞牌。
〔註 3〕如葉恭綽《廣篋中詞》中選劉福姚《庚子秋詞》中八首，其中〈西江月〉「春餅龍團試羅夜」此首，評「調高詞苦」；〈臨江仙〉「幻出玉樓瑤殿影」一闋，評「沈摯」；〈玉樓春〉「春駒作隊嬌鶯舞」一闋，評「唐臨晉帖，已近自然，時在庚子，故言皆有物」。
〔註 4〕據《詞學研究書目》所錄，僅有馬飆〈試論王鵬運的「庚子秋詞」〉一篇論文，尚未有多人全面而完整的探討《庚子秋詞》。

第二節　研究說明及方法

　　《庚子秋詞》的主要作者有三位，寫作時以同詞牌填寫唱和，有其整體性，本論文採宏觀的角度，以此詞集為中心，分項的逐一討論，所採的步驟、研究說明和研究方法如下：

一、背景研究

　　此部分的研究可分為兩個方向，一是《庚子秋詞》的歷史背景，另一是《庚子秋詞》的文學背景。《庚子秋詞》完全是庚子事變下的文學產物，這件歷史是促成這本詞集的主因，與詞作的內容、風格，有密切必然的關係，故對庚子事變的始末，需有深入的探討與了解。另一方向是文學背景，晚清詞壇蓬勃發展，詞人詞作輩出，詞學的演變發展，詞論的主張，也密切的影響《庚子秋詞》的寫作。

二、作者研究

　　作者的性情、學養、學詞的過程，同樣是影響其創作的主要因素，作品的風格特徵也往往反映了作者的才情、人格，因此對《庚子秋詞》的作者要有一全面性的瞭解。就作者生平、政治生涯、交游及詞學幾方面作探討，特別剖析二位作者的詞論，以探索其詞論與《庚子秋詞》的寫作關係。

三、作品研究

　　此部分是本論文的重點所在，分別研究《庚子秋詞》的版本及詞牌和詞作呈現的風格特徵，再析論其內容，予以分類，以求全面了解《庚子秋詞》的風格和內容。其中《庚子秋詞》內容部分和作者詞論部分，以及詞作技巧運用三者的關係，是筆者所企圖架構起來，亦是作品研究中旨趣所在，故特闢專節討論，所採方法為：（一）運用統計、歸納，再分析詞作，以求詞作的真正含意。（二）利用昔人筆記中所談論的線索，或本事詞相關訊息，以求詞的本意。（三）以時人同處境下之詞作，為相關例證。希望由具體論證的羅列，確實合理的分析、旁證的觀點，能呈現《庚子秋詞》中部分具有反映歷史的作品。

最後再分析詞作所具有的藝術特色。

　　另外，以「有關《庚子秋詞》的評論」一章，將前人對《庚子秋詞》的評論，作一番分析論述，了解歷來各家對《庚子秋詞》的看法，最後則提出筆者研究後的觀感和心得。

第一章　庚子秋詞背景綜述

　　影響文學作品內容及形式的因素有以下幾項：一是時代環境的趨勢，就是所謂的歷史背景；二是學風的流變，即文學背景，三則是作者的性情及生活環境，即所謂作者背景；三者皆是必先探討的基礎問題——背景綜述。《庚子秋詞》完全是庚子事變下的文學產物，沒有庚子事變就沒有《庚子秋詞》的產生，所以對於庚子事變的始末、歷史發展、需有一深入的探索與了解。本章試著以「義和團興起」及「京城風雨」兩節來說明整個庚子事變的始末，作爲研究《庚子秋詞》的歷史背景。並以「晚清詞學發展狀況」一節來說明晚清詞壇上重要詞人、詞派、詞風，及發展的情況作爲《庚子秋詞》的文學背景。至於第三項，則留待下一章，再由作者生平、交游各方面去探討他們的性情及生活環境。

第一節　義和團興起

　　庚子事變，義和團亂北京導致八國聯軍，成了中國近代史上最令人心痛的歷史事件，清廷的積弱不振、外患的強權欺凌、人民抗外意識的覺醒、權貴大臣的煽動、慈禧太后幼稚無知的決定……等種種複雜的因素，而引發了這一場前所未有的大悲劇。

　　義和團起源於咸、同年間的鄉團﹝註1﹞，初起之目的在「保衛身家、防禦盜賊、守望相助。」其構成份子皆係淳樸善良的鄉民百姓。農事閒暇之時、習武練拳、單純樸實，歷年梅花季節到處亮拳，故鄉民遂稱之為「梅花拳」。因山東冠縣梨園屯教案，於光緒十三年以後轉變為「仇教團體」，「以仇天主、耶穌為宗旨」視奉教之人如殺父深仇、僅仇殺洋人與奉教之人，並不傷害良民。後來聲勢愈來愈浩大、拳民大起，受到官府的剿壓，於光緒二十四年二、三月間改梅花拳為義和團，或稱義合團，取朋友以「義合」之意。自詡有神功、能避砲火，故又稱「神拳」或「神團」。提出「扶清滅洋」口號，藉以號召仇外。其發展日益壯大，自山東蔓延及於直隸（河北），拳民人數日益擴大，構成份子亦日趨複雜，地方的匪徒盜賊也都加入了義和團，義和團開始變質，其宗旨亦由「保衛身家」一而為「扶清滅洋」。﹝註2﹞

　　變質後的義和團裏的複雜份子，各有不同的目的，既不是為保衛身家，防禦盜賊。更不是為仇教反外，保國衛民。僅託名團民，以資掩護，乘機為非作歹，達其私慾，於是搶劫、殺人、放火、勒索、訛詐……種種不法情事、層出不窮。一般人也不加以分別何者是「真團民」何者是「偽團民」，總稱之曰義和團所為，因此反對者稱拳民為「拳匪」。事實上那些搶劫、殺人放火的行為，確係土匪所為，不過是假借義和團的名號罷了，且因拳民無組織、無首領，只要紅布包頭，即為團民，很難分出誰真誰假，所鬧之事也愈來愈多、日益猖狂、引起了朝廷的注意和重視。

﹝註1﹞關於義和團的起源，研究者甚多，或以為是白蓮教的一支，或是八卦教的派流。筆者採戴玄之先生的說法，詳可參見其所著《義和團研究》，第一章義和團的源流。

﹝註2﹞從光緒二十四年（1898年）起，義和團就變了質，走了樣，因其無組織、無領袖，任何人只要紅布或黃布一方包頭，即為團民，故無業遊民、無賴、土棍、搶匪、人販、亡命之徒、乞丐、寡婦、流娼、鴇母……等五花八門，應有盡有，這些冒牌的複雜份子，才是真正的「拳匪」。詳參見戴玄之《義和團研究》，第四章義和團的變質和仇外。

　　光緒二十四年（1898 年）戊戌政變起，康、梁失敗，成爲朝廷要犯，康有爲逃至香港，爲英國人所庇護，梁啓超轉而逃至日本，使得慈禧太后對外國大爲憤恨。己亥（光緒二十五年、1899 年）冬，慈禧太后立端郡王載漪子溥儁爲大阿哥，天下譁然，東南士氣激昂，經元善連名上書至二千餘人，太后大怒，欲捉元善，元善逃入澳門。而載漪派使希望各國公使能入朝賀立大阿哥之事，各國公使不聽、有違言，使載漪非常憤恨。後來江蘇糧道羅嘉杰以風聞上書大學士榮祿言事，說：「英人將以兵力脅歸政，因盡攬利權。」榮祿奏之，慈禧太后對於外國更加憤怒。除了憤怒之外，也有所恐懼、深怕各國的干涉，使政權還於光緒，因此對於各國是又恨又怕。這一連串的因素，就種下了引發庚子事變的種子，導致八國聯軍的慘痛後果。

　　此時，打著「扶清滅洋」旗號的義和團，勢力聲望如日中天，人數眾多，形成一股非常強大的勢力。「扶清滅洋」爲幟，深得載漪的歡喜，乃將義和團之事，告訴慈禧太后，極力推崇義民起，是國家之福，慈禧在痛恨各國的情況之下，正合她意，於是派刑部尚書趙舒翹、大學士剛毅、及乃瑩先後往迎，導之入京師，義和團就如此的進入京城。

　　光緒二十六年（庚子，1900 年）五月，烏合之眾的義和團進入京城，悲劇也揭開了序幕。十之八九爲複雜分子的義和團，盲目、不分青紅皂白、亦沒有任何的法紀，開始了大規範的破壞。他們認爲鐵路電線皆洋人所藉以禍中國，遂焚鐵路、燬電線，凡家藏洋書、洋圖者號二毛子，（義和團稱洋人爲老毛子，教民爲二毛子）捕得必殺之。城中爲壇場幾偏，其神曰「洪鈞老祖」、「梨山聖母」。謂神來皆以夜，每薄暮，什百成群，呼嘯周衢，令居民皆燒者，無敢違者。〔註3〕「五月十五日，日本書記生杉山彬，突在永定門外遇害，都人聞信，咸慄慄戒慎、知有危禍。各使館外人，尤大譁慎，群向總署詰責，問我政府究竟有無保護外人能力，當局支吾應付，仍不聞

_____

〔註 3〕見《庚子國變記》，頁 12。李希聖撰，收錄在《義和團文獻彙編》一。

有何等措置，拳匪益藐玩無所瞻顧，遂相率結隊入城，一二日間，城內拳匪已集至數萬。」﹝註4﹞五月十七日，拳匪於右安門內火教民居，無老幼婦女皆殺之，一僧爲之長。五月十八日，往宣武門內火教堂，又連燒他教堂甚眾，城門晝閉、京師大亂。連兩日有旨，言拳匪作亂當剿，而匪勢愈張。﹝註5﹞五月二十日，焚正陽門外四千餘家，京師富商所集也，數百年精華矣，延及城闕，火光燭天，三日不滅。﹝註6﹞這些都是義和團中的匪團所爲，而眞正的義和團民，據《庚子紀事》五月二十四日載：

> 義和團如此兇橫，是正耶？是邪耶？殊難揣測。謂系匪徒滋事，借仇教爲名，乘間叛亂。看其連日由各處所來團民不下數萬，多似鄉愚務農之人，既無爲首之人調遣，又無鋒利器械；且是自備資斧，所食不過小米飯玉米麵而已。既不圖名，又不爲利，奮不顧身，置性命于戰場，不約而同，萬眾一心；況只仇殺洋人與奉教之人，并不傷害良民。

可見眞正的義和團民乃仗義抗外，奈何眞正拳民少、匪團多，全部都名之義和團，難以區別何者眞何者假。義和團中的匪團所作所爲眞是前所未有，並且越來越加乖張，手段也愈加慘酷，橫行無忌，人心惶惶，京師陷於瘋狂混亂。義和團的惡勢力如火如荼的蔓延。

由五月二十日至二十四日，慈禧連續召開了四次御前會議，籌議如何處置義和團和中外局勢，於是朝廷分新舊兩派，新派皆通達時務之士，對內主剿，拳匪不可恃，對外主和，新派以光緒帝爲首，吏部左侍郎許景澄、太常侍御袁昶、內閣學士聯元、兵部尚書徐用儀、戶部尚書立山翰林院、侍講學士朱祖謀等爲中堅；舊派皆昏庸顢頇之徒，對內主撫，對外主戰，舊派以慈禧爲首，端郡王載漪、協辦大學士剛毅，及守舊的王公大臣爲中堅。新派視義和團爲「拳匪」、爲「亂

﹝註4﹞見《庚子西狩叢談》卷一、頁12～13。
﹝註5﹞同註3、頁12。
﹝註6﹞同註3、頁12。

民」，反對對外開戰，更反對圍攻使館，認爲中外無此前例，必遭禍害。舊派極端仇外，其仇外思想，種因於中日甲午戰爭，促成於戊戌變法，爆發於己亥建儲，對於洋人深悟痛覺，乃利用拳民反外，視拳民爲「義士」、「義民」，並有神術，定能「保清滅洋」，故主張撫用義和團，對外宣戰。經幾日的爭論、獨斷的慈禧太后還是決定要用拳匪來對抗洋人，主拳匪不可恃的大臣都被名之以「通夷」、「漢奸」，也都幾乎被戮，命在旦夕，只能眼睜睜看拳匪繼續爲亂。慈禧太后意既決，又有許多大臣力贊之下，「遂下詔褒拳匪爲義民，予內帑銀十萬兩。載漪即第爲壇，晨夕必拜，太后亦祠之內中。由是燕齊之盜，莫不搤腕並起，而言滅夷矣。」〔註7〕下詔褒義和團爲義民，此舉無異火上加油，而賞帑銀十萬兩更是推波助瀾，使義和團在京城之中更加肆無忌憚，手段也愈來愈慘酷，據《庚子國變記》載：

> 城中日焚劫，火光連日夜，煙燄漲天、紅巾左握千百人，橫行都市，莫敢正視之者。凡所不快者，即指爲教民，全家皆盡，死者十數萬人。其殺人則刀矛並下，肌體分裂，嬰兒生未匝月者，亦殺之，慘酷無復人理，而太后方日召見其黨，所謂大師兄者，慰勞有加焉。〔註8〕

這樣的義和團，這樣的慈禧太后，眞是千古未有，無辜可憐的，盡是蒼生百姓。五月二十三日，慈禧諭各國使臣入總理衙門議，德國公使克林德先行，載漪令所部虎神營侵於道，殺之，後至者皆折回，引起各國使館的震驚和憤恨，局勢也就越來越緊張。光緒二十六年五月二十五日下詔對各國宣戰，詔書以外人索大沽口爲詞，然而大沽口已先於五月二十一日失守。提督羅榮光守砲臺，砲僅傷英兵鑑一艘，不久兵大至，榮光走，大沽口即淪陷，榮光至天津仰藥死，而直隸總督裕祿竟謬報爲大捷。太后及載漪大喜，發帑金十萬兩，犒將卒，使京朝士大夫附拳黨者皆喜，認爲洋鬼子沒有什麼了不起。

〔註7〕同註3、頁14。
〔註8〕同註3、頁14。

這真是天大的謬事。

五月二十六日，義和團開始進攻東交民巷的各國使館，「槍不絕聲、城內城外各行生意，大小舖戶，俱關閉歇業。外省外鄉之人紛紛逃走，街市更變，人心驚惶，前門內各軍與團民縱火焚掠、槍砲震耳、濃煙迷天。各處愚民皆喊燒交民巷滅洋人，眾口一聲、晝夜不斷。」〔註9〕不僅拳匪圍攻使館，連奉太后之命的董福祥所率領的武衛軍也與拳匪混合，恣意劫掠，據《庚子記事》載：

> 無論貧富鋪戶住戶官宅民居，俱被武衛各軍大肆搶掠，騷擾無遺。有因移避別處中途被劫者；有將人口逃出，家貲被搶者；有因武衛軍闖入院內、槍傷事主，打劫者；有因官軍進院逐殺男子，霸占婦女者……滿街巷男哭女啼、尋兒覓父，慘亂之狀，不忍見聞。〔註10〕

董福祥的武衛軍和拳匪一起圍攻使館、攻月餘不能下，拳匪依舊焚教堂、殺教民，其中慘絕人寰、荒謬至極之事層出不窮，令人驚愕，《庚子國變記》載：

> 拳匪攻交民巷，西什庫教堂，既屢有殺傷，志不得逞，教民亦合群自保，拳匪不敢前，乃日於城外掠村民，謂之白蓮教，以與載勳，載勳請旨交刑部斬於市，前後死者男女百餘人，號呼就戮，哀不忍聞，皆愕然不知何以至此也。觀者數千人，莫不頓足歎息，憐其冤。〔註11〕

天下最大的悲哀莫過於此，無辜的村民，都是自己同胞，拳匪只為邀功，人性已盡失。而整個京城慘不忍睹，火光瀰漫，哀嚎遍野，誰知更大的浩劫與災難又隨之而來，八國聯軍攻佔天津，不久就長驅直入

〔註 9〕見《庚子記事》，頁 16，該書自序後署云：「光緒辛丑嘉平月仲芳氏錄于宣武城南椿樹二巷寄寓叢桂山房之南窗。」此地點與王鵬運居所四印齋頗近，四印齋所在宣武門北教場實巷，為他們所困居填詞之處。且該書屬日記體，逐日見聞所記，更能真實反映出《庚子秋詞》填寫時的所處環境狀況。

〔註10〕同註9、頁17。

〔註11〕同註9、頁20。

北京城了。

第二節　京城風雨──八國聯軍

　　慈禧太后既以對各國宣戰，而武衛軍和義和團圍攻使館，卻月餘不下，使得各國予以派兵遣將，一批批的外兵相繼登陸。大沽口這個重要的軍事要地，已於五月二十一日失守，成為聯軍轉戰的根據地，時大沽口聯軍已集合二千八百餘人，由俄國西伯利亞砲兵旅司令司載賽統領，於五月二十五日，增援天津，途遇德軍一隊與之聯合，與清軍發生數戰，至二十七日下午進入天津租界。聯軍又陸續的登陸約有一萬四千人，而在天津的清軍由直隸提督聶士成所率不足萬人，武衛軍統領馬玉崑率六七千人，拳民約三、四萬人。聶、馬兩軍終日與聯軍互戰，而拳民「始猶出陣，繼以數受創，乃不敢往，常作壁上觀，反四處焚掠。」〔註12〕能對抗聯軍者聶軍、馬軍，以聶軍戰尤力。聶士成治軍，多效西法，戰鬥力極強，一有戰事，聶士成即赴各營親授機宜，撫慰部屬，激勵士卒，往往泣下。聶士成誓死守住天津，就算亡身殉國，在所不惜。六月十三日與聯軍血戰於八里臺橋外，督軍躬冒砲火猛進，部下死傷慘重，營官宋占標哭求聶士成暫退，自以死守橋，不許。聶士成身受重傷，連傷坐騎四匹，仍屹立不動。聯軍猛撲，士成身中數砲，洞穿胸際、腹裂腸出，血肉糜爛，死時至為壯烈。〔註13〕聶士成的陣亡，對軍力影響極大，在此之前清軍曾在各陣地，防守極為奮勇，致聯軍欲退至大沽口，已非一次。此後戰力大減，士氣低落，幫辦軍務四川提督宋慶至天津時亦無能為力。此時，各國援軍又陸續抵達天津租界，俄

〔註12〕見《西巡迴鑾始末記》卷二，〈直隸提督聶軍門死事記〉，頁 94。此時在天津的拳民與聶軍起了內訌，「有聶家為團匪所劫，而練軍助匪槍擊聶軍之事」拳民非但沒有助清軍，反而四處焚掠，所當敵者惟官兵而已。

〔註13〕聶士成的壯烈慘死，「亡身殉置，以杜讒口」，以刷清近日賊臣匪黨欲排異己，動以通外為詞。詳見同註12，頁95。

海軍司令亞來克西葉甫自任指揮，招集各國軍事首領會議，決定攻
取天津城垣，議定由俄軍二千六百人進攻白河左岸，以德法軍三千
人爲救援。另由費爾德馬恩率日、英、美、法軍四千五百人進攻白
河右岸。到了六月十七日晨，各軍攻向天津城垣，守軍猛烈抵抗，
次晨四時，日軍攜帶炸藥炸燬南門，一擁而進，守軍已無力再抵抗，
天津遂陷。居民紛紛逃亡，擁滿街巷、聯軍槍砲並作，死傷眾多，
自城內鼓樓迄北門外水閣，積屍數里、高數尺。而最慘酷莫過於使
用了化學毒氣「城內惟死人滿地，房屋無存，且因洋兵開放（射擊）
列低炮之後，各屍倒地者；身無傷痕俱多，蓋因列低炮係毒藥攙配
而成，炮彈落地，即有綠氣冒出，鑽入鼻竅內者，即不自知其殞命。」
〔註 14〕天津城內著名的街道市集「均被焚燒淨盡，蓋以錦繡繁華之
地，一旦而變瓦礫縱橫之場。」〔註 15〕聯軍入城後，由中央兩大道，
分爲四面正角，東北方歸日軍管理，而南方歸法軍管理，西北方歸
英軍管理，東南方歸美軍管理。

　　天津的失陷，拳匪非但沒有協助清軍抵抗外國，若有也多採取觀
望的態度，並與晶軍有所衝突，無法將槍口一致對外，更加速了天津
的失陷，失城後，眞團的拳民半爲聯軍所殺，半爲宋軍所殺，至於僞
團的拳匪，或飽其私囊早作鳥獸散，或搖身一變而爲漢奸洋奴。「天
津所設華巡捕，內有曾充拳匪者甚多，從前仇視洋人，此刻又樂爲之
用，殊屬可笑。」〔註 16〕「刻（河）北省創痍滿地，然受害烈者，大
抵良善之民、饒衍之家，而前之頭裏紅巾，手執鋼刀者，勝前則膺忠
義之獎，臨敗則有劫奪之饒，既敗又有厚傭之獲。蓋今日津地小工，

〔註 14〕見《西巡迴鑾始末記》卷二，〈津城失陷記〉，毒氣之害「甚至城破三
　　　　點鐘後，洋兵猶見有清兵若干，擎槍倚牆怒目而立，一若將欲開放
　　　　（射擊）者，然及逼近視之，始知已中炮氣而斃，祇以其身倚靠在
　　　　牆，故未仆地，列低炮之慘毒，有如此者。」頁 92。
〔註 15〕同註 14，頁 93。
〔註 16〕見劉孟揚撰《天津拳匪變亂紀事》卷下，頁 55。收錄在《義和團文
　　　　獻彙編》二。

每日皆有六七角工錢，拉人力車者每次亦兩三角，終日所獲不止一元，若輩什八九皆義和團也。」〔註17〕此後聯軍的勢力日益壯大，拳匪的蹤跡也漸銷聲匿跡。

　　天津失陷後，聯軍抵津日多，統計有三萬四千三百人，至七月初時，所有之增兵，均行抵大沽，內以日軍增兵之數最鉅，乃向天津進發，與該處之兵相會合。聯軍佔領天津三週之後，才開始向北京進攻，蓋彼此猜忌，各懷鬼胎，欲掃定中國之北方而瓜分之，後各國恐野心未逞而陰謀敗露，才不得不作進攻北京的準備。七月九日決議進攻北京，動員一萬八千三百人。七月十日由天津出發，分左右兩路向前進攻。時裕祿及宋慶、馬玉崑布防於北倉楊村一帶，十一日發生大戰，守軍不支潰敗，北倉失守。次日聯軍續占楊村，裕祿兵敗自殺。幫辦武衛軍事務李秉衡，節制張春發、陳澤霖、萬本華、夏辛酉各軍，於七月十二日出京，十四日抵河西務西北之羊房。第二天與聯軍相遇，各軍未戰即潰，李秉衡退紮馬頭。十七日退至通州，聞敵輒潰，實未一戰，所過村鎮則焚掠一空，李秉衡上負朝廷，下負斯民，無可逃罪，仰藥自殺。次日聯軍進入通州，獲軍械糧餉甚多，時值天氣酷熱，聯軍疲憊不堪，共同約定二十日各軍休息一天，二十一日會攻北京。十九日俄軍直抵至東便門外，乃貪功背約、驟然進攻，因清軍守護極嚴，未能得手。日軍見俄軍攻城，亦於二十日晨八時猛攻齊化門，以城守堅固，攻勢被阻。英美軍見俄日軍已與清軍交戰，急向外城推進，於午後二時進入廣渠門，英軍未遇抵抗進入使館，日俄軍於是晚九時亦攻入內城。二十一日清軍仍堅守皇城及內城大半，與聯軍巷戰。次日，日軍佔領皇宮，法軍統領福來解北堂之圍。北京遂全為聯軍佔有，分區治理，由朝陽門畫一橫線，其北部歸日軍管轄，南部以正陽門為中心，以東歸俄法管轄，以西歸英美管轄、德義亦劃定防區、設官治理。

　　八國聯軍攻陷了北京城，慈禧太后攜光緒倉促易服，狼狽出奔。

〔註17〕見《西巡迴鑾始末記》卷三，〈津門戰後記〉，頁134。

〔註18〕「二十一日，天未明，徐會灃以兵部尚書謝恩至地安門，聞哭聲，乃走。載瀾馳入宮，言夷兵且攻東華門，太后知事急，衣寶衣，欲赴水，載瀾持其衣曰：「不如且避之，徐爲後計」太后乃青衣，徒步涕泣而出，髮不及簪，上素服及后隨之。至西華門外，上坐英年車，太后坐載瀾車，從者載漪、溥儁……珍妃有寵於上，太后惡之，臨行推墮井死。」〔註19〕死時才二十五歲。太后回鑾之後，皇宮裡時有異事傳出，太后心神不寧，寢食難安，才將珍妃予以厚殮，並追封爲珍貴妃。

聯軍來華，名爲「拯救公使」，實則「奉命復仇」，進而想要「瓜分中國」，攻陷了北京之後，其後果悲慘無比，那些「奉命復仇」的歐洲武士們，將中國京師變成了「強盜世界」。聯軍佔領北京，曾特許軍隊公開搶劫三天，可想而知，各國無不澈底共同搶劫，其中最兇狠者爲德兵，乃欲報使臣被戮之仇。《庚子記事》載：

> 各國洋兵，自二十一日紮隊後，紛紛擾掠，俱以捕拏義和團，搜查軍械爲名。三五成群，身跨洋槍，手持利刃，在各街巷挨戶踹門而入。臥房密室，無處不至，翻箱倒櫃，無處不搜。凡銀錢鐘錶細軟值錢之物，劫擄一空，謂之擾城。稍有攔阻，即被戕害。當洋人進院之時，人皆藏避，惟有任其所爲，飽載而行。此往彼來，一日數十起，至日落方覺稍安。聞城內與崇文門以東爲尤最。各國洋人，并不分界，混亂而入。較之前門以西、更多不堪矣。〔註20〕

又：

〔註18〕慈禧述其出走情形，云：「洋兵已進了城，宮裏完全沒有知道，只聽著槍彈飛過，這聲音全像貓兒叫，（言次即效貓叫聲）「眇」，我正疑心那裏有許多的貓兒，那時正在梳妝，又聽著「眇」一聲，一個槍彈，從窗格子飛進來，那彈子落地跳滾，仔細認著明白，方纔駭異，纔要向外邊查問，一眼瞧見載瀾跪在簾子外，顫著聲氣奏道：「洋兵已進了城，老佛爺還不快走。」見《庚子西狩叢談》卷四，頁 103〜104。

〔註19〕見《庚子國變記》，頁 23。

〔註20〕見《庚子記事》，頁 35。

最苦莫甚于住戶之房，洋兵蜂湧而入，將居人無論男女驅
逐，空手而出，衣飾財物，絲毫不准攜帶，合門財產併爲洋
人所佔。更有姦留婦女，戕殺男人者。人在倉促之間，不及
防備，多被所擾。由是有閉門自焚者，有全家身殉者，有被
逐無處投依自盡者，有被污羞忿捐生者。各街巷哭嚎之聲，
遍處皆同。以京師合城而論，前三門外受災稍輕，城內及北
城受難尤重。死屍遍地，腐爛燻蒸，慘難寓目。〔註21〕

這樣的景象，可謂悲慘至極，聯軍的暴行，眞是罄竹難書，燒殺擄掠、
姦淫婦女、無不逞其私慾、陷京城於無盡的苦難。民房民宅被搶劫一
空外，連皇宮也不能幸免，然因各國礙於情面，不便公開搶劫，暗中
偷竊之風甚熾。各國高級官吏皆以「入宮參觀」爲名，順手牽羊，各
飽所慾，致宮中許多珍寶皆入他們荷包，無資格「入宮參觀」之下級
官兵，乃趁黑夜「入宮竊取」。以致「宮中最大部分可以移動的貴重
物件，皆被竊取，只有難於運輸之物，始獲留存宮中。」〔註22〕

　　匆忙西逃的慈禧太后和光緒帝，備嚐飢寒之苦，已成爲驚弓之
鳥，由京至懷來，沿途潰兵搶劫一空，人民四處逃命，連日歷行數百
里，未見百姓，飢寒交迫，苦不堪言。慈禧對吳永訴沿途苦況云：「連
日奔走，又不得飲食，既冷且餓，途中口渴，命太監取水，有井矣而
無汲器，或井內浮有人頭，不得已，采秫稭桿，與皇帝共嚼，略得漿
汁，即以解渴。昨夜我與皇帝僅得一板凳，相與貼背共坐，仰望達旦，
曉間寒氣凜冽，森森入毛髮，殊不可耐，爾試看我已完全成一鄉姥姥，
即皇帝亦甚辛苦，今至此已兩日不得食，腹餒殊甚。」〔註23〕慈禧和
光緒帝一行人尚能保住命已稱萬幸，京城失陷下的黎民蒼生，慘遭燒
殺擄掠，其苦難悲慘之狀，又豈是他們所能感受，只能無語問蒼天，
百姓何辜啊！慈禧和光緒帝一行人八月初六駐蹕大同，十七日抵太
原，以撫署爲行宮。抵太原後，李鴻章、奕劻等屢次懇請回鑾，以固

〔註21〕同上，頁34。
〔註22〕見《瓦德西拳亂筆記》，十月二十二日之報告，頁54。
〔註23〕見《庚子西狩叢談》卷三，頁56。

根本，維繫人心，各國公使亦紛請回鑾。慈禧以身爲罪魁，爲中外所痛恨難容，深恐光緒復辟流言成爲事實，不允所請。又怕聯軍西上，而關中「山川四塞」，易守難攻，以「山西荒歉，電報不通」爲辭，於閏八月初六啓鑾，西幸長安。禍患肇事，京城失陷、地方蹂躪，民生塗炭，慈禧卻無任何的擔當，苟且偷安，僅圖其個人安危而已。九月四日至西安，改巡撫署爲行宮，儀制略備。派任李鴻章、奕劻爲議和的全權大臣，與各國使臣議和。

至於義和團，在聯軍進攻天津時，直隸各地團民（眞團民）紛紛興起保衛身家，與聯軍砲火相對抗。前仆後繼，毫無懼色，拳民聲勢一度大漲，但僅憑刀槍劍戟，和號稱刀槍不入，能躲避子彈、不傷身的神功，在槍桿子之下，都一一的露出了原形，豈能抵擋住強大的聯軍，後因慈禧屢令剿辦，氣燄始低，大多都被擊潰或瓦解。慈禧眞是狡猾之極，當她利用拳民時，獎之爲「義民」，半月之內償銀三十萬兩，希望藉由義和團來消滅洋人，以保住自己的政權。待京師陷敵，社稷不保，倉促西逃之後，即見風轉舵，誣「義民」爲「拳匪」，屢詔諸軍殺戮剿除，詔書云：「此次禍端，肇自拳匪，累經降旨，痛加剿除。茲覽所奏，猶復瞻敢在交河等處嘯聚，殺害良民，搶劫財物，藐法已極，非從嚴勦辦，不足以懲兇頑。」〔註24〕又「此次事變，實由拳匪藉端肇釁，以致激成臣禍，現在順直各屬，拳匪聚集處所，尚有三十餘州之多，亟宜嚴行懲辦，庶足以清亂源，即著督飭呂本元等，認眞剿辦，毋稍姑息。……各國藉口，總以代勦拳匪爲名，該護督務當迅速辦理，以絕禍根，毋貽彼方口實，是爲至要。」〔註25〕慈禧不僅將禍端推給義和團，朝廷的王公大臣，也成了箭靶子。「此次中外開釁，變出非常，推其致禍之由，實非朝廷本意，皆因諸王大臣等，縱庇拳匪，啓釁友邦，以致貽憂宗社，

〔註24〕見《清德宗景光緒皇帝實錄》七，光緒二十六年八月二十一日上諭，頁4300。

〔註25〕同註24，頁4304。

乘輿播遷。」〔註26〕「追思肇禍之始，實由諸王大臣等昏謬無知，
囂張跋扈，深信邪術，挾制朝廷，於剿辦拳匪久諭，抗不遵行，反
縱信拳匪，妄行攻戰，以致邪燄大張，聚數萬匪徒於肘腋之下，勢
不可遏，復主令鹵莽將卒，圍攻使館，竟至數月之間，釀成奇禍，
社稷阽危，陵廟震驚，地方蹂躪，民生塗炭，朕與皇太后危險情形，
不堪言狀，至今痛心疾首，悲憤交深。是諸王大臣等，信邪從匪，
上危宗社，下禍黎元，自問當得何罪。」〔註27〕將禍國殃民之責，
推脫殆盡，慈禧無恥，反覆言行，雖不能蒙蔽世人耳目，而赤心忠
忱為國之義民，非但血肉橫飛；家破人亡，反加以「拳匪」罪名，
可見慈禧厚顏無恥，狡猾至極。而奉命痛剿的清軍，雖不能抵抗敵
人侵略，但對於殺戮愛國的拳民甚為英勇，甚至「各個城鎮入口之
處，多懸已斬拳隊領袖之頭，以歡迎聯軍。」〔註28〕取媚外人，清
軍腐敗至此，可見一斑。由於慈禧屢次諭令剿辦，及聯軍、清軍、
地方官的大肆屠殺，團民不得不放下武器，任令宰割，到了光緒二
十七年（1901 年）初，已經煙消雲散，全部瓦解。

　　原本由李鴻章為議和的全權大臣，在北京與各國展開協議，而各
國因利害不同，意見紛歧，又疑李鴻章與俄國勾結，不利於己。李知
各國彼此疑忌，難承認其全權，於是於八月一日奏請派奕劻、榮祿、
劉坤一、張之洞等為和議代表。和議進行的相當緩慢，係因各國的利
害不同，野心勃勃的俄國表面上願意迅速恢復對清朝的友好關係，而
實際上卻獨佔滿洲，並望將直隸劃入勢力範圍；德英的勢力範圍也有
所衝突；英俄意見相背而馳；德國超高鉅額的索賠……等各種利害關
係，使議和一再延宕，最後各公使乃就法國政府所提出之議和條款六
項原則為基礎，互相磋商，議決和議大綱十二條。原則既定，所商酌

〔註26〕同註24，光緒二十六年閏八月初二日出諭，頁 4309。
〔註27〕同註24，光緒二十六年十二月二十五日上諭，頁 4389。
〔註28〕見《瓦德西拳亂筆記》，乃瓦德西於十月十七日抵北京之後所見。頁
　　　49。

是細節，其中爭執最甚者爲懲兇與賠款。關於懲兇，各國痛恨肇禍諸王大臣，多主先嚴辦禍首，然後開議，議和大臣多次上摺奏請誅禍首。而慈禧以身爲罪魁，極力袒護諸人，久經交涉，未獲協意。直至十二月二十三日才下詔答應，然董福祥、英年、趙舒翹並未斬決，各國以懲辦三人未能達到要求，促聯軍西攻。瓦德西於十二月二十七日命聯軍準備進攻西安，故將消息洩於李鴻章。〔註29〕奕、李急電慈禧，慈禧也只能被迫屈服，全部接受各國要求，使團對懲辦禍魁一事，始認爲完全滿意。其後賠款之事，經多次商討，各國意見漸趨一致，中外遂於光緒二十七年七月二十五日（1901 年 9 月 7 日）簽訂辛丑和約十二條款。辛丑和約簽定後，除使館衛兵外，聯軍於八月五日一律自北京撤退。其他各地聯軍，除條約規定駐兵地點外，亦於八月十日一齊撤退。聯軍既撤，慈禧才心安，乃攜光緒於八月二十四日由西安回鑾，取道河南回京。十月二日抵開封，十一月初四由開封北上，於二十八日抵京。「沿路俱有馬軍門、姜軍門大兵并八旗滿蒙漢各營旗兵及五營步兵、五城練勇排班保護。文武大小衙門滿漢官員暨候補候選各官紳士耆民等，俱自天橋迤南，直至大清門前，按班跪迎接駕。」〔註30〕排場如此浩大，與當初匆促西逃，不啻天壤之別。至此可謂大劫過矣，結束了近代史上最慘痛的歷史悲劇。

　　從義和團的興起，五月入京城，到八國聯軍攻陷天津，直入北京止，只不過短短二個多月的時間，無以數計的百姓陷於苦難之中，天津的遭遇眞是前所未有的浩劫，死傷無數，聯軍所過之處無不爲荒毀瓦礫之地，五十多萬人無家可歸。而北京先遭義和團的滋亂，後陷於

〔註29〕瓦德西云：「余曾設法使人將此預備攻擊之令，猶在發出之同日，故意傳入總督李鴻章耳中，余並探知，此項命令，曾使李氏陷於十分驚恐之狀，李氏立即危詞上奏西安。」頁155。

〔註30〕據《庚子記事》光緒二十七年十一月二十八日載：「一路并不靜街攔人，任人瞻仰。家家門前焚香掛綵，并不閉門。正陽門前後城樓焚燒罄盡，因修蓋不及，高塔綵綢牌樓三座，極其壯麗。各處看熱鬧之人，男婦老幼填塞蹕路，擁擠難行，眞千古未有之奇觀。」

聯軍之中，其災難更甚於前者，燒殺擄掠、搶劫、偷竊、姦淫婦女……無不逞其私慾，飽足私囊，直到德統帥瓦德西於閏八月二十四日抵北京任聯軍統帥後，情況稍好，然京城亦在高壓統制之下，洋兵日日搜刮財物，捉拿苦力，民不聊生，居也居不得，留也留不得，而行更也行不得，百般無奈的百姓，血淚盡往肚裡吞。這一段歷史，真令人感嘆，不忍卒讀。

第三節　晚清詞學發展狀況

　　清代為詞學的中興時代，其蓬勃的詞學發展，不讓義理、辭章、考據之學專美於前，而在文學上散發著亮麗的光芒。葉恭綽《清名家詞序》云：

> 余嘗論清代學術有數事超軼明代，而詞居其一。蓋詞學濫觴於唐，滋衍於五代，極於宋而剝於明，至清乃復興。朱陳導其流，沈厲振其波，二張周譚尊其體，王文鄭朱續其緒。二百八十年中，高才輩出，異曲同工，並軌揚芬，標新領異，迄於易代，猶綺餘霞。今之作者固強半在同光宣諸名家籠罩中，斯不可不謂之極盛也已。

據葉恭綽的統計，清代的詞家大約在兩千人左右，而且「此僅就庚辛間所見詞集，婷揣言之，其嗣後徵集，及散見各選本，尚不在此數」〔註31〕清代詞學的發達興盛，由此可見一斑。嵇哲《中國詩詞演進史》云：

> 有清一代，號稱詞學中興，二百十年中，作家之盛，直比兩宋，而門戶派別，頗不相同。各遵所尚，各具風采，婉約餘韻，豪放遺音，一時盛行，並世重見；浙西常州，各樹旗幟，爭奇競巧，分主詞壇。誠可謂極盛時期。

由此可見清詞極興的多樣風貌，所謂「浙西常州，各樹旗幟」，也說明浙派和常州派在清代詞學史上的地位。清代是詞學的極盛時代，在

〔註31〕見黃孝舒《清名家詞序》，遐厂即葉恭綽。

二百八十年中，又以晚清時期的詞學爲最興盛，孟瑤《中國文學史》
云：

> 晚清詞風更盛：有主神韻的、有主氣勢的、有重寄託、有
> 重聲律的、可謂百花齊放。另外，宗五代、宗北宋、宗南
> 宋，不一而足，造成詞壇上無比熱鬧。〔註32〕

王易在《詞曲史》中也提到晚清詞風特盛，其云：

> 晚清詞風之盛，更突過前人矣。顧塗徑之闢，實賴以前諸
> 詞家。有若重情韻者，重氣勢者，重寄託者，無不備也；
> 主南宋者、主北宋者、主唐五代者、主樂府風詩者，無不
> 具也。在倡說者未始非正；而尤效者每流於偏。於是後起
> 者斟酌利弊之間，損益分寸之際，而雅音遂得復見。〔註33〕

由以上二者的敘述可知晚清的詞風又更甚於前期，斟酌利弊得失
之後，往往能後出轉精。若從詞人多寡角度來看，亦可顯示出晚清詞
風特盛。一般學界對於晚清（或清末）的時間界定爲道光二十年（1840
年）鴉片戰爭後到清帝退位（宣統三年，1911 年）爲止，就這段期
間據葉恭綽對詞人的統計如下：

道光（1821～1850）　　440 人

咸豐（1851～1861）　　202 人

同治（1862～1874）　　110 人

光緒（1875～1908）　　178 人

宣統（1909～1911）　　132 人

這是葉恭綽等襄助朱祖謀「清詞鈔之輯」事中，當時能看到的詞集數。
道、咸、同、光、宣五朝共計九十一年，當時看到的詞集共有一〇六
二家，而這五朝的年頭是整個清代二百六十八年的三分之一，然而晚
清詞人就佔全清詞人的二分之一。後來葉恭綽編《全清詞鈔》一共收
入三一九六人，道光以後五朝詞人數大致也如上述，占一半左右。而

〔註32〕見孟瑤《中國文學史》，頁 694。

〔註33〕見王易《詞曲史》，頁 481。

正在編輯中的《全清詞》，其數量必更加可觀。雖然數量多並不一定代表質方面也是如此，但也反映出晚清詞風特盛，詞人眾多的一項具體事實。

　　造成晚清詞風特盛的原因，與時代的脈動有密切的關係，處在動盪不安的環境之中，憂時感懷之情，則寓情於詞，抒己感懷與抱負。賀光中《論清詞》云：

　　晚清國事蜩螗，民生塗炭，學者似不能潛心於文史。然自咸豐以至同治，號稱中興，士學未輟，文風益進。降至光緒中葉，內外交迫，禍亂紛乘，憂時之士，怵於危亡，發為噫歌，以比興抒其哀，詞體最為適宜。文人爭趨此途，而詞學駸駸有中興之勢焉。〔註34〕

葉恭綽《全清詞鈔》云：

　　鴉片戰爭以後，群眾所接觸的方面，益為廣闊，事物與情感之刺激，亦更形複雜，其表現於文藝者，自亦更不相同，所以這階段的詞亦更形光輝燦爛。

感時憂國，在時代強烈的衝擊之下，內心所遭受的苦悶，抒其哀怨，詞體的表達就成了最好的方式，而詞人交遊往來也多以詞體唱和，「清末詞人聚於都下者有宣南詞社之集，名流唱和，盛極一時，而國事日非，朝政益紊，往往形諸詠歎，宛然小雅怨誹之音。」〔註35〕晚清的詞壇，在新舊潮流的衝擊之下，加上國事日益艱危，詞作的表現就呈現較多元化的風貌，內容龐雜，思想紛呈，是詞史上所未有的，除了一般抒情感嘆懷古幽情的詞作外，更有以詞為史者，或以詞為政論者，亦有以詞為建議者，反映帝國主義侵略者……等，如同百花齊放，相當興盛。

〔註34〕見賀光中《論清詞》，通論中清詞復興之原因。

〔註35〕同註33。宣南詞社之集，名流唱和，如盛昱、文廷式、陳銳、王鵬運、鄭文焯、況周儀、朱祖謀皆當時社中人也。其後王鵬運在京城舉咫村詞社、鄭文焯、朱祖謀、宋育仁也皆為社友，可見當時詞社也相當興盛。

在詞派上，晚清詞壇大體仍爲浙西詞派和常州詞派兩詞派所籠罩。浙西詞派之風，啓自曹秋岳，而以朱彝尊爲巨擘。此派蓋承明詞之弊，崇尚清靈，欲以救嘽緩之病，洗淫曼之陋。推姜夔、張炎爲祖，不肯進入北宋堂奧一步，晚唐、五代更無論焉。朱彝尊開端以後，屬鴞振其緒，超然獨絕。然而浙西詞派流於委靡堆砌，到了道光、咸豐之際，已漸漸式微，後起者斟酌損益其間，破墨守之風，而有浙西派之變者，在此期中有黃燮清、姚燮、杜文瀾、龔自珍、俞樾等人。至於常州詞派的興起，可謂是晚清詞壇的大事，浙西詞派聲息稍微後，詞壇幾乎全爲常州詞派所籠罩，可稱之爲主流。

常州詞派的興起也順應了時代環境以及學術演變的潮流，浙西詞派末流呈現了餖飣擬古之蔽，自是格調日弱，委靡不振，爲一般士人所詬病。自道光、咸豐以後，國事艱難、朝政紊亂，有志之士，往往形諸詠歎，寄託自己內心的情感懷抱，詞風亦隨之而變；以經生治經之法治詞，漸成風氣。於是常州派便承時崛起，此派以詞選的編者武進張惠言爲創始人，標立意爲本，協律爲末，譚復堂所謂：茗柯詞選出，倚聲之學日趨正鵠。一時隨他唱和的有：黃景仁、惲敬、左輔、錢季重、李兆洛、丁履恒、陸繼輅、張琦（惠言弟）、外甥董士錫、門人鄭掄元、金朗甫、金子彥兄弟等。除了金、鄭是皖（安徽）人外，餘皆隸屬常州籍故稱之爲常州詞派。〔註36〕但常州詞派在詞學的理論基礎與家法，則要到較爲後起的周濟才能抵定。周濟字保緒，號止庵，荊溪人，受法於張惠言外甥董士錫，著有《宋四家詞選》及《介存齋論詞雜著》，這二本著作奠定了常州詞派的理論基礎。周濟以後，尊常州詞派的有莊棫、譚獻（朱祖謀望江南詞云：皋文後，私淑有莊、譚。）王鵬運、況周儀、趙尊嶽等，其詞風頗近常州詞派者有陳廷焯、文廷式、陳洵、朱祖謀等。因此，在常州派來說，張惠言可謂是開山祖師，而在詞論基礎的建立，發揚與傳播上，則端賴周濟。換言之，

〔註36〕關於常州詞派，見吳宏一著《清代詞學四論》中常州派詞學研究。及鄺利安撰〈常州詞派家法考〉。

常州詞派之與周濟，就如禪宗之與慧能一般重要。

　　晚清的詞人眾多，為詞壇帶來了熾熱的光芒，寫下輝煌的一頁，試列舉這個時期中佔有一席之地的重要詞人，述之如下：（部分重要詞人如文廷式、況周儀、鄭文焯……等則於王鵬運及朱祖謀的交游中論述，見於第二章。）

（一）項廷紀

　　項廷紀（1798～1835 年）原名繼章，一名鴻祚，字蓮生，浙江錢塘人。清道光十二年（1832 年）舉人，兩應進士試，不第，窮愁困頓。平生坎坷，性情抑鬱，寄情於詞。自謂「當沉頓無憀之極，僅託之綺羅薌澤，以洩其思，蓋辭婉而情傷矣。」（憶雲詞丁稿自序）黃燮清謂其「古艷哀怨，如不勝情，猿啼斷腸，鵑淚成血，不知其所以然。」清史稿云：「善詞，上溯溫、韋、下逮周密、吳文英。擷精棄滓，以自名其家。」〔註37〕有《憶雲詞甲乙丙丁稿》，甲稿為癸未（1823 年）前倚聲，均屬少作。乙稿起甲申（1824 年）、終戊子（1828 年），遊走姜、張一路。丙稿多為詠物及行役之作。是時，項廷紀屋廬遭火，所遇益艱，詞心彌苦。乙稿直追花間、尊前，而語多嗟怨。淒涼之音，不忍卒讀，以此竟夭天年。〔註38〕譚獻評其詞云：「蓮生，古之傷心人也，盪氣回腸，一波三折，有白石之幽澀，而去其俗，有玉田之秀折而無其率，有夢窗之深細而化真滯，殆欲前無古人。……以成容若之貴，項蓮生之富，而填詞皆幽豔哀斷，異曲同工，所謂別有懷抱者也。」〔註39〕

（二）蔣春霖

　　蔣春霖（1818～1868 年），江蘇江陰人。官兩淮鹽大使。性落拓，不善治生，慷慨好施，隨手散盡。以咸豐之際、洪楊兵興，遭逢喪亂，

〔註37〕見《清史稿校註》卷四九一，列傳二七一，文苑一，頁 11166。
〔註38〕見《論清詞》頁 115～120。
〔註39〕見《篋中詞》，譚獻編，頁 229～120。

流離江北，憂國憂家，一發而爲悽苦之辭。兼工詩，中年盡焚所作，
以爲窮老盡氣，無以嶄勝於古人之外，寧別取途徑，於是專意於詞。
晚年更加貧困，無所憑依，失望之極，仰藥死於吳江垂虹橋畔。「其
罷官以後，較長時間棲息於東台縣溱潼鎭壽聖寺的水雲樓（今江蘇泰
縣）。蔣鹿潭留滯淮南的大部分詞著，寫於水雲樓中，所以名其集爲
水雲樓詞。」〔註40〕其詞抒寫身世之慮，多淒厲之音，婉約深至，時
造虛渾，得南宋之妙，尤近張炎。詞多醇雅哀怨，渾成自然。以身經
洪楊之亂，大抵敍家園艱辛，故世稱爲「詞史」，以比杜陵之「詩史」，
譚獻所謂「倚聲家杜老」。水雲樓詞沉鬱而自然，不標主旨，不立門
戶，而氣韻聲律，不獨高過並世諸家，即自清初以還，所謂浙西、陽
羨、常州三派詞人，亦無能如其精絕遠到者。譚獻《篋中詞》評云：
「水雲樓詞，固清商變徵之聲，而流別甚正，家數頗大，異成容若，
項蓮生，二百年來分鼎三足。」〔註41〕

（三）莊 棫

　　莊棫（1830～1878 年）一名忠曦，字希祖，號中白，又號蒿庵，
江蘇丹徒人。患有「口吃」，性沉靜之至，「平居寡言笑，每日暮無
人，獨繞庭階百千步，或顧景自語，家人莫能問。」〔註42〕先世爲
鹽商，少時以餉得部主事。後家道中落，客遊京師，無所遇，曾國
藩延至金陵（淮南）書局，勘定群籍，甚禮敬之，同輩若戴望、袁
昶，皆欽服其學。年少治《易》，通張惠言、焦循之學，又好讀緯。

〔註40〕見《水雲樓詞疏證》，周夢莊著，頁 18。江陰縣續志和清史稿云：「春
　　　　霖慕性德飲水、鴻祚憶雲，自署水雲樓，即以名其詞。」賀光中《論
　　　　清詞》云：「所作詞二卷，慕納蘭容若之飲水詞及項蓮生之憶雲詞，
　　　　取名水雲詞，生前刻於東台，一時詞人，無不斂手。」皆沿襲繆說，
　　　　當以周一步莊考證爲是。
〔註41〕同註39，頁 292。其又云：「咸豐兵事，天挺此才，爲倚聲家杜老，
　　　　而晚唐兩宋一唱三歎之意，則已微矣。」可見譚復堂對蔣春霖相當
　　　　推崇。
〔註42〕見《續碑傳集》卷八十一，頁 90。

「踰冠著書，以董子《繁露》爲師。」〔註43〕其論學與譚獻路徑相類似，於經、文、詞的文學主張和創作同出一轍。詞甲、乙稿及補遺收錄在《遺稿》中，單行者又有《蒿庵詞》、《中白詞》等不同名目版本。莊棫自序云：「向從北宋溯五代十國，今復下求南宋得失離合之故。」足見其詞學淵源所自。與譚獻齊名，號「莊譚」，并爲常州派之後勁。其詞語究比興寄託、含而不露，耐人尋味的沉郁風格。朱祖謀〈望江南〉云：「皋文說、沆瀣（一作私淑）得莊譚。感遇霜飛憐鏡子，會心衣潤費鑪煙。妙不著言詮。」陳廷焯《白雨齋詞話》云：「自詞以來，罕見甚匹」、「復古之功，興於茗柯……成於蒿庵乎。」〔註44〕對其詞推崇甚高。

（四）譚　獻

　　譚獻（1832～1901年）原名廷獻，字游生，又字仲修，號復堂，浙江仁和人。清同治六年（1867年）舉人。納資爲縣令，歷署歙縣、全椒、合肥、含山（均屬今安徽）知縣。晚年告歸，於詞學致力尤深，嘗選清人詞爲《篋中集》，學者奉爲圭臬。又嘗評點周濟《詞辨》。論詞承常州派之緒，力尊詞體，上湖風、騷。下筆非獨不屑爲朱（彝尊）、陳（維崧），盡有不甘爲南宋吳文英、張炎處，而直追唐、五代，故小令精絕，長調則稍欠涵詠。有《復堂詞》，一名《蘼蕪詞》。又輯有《復堂詞錄》。其門人徐珂又輯所論爲《復堂詞話》。復堂詞作的意境，藝術形象鮮明，沈抑哀怨的情緒，透過詞情的一再轉折，產生強烈的感染力，使人身入其境。其性情、人格、學識、身世，依稀在詞作中透露一些訊息，以含蓄手法暗示，景中寓情，以物託志。葉恭綽《廣篋中詞》云：「仲修先生承常州派之緒，力尊詞體，上溯風騷，詞之門庭，緣是益廓，遂開近三十年之風尙，論清詞者，當在不桃之列。」〔註45〕

〔註43〕同上。
〔註44〕見《白雨齋詞話》，頁3876。余觀其詞，匪獨一代之冠，實能超越三唐、南宋，與風騷樂府相表裡。自詞人以來罕見其匹。
〔註45〕見《廣篋中詞》，葉恭綽編，頁172。

（五）馮　煦

馮煦（1842～1927 年）江蘇金壇縣人。以生時母夢僧拈花以授，遂字夢華。又號蒿盦，晚自稱蒿叟。辛亥後，稱蒿隱公。少有才華，「才思敏贍、藻采葩流，群以為由天授也。」〔註46〕於金陵為時最久，盡攬江山奇秀之氣，益昌其所為詩文。光緒八年，以副貢生學於鄉十二年丙戌成一甲三名進士，授編修，累官至安徽巡撫。時水旱為災，煦軍騎按部逐一履勘，以被災之重輕，定給賑之多寡，民霑實惠，咸慶更生。庚子乘輿西狩，關中方大蟻，有詔飭安徽湖廣各省地方官，會同義紳勸募，煦乃先捐籌兩萬，命門人寶應劉鐘琳邀集同志，往賑計查放，濟民無數，開二千餘井，謀永久利。入民國，即絕意仕途，專在上海辦理華洋賑務，晚歲漂泊，往往中夜撫時悲感，若有大不得已於中者，發為詩歌，與諸逸老相唱和，淒痛至不忍卒讀。享年八十有五。所著書有蒿盦類稿三十二卷，詞作為《蒿盦詞》。其詞多悲壯之音，情摯意深。「惟孜孜焉究天下之大計，以備當代一日之用。」〔註47〕盧冀野稱其詞：「蒙香室，淮上此宗風，壯語辛劉常筆涉，芊綿不與二窗同。顧盼足稱雄。」〔註48〕

（六）沈曾植

沈曾植（1850～1922 年）浙江嘉興縣人。字子培，又字乙盦、東軒、晚號寐叟。晚更號睡翁〔註49〕「八歲喪父，哀毀如成人，稍長，事母韓太夫人，以孝聞。」〔註50〕自少以文學名京師，其經史皆博而

〔註46〕據《碑傳集》卷十五，葉子弟魏家驊所撰〈副都御史安徽巡撫兼理
　　　提督馮公行狀〉，以下行文據此。頁 3262。
〔註47〕見《蒿盦詞・序》，收錄在《清詞別集百三十四種》，其友成肇澪為
　　　之序。頁 6308。
〔註48〕見《清詞別集百三十四種》，盧氏讀後有感，以小令〈望江南〉評笺
　　　（詞）。
〔註49〕見《曼陀羅海詞》，自序云：「九年立憲之詔下，而乾坤之毀，一成
　　　而不可變，沉子於是更號曰睡翁，不忍見不能醒也。」
〔註50〕據《清朝碑傳全集・五》，謝鳳孫撰〈學部尚書沈公墓志銘〉。頁 4007。

有要，策對西北檄外諸國，鉤貫諸史，參證輿圖，具有卓越之貢獻。
為學兼漢、宋，而尤深史學與律法。其為政，重治人而尚禮治，在官
實事求是，不苟於職守，政無鉅細，皆以身先，知民情偽，而持之以
忠恕，故事治而民親。庚子拳匪亂作，兩宮西狩，先生恐東南有變，
乃奔走寧鄂，密與劉忠誠、張文襄謀中外互保之策，長江賴以無事，
事定而人不知其謀多出於先生。辛亥後入民國，以遺老自居，忠臣志
士，念茲在茲，凡十一年來禱帝籲天，見事有可為則喜，見事無可為
則哭，精誠所積，觸發循環，十一年如一日也。卒於民國 11 年，享
年七十三。所著《海日樓詩文集》若干卷，詞話《菌閣瑣談》一卷，
其詞稿手定者四種：僜詞、海日樓餘音、東軒語業、曼陀羅龕詞，經
朱古微刪定統題為《曼陀羅龕詞》一卷，收錄朱氏《滄海遺音集》。
其詞「辛壬以後，詞蒼涼激楚，又過前編、彼婦之嗟，狡童之痛，如
諷九辯、如奏五噫，託興於一事一物之微。」〔註 51〕葉恭綽評其詞：
「子培丈詞，力矯凡庸，乃詞中之玉川，魁紀公也。」〔註 52〕

（七）陳廷焯

　　陳廷焯（1853～1892 年）原名世焜，字亦峰，江蘇丹徒人。清
光緒十四年（1888 年）舉人。性磊落，具豪俠氣。素有抱負，論時
事輒義動于色，擅詩詞，有《白雨齋詩鈔》、《白雨齋詞存》。早年撰
《詞壇叢話》，選歷代詞為《雲韶集》，傾向浙派，崇尚雅正。後遇姨
表叔莊棫，薰沐以師，轉而皈依常州派。著《白雨齋詞話》，選《詞
則》，承張惠言、周濟之志而發揚光大，推本風、騷，主張「寄託」，
標榜「沉鬱」之說。所論較初治語學時為成熟，然《雲韶集》尚以「山
歌樵唱」為「性情之眞」，「不求工而自合于古」，至《白雨齋詞話》
乃曰：「風、騷自有門戶，任人取法不盡，何必轉求于村夫牧野中哉」，
則大進之際，亦有小退者焉。葉恭綽《廣篋中詞》云：「白雨齋詞話，

〔註 51〕見朱祖謀編《滄海遺音集》中張爾田序《曼陀羅龕詞》。
〔註 52〕見《廣篋中詞》，頁 255。

極力提倡柔厚之旨，識解甚高，所作亦足相副。」〔註53〕

　　其他詞人，起於湖南者，如王闓運，字壬秋，湘潭人，有《湘綺樓詞》；易順鼎，字實甫，號哭庵，漢壽人，有《琴志樓詞》。起於湖北者，如張次珊，字仲炘，江夏人，有《瞻園詞》；樊增祥，字雲門，號樊山，恩施人，有《樊山集詞》；陳曾壽，字仁先，號蒼虬，圻水人，有《蒼虬閣詞》。起於四川者，如趙熙，字堯生，號香宋，榮縣人，有《香宋詞》。起於福建者，如林紓，字琴南，號畏廬，閩縣人，有《畏廬集詞》。起於浙江者，有夏孫桐，字閏枝，有《閏庵詞》。起於廣東者，如潘飛聲，字蘭史，番禺人，有《說劍堂集詞》。諸家宗尚不一，大抵衍清代諸派之緒而各有成就者也。此外，還有黃燮清字韻甫，海鹽人，有《倚晴樓詞》，並編《詞綜續編》；姚燮字梅伯，鎮海人，有《疏影庵詞》；杜文瀾字小舫，秀水人，有《采香詞》；俞樾字蔭甫，晚號曲園居士，德清人，有《春在堂集詞》；以上諸家屬浙西詞派。又有蔣敦復字劍人，號純甫，江陰人，有《芬陀利室詞》；劉履芬字彥清，江山人，有《鷗夢詞》；勒方錡字悟九，新建人，有《博洲詞》，許宗衡字海秋，上元人，有《玉井館詩餘》，以上諸家屬常州詞派。

　　晚清的詞壇熱鬧非凡，除了詞人和詞作的數量眾多之外，對於詞的評論——詞話，也呈現了前所未有的興盛。「《詞話叢編》收宋以來詞話八十五種，其中清代以前的共十七種，清代前期的十八種；近代的四十九種，占全部詞話的百分之七十。」〔註54〕這個數量可以說明晚清詞學是詞學史上的極盛時期，若再從晚清詞話的理論成就來看，它在理論的深度和系統性等方面都遠遠超越了前代。著名的詞話者如：劉熙載《詞概》，陳廷焯《白雨齋詞話》，提出沉鬱說。周濟《介存齋論詞雜著》提倡「意內言外，比興寄託說」，奠定常州詞派家法。況周儀《蕙風詞話》，提出「重、拙、大」之說。而王國維的《人間

〔註53〕同上，頁 109。
〔註54〕見《中國詞學史》，謝桃坊著，頁 205。

詞話》，提倡「境界說」更是詞論上引人注目的彩筆。此外，其他評論的詞話亦多矣，著名者如：馮煦《蒿庵詞話》，譚獻《復堂詞話》，沈曾植《菌閣瑣談》，謝章鋌《賭棋山莊詞話》，蔣敦復《芬陀利室詞話》，陳銳《裒碧齋詞話》……等，更顯示出詞話在晚清的發展蓬勃。

　　晚清詞壇熱鬧的景象中，還有一項值得我們注意重視的，那就是女詞人在詞壇的表現，「詞壇上巾幗群體的形成期在清朝。清詞的史稱「中興」，不能輕忽女性作家所作出的努力，一代清詞之得以如此絢麗多采，女詞人們是與有功焉的。」〔註55〕清代女詞人的數量究有多少，目前還難以作出精確的統計。而在女詞人中浩氣貫長空，獨樹一格的為清末第一奇女子秋瑾。秋瑾（1875～1907 年），字璿卿，號競雄，又號鑒湖女俠，浙江山陰（今紹興）人。有《秋瑾遺集》，其中詞為三十八闋，引吭長嘯，吶喊出歷代女性才人鬱積數百千載的心聲：「身不得，男兒列；心卻比，男兒烈」，英雄豪邁之氣噴薄紙端，迴腸盪氣之概直上九霄。不僅在革命史上是位真正的巾幗英雄，更為晚清詞壇上留下光輝燦爛的一頁。

　　另外，在詞集的校勘和刊行上，也有卓越的成績，王鵬運的《四印齋所刻詞》，旁搜博采，校勘精研，繼之而起，朱祖謀的《彊村叢書》，更是縝密嚴謹，在詞壇上功不可沒。晚清詞學的發展可謂盛況空前，清代號稱詞的中興，而晚清的詞學應該是「中興中的極盛」時期，甚至有許多方面都超越了前代。近代學者研究清詞，已經明顯的注意到晚清詞風特盛，在詞史上有不同的評價，大陸學者謝桃坊所著《中國詞學史》中認為晚清的詞，是整個詞史上的「極盛時期」〔註56〕應為中肯確實之評價。綜觀以上對晚清詞學發展狀況的

〔註55〕見《清詞史》，嚴迪昌著，頁 539。嚴迪昌相當重視清代女詞人，詳可見第五編，〈清代婦女詞史略〉。

〔註56〕大陸學者謝桃坊所著《中國詞學史》中，對於清詞分為「詞學的復興」和「詞學的極盛」。而「詞學的極盛」從〈張惠言的比興寄託說〉至〈王國維建立詞學理論體系的嘗試及其意義〉在時間上正是晚清時期，故晚清時期即作者所謂「詞學的極盛」。見目錄，頁 2。

論述，可歸結以下幾點：

一、國運日衰，有志之士，往往形諸詠嘆，寄情於詞，交游唱和多以詞體抒發，舉詞社，詞風特盛。

二、詞人眾多，詞作紛呈，於數量上超越清前中期甚多，百家爭鳴，競吐其芳。

三、常州詞派興起，一掃餖飣瑣碎之弊，主「意向言外」，崇「比興寄託」，爲晚清詞壇上的主流。

四、詞論興盛，除評論前人或當時詞人外，論詞之法多有創見，詞話特盛，各展所長。

五、女詞人投入詞壇，人才輩出，爲晚清詞壇注入不一樣的詞韻情調，光采奪目。

六、詞集版本的校勘與刊行，王鵬運、朱祖謀尤爲大家，吳昌綬續其後，亦晚清詞壇之大事也。

第二章　庚子秋詞作者生平

　　《庚子秋詞》的主要作者是王鵬運、朱祖謀和劉福姚〔註1〕。三人皆親身經歷了甲午戰爭、戊戌政變、庚子事變三件中國近代史上的大事；而三位也皆在朝廷為官，參與國事，目睹了政治時局的動盪，官宦生涯，跟著時代的脈動起伏變化。其文學作品的情感，也呈現出不同的風貌。此章乃對《庚子秋詞》的三位作者作一番探索，以作為析論《庚子秋詞》的基石。

第一節　王鵬運

　　王鵬運（1849～1904年），字幼遐，一作幼霞、佑遐，中年自號半塘老人，又號鶩翁，晚號半塘僧鶩〔註2〕（王鵬運有自序，述其字號來歷，見附錄一）祖籍浙江紹興，其先入宦遊落籍臨桂，遂為廣西臨桂（今桂林）人，家住桂林杉湖畔。清同治九年（1870年）舉人，歷官內閣中書，內閣侍讀，監察御史，禮科掌印給中。值諫垣十年，疏數十上，皆關係政要，一時權貴，自諸親王以逮翁同龢、孫家鼐輩，

〔註1〕《庚子秋詞》的作者，以王鵬運、朱祖謀、劉福姚三人為主，宋育仁唱和不多，附於劉福姚之下討論。

〔註2〕《清朝碑傳全集·四》況周儀撰〈禮科掌印給事中王鵬運傳〉，卷十，頁3185。

彈劾殆遍，直聲震天下。清德宗光緒三十年（1904 年）以省墓道蘇州，病卒於兩廣會館，享年五十六歲。以下論述其政治生涯、交遊、詞學及貢獻。

壹、政治生涯

　　王鵬運一生的五十多年歲月，正值晚清末年多災多難的時局之中，中國封建社會解體，新舊思想文化的衝擊，外侮頻繁，逐步淪爲半封建半殖民的歷史時代。他出生前九年（1840 年），發生了鴉片戰爭，結束了長久來中國閉關自守的封建時代；他出生後二年（1850 年），發生了太平天國革命運動，動搖了清皇朝的統治。在他三十六歲時（1884 年），發生了中法戰爭，四十一歲時（1889 年）英軍侵西藏，四十六歲時（1894 年）爆發了中日甲午戰爭，五十歲時（1898 年）戊戌變法失敗，五十二歲時（1900 年）義和團失敗，八國聯軍攻進北京。在他去世後的七年（1911 年），辛亥革命敲響了清皇朝的喪鐘。從這一系列重大的歷史事件中，我們可以看到王鵬運所處的時代是一個血淚與戰火交織的時代，是一個民族屈辱的時代，是一個國難深重的時代，是各種矛盾鬥爭錯綜複雜的時代。

　　同治九年（1870 年），王鵬運二十二歲，考取了廣西臨桂鄉舉人。從此開始了他的政治生涯。

　　同治十三年（1874 年），王鵬運二十六歲，以內閣中書分發到閣行走，旋補授內閣中書。久之，陞內閣侍讀。先後直實錄館，辦大婚慶典，敘勞加三品銜，賞戴花翎。〔註3〕這一段期間可以說是王鵬運官運亨通之際，掌理事務，功績非凡，贏得朝廷的賞識。

　　光緒十年（1884 年），王鵬運三十六歲，是年中秋時與李慈銘、盛昱、沈曾植、黃紹箕會飲於北京陶然亭，文友相會，縱論家國大事，抒己胸懷。

　　光緒十九年（1893 年），王鵬運四十五歲，是年七月時，授江

〔註3〕同上。

西道監察御史，奉命巡視中城，陞禮科給事中，轉禮科掌印給事中。
〔註4〕此後王鵬運擔任朝廷的重要官員，對於國事的改革和建議，
時時提出具體的意見，勇於直言。

　　光緒二十一年（1895年），王鵬運四十七歲，是年五月代康有為
上請修京城街道摺，奉旨允行，交工部會同八旗及順天府街道聽會
囂，卒以具文覆奏，惟御史陳璧後行之，僅修宣武門一段焉。〔註5〕
六月十四日，又代康有為上疏徐用儀阻撓變法，徐逐出樞譯兩署。又
上疏附康有為片劾粵撫馬丕瑤保奏市僧潘贊清為三品銜。〔註6〕由此
可以看出王鵬運在為官的仕途上，常言人所不敢言，多次代康有為仗
義直言，表現了一個知識份子率真和耿直的性格。

　　同年十二月二十五日，王鵬運又以京師錢價日貴，銀價日賤，為
支危局而開利源，疏請鼓鑄銀圓，開辦礦務，奏云：「應請特諭天下，
凡有礦之地，一律准民招商集股，呈請聞採。地方官吏認真保護，不
准阻擾。俟礦利既豐，然後數十取一，酌抽稅課，一切盈絀，官不與
聞。期以十年，礦產全開，民生自富。」〔註7〕當時私鑄之充斥，有
人串同內地奸商，以銀易錢，裝運出口，以致各省錢價陡漲，銀價愈
低。王鵬運此奏希望能斷絕不法商人的串通勾結，維持當時貨幣的流
通，大力開採礦產資源，提升人民的經濟狀況，將諸弊一掃而空，王
鵬運在朝為官，心繫百姓蒼生，此一奏摺，可見其為政之風範。

〔註4〕同上。

〔註5〕《康南海自訂年譜》，康有為自訂，頁32～33。

〔註6〕同註5。康有為自訂年譜上云：「六月九日草摺，覓戴少懷庶子劾之，
　　　　戴逡巡不敢上，乃與王幼霞御史鵬運言之，王新入臺敢言，十四日
　　　　上焉。……而徐用儀逐出樞譯兩署焉。是時粵撫馬丕瑤受剛毅意，
　　　　保奏市僧潘贊清為三品卿，得旨賞給之，草摺交王幼霞附片上之，
　　　　剛教曾受其重金，力為保護，不能去也。」頁34。

〔註7〕《光緒朝東華錄》朱壽明纂修，戶部總理各國事務衙門奏。光緒二
　　　　十一年十二月二十五日。准軍機處片交。本日御史王鵬運奏日制錢
　　　　日少，銅產日稀，請禁止輪船運錢出口，並開辦礦務，鼓鑄銀圓，
　　　　以維大局一摺。總頁3723～3724。

　　光緒二十二年（1896 年），王鵬運四十八歲，是年春，德宗奉慈禧駐蹕頤和園，立山奉命管頤和園，傳言有修復之舉，王鵬運奏云：「以為值此時艱，斷不至有限之金錢，興無益之土木，且借貸業已不貲，更何況從此得鉅款」，「伏願皇上念時局之艱難，體垂簾之德意，頤和園駐蹕，請暫緩數年，俟富強有基，經營有緒，然後長承色笑，侍養湖山，蓋能先天下之憂而憂，自能後天下之樂而樂。」〔註8〕疏入，幾遭戮，幸翁同龢為語，得免。〔註9〕其操心之危，慮患之深，由此可見。

　　光緒二十四年（1898 年），王鵬運五十歲，是年八月，戊戌政變起。王鵬運上疏請端正學術，以正人心。謂：「自康有為平權改制之說興，一時年少輕浮無識之士，趨之如市，邪說橫流，幾若狂瀾之倒，不易挽回」，「請飭下各部院大臣，及各直省疆臣學臣，有進退人材之責者，遇有學術不正，議論畸蹇之人，輕則善為化導，重則嚴予甄劾，力挽頹風，此亦國勢盛衰，人材消長之機會也。」〔註10〕

　　光緒二十六年（1900 年），王鵬運五十二歲，是年庚子事變，義和團失敗，八國聯軍攻入北京城，王鵬運、朱祖謀、劉福姚困居北京城，就王鵬運居所四印齋，三人者，痛世運之凌夷，相約填詞，即本論文所研究之《庚子秋詞》二卷。

　　王鵬運至此，在政治生涯上已經是到了終點，擔任御史職司言事，始終堅守工作岡位，盡自己的本份。「直諫垣十年，疏數十上，大都關係政要，此尤犖犖大者。」〔註11〕王鵬運的忠愛微忱，勇於直

〔註 8〕同註2，頁3186。

〔註 9〕康有為寄贈王幼霞侍御註，《南海先生詩集》卷三〈萬木草堂詩集〉，詩題下附注云：「幼霞，臨桂人，清直能文章填詞，為光緒朝第一。時欲修圓明園，幼霞抗疏爭，幾被戮，幸翁常熟為請，得免。」頁46。

〔註10〕見《戊戌變法案史料》〈掌主西道監察御史王鵬運摺〉頁 479。另參見湯志鈞先生《戊戌變法人物傳稿·王鵬運》上云：「藉以自保」。在前王鵬運多次為康有為直言，戊戌政變時又大加抨擊，前後矛盾，在此錄其實，不予評論誰是誰非。

〔註11〕同註2，頁3186。

諫，的確不失爲孤臣孽子的苦心，奈何國事凋弊、國運日衰，誠然有孤臣無力可回天之憾。

　　光緒二十八年（1902 年）王鵬運五十四歲，得請南歸，寓揚州，時艱日亟，憤懣滋甚。〔註12〕漫游在上海、江蘇、蘇州、山東、南京、河南，寫下了許多懷鄉詞作。

　　光緒三十年（1904 年）春，以省墓道蘇州，病卒於兩廣會館，享年五十六歲。

　　在上述王鵬運的政治生涯中，看出王鵬運是位率眞耿直的知識份子，況周儀在《半塘老人傳》云：

> 鵬運内性惇篤，接物和易，能爲晉人清談，閒涉東方滑稽，
> 往往一言雋永，令人三日思不能置。甫通朝籍，即不諧時
> 論，致身言路，敢於抨擊權彊，夙不嫌於津要。惎之者復
> 百計中傷，卒坎壈於仕途，才識閎通，不獲竟其用。

對王鵬運的性格作一述之外，末二句更是透露其懷才不遇，未能伸展志向之憾。朱祖謀在《半塘定稿》序中云：

> 君天性和易，而多憂戚，若別有不堪者。既任京秩，久而
> 得御史，抗疏言事，直聲震內外，然卒以不得志去位。其
> 遇厄窮，其才未竟厥施，故鬱伊不聊之概，一于詞陶寫之。

由此，更了解王鵬運的性格以及內心的苦悶，爲國事爲蒼生多憤恨憂戚，孤臣之用心良苦，回腸盪氣的感慨，只能藉文學作品來予以寄託，王鵬運是位忠君愛國的詞人，應當之無愧。

貳、交　游

　　王鵬運生於道光二十九年（1849 年），卒於光緒三十年（1904 年），在他短短五十六年的生涯中，經歷了清代的三件歷史大事──中日甲午戰爭，戊戌政變，庚子事變，其經歷可謂極複雜，平生交游多文人雅士，戊戌政變之後，受異己排擠，遂請辭南歸，寄情於詞，

〔註12〕同註 2，頁 3186。

故所交以詞人居多。王鵬運無日記、詩、文書信流傳，今僅據其奏摺、詞作得知其交游情況，茲略舉其要，述之如下：

（一）端木埰

端木埰（1818～1891 年）[註13] 字子疇，江蘇江寧人。長王鵬運三十三歲，王鵬運初為詞，受端木子疇的啓迪。端木埰「優行入貢錄周知縣」「疏薦賢才首列，君名逐除內閣中書」[註14] 先生事親至孝，母親安葬之後「每晨必徒步二十五里往省墓兆，陰雨積雪無間」[註15] 可見對其母情感之深摯，令人感動。端木埰的性情相當冷僻，朋友也不多，「性兀傲不與時諧，獨居京師，自甘冷僻，布衣蔬食。無僚從之，奉出門即以御者為僕。最惡權貴人，意所不愜，必面斥之。同鄉中惟與夏伯音少司寇，往還最密，然亦時有齟齬，事過輒如故。」[註16] 後官至尋充會館總纂，升侍讀，以疾開缺，未及歸卒，年七十有三。端木埰善書法，得顏平原家法，小楷尤工，又善詩詞，著有《名文勉行錄》、《賦源》、《楚辭啓蒙》及詩文詞等記凡若干卷。然遺著散落，王鵬運甚稱其詞，刻入《薇省同聲集》中。《清名家詞》中有《碧瀣詞》一卷，為端木埰之詞集，詞後並有王鵬運為其跋。《碧瀣詞·

〔註13〕《續碑傳集》中陳作霖〈端木侍讀傳〉未說明端木埰之生卒年，僅言：「以疾開缺，未及歸卒，年七十有三」，其上文云：「今上光緒十二年又獻讀史法戒錄」，由此推斷端木埰死於光緒十三年。《清名家詞》中《碧瀣詞》前的作者小傳云：嘉慶二十一年（1816 年）～光緒十三年（1887 年），饒宗頤的〈清詞年表〉也據此。蓋誤也。據《碧瀣詞》自敘云：甲申（光緒十年，1884 年）以後與彭瑟軒太守……，戊子（光緒十四年，1888 年），瑟軒出守南寧，譚屬同人無棄此樂，寄書多附以近作。」由此可見端木埰光緒十四年尚在人世。自序的最後云：「光緒庚寅（光緒十六年，1890 年）冬，江寧端木埰自志。」此更明矣。王鵬運有〈徵招〉詞，追悼端木埰，惜未註明年月。1890年冬尚健在，筆者推論可能卒於 1891 年，而年七十三，則出生於 1818年，嘉慶二十三年。如此，端木埰（嘉慶二十三年，1818 年～光緒十七年，1891 年）年七十三，應為較合理之論。
〔註14〕《清朝碑傳全集·三》陳作霖撰〈端木侍讀傳〉，頁 2203。
〔註15〕同上。
〔註16〕同上。

自敍》云：

> 甲申（光緒十年，1884 年）以後，與彭瑟軒（鑾）大守，
> 多同日值，今北部許君鶴巢（玉瓅），閣讀王君幼霞（鵬
> 運）亦皆擅倚聲，賡和益多，幼霞尤痂耆拙詞，見即懷之。
> 〔註17〕

由此，可知王鵬運在詞上非常喜愛端木埰這位前輩的作品，對他有相
當程度的啓迪影響。王鵬運《碧瀷詞‧跋》云：

> 先生不欲以文人自見，匑在倚聲？而此集又其倚聲之百
> 一，讀以爲醴泉一勺，可也。〔註18〕

可見王鵬運對端木子疇的詞非常推崇，如甜美的泉水一般，可恣意令
人飲用品嚐，對瑞木子疇而言，自己的詞作有人賞識，眞是莫大的鼓
舞，「知音難尋，知己難覓」，兩人的情誼，從端木子疇與王鵬運的詞
作與和詞的頻繁，不難看出。

> 〈疏影〉和幼霞
> 虛窗翠撲，正遠風薦爽，雲退空谷。浣卻塵襟，相對忘言，
> 清暉恣飲涼綠。斜陽澹入西山色，似朵朵夫容青簇。倚畫
> 闌、把酒臨風，待袚旅愁千斛。　回憶平生壯志，素心共
> 訴與，無限棖觸。一樣蒹葭，何處伊人，秋聲漸滿林麓。
> 尊前幾許纏綿意，填寫入、新詞珠玉。祇自慚、才盡江郎，
> 怎和引商高曲。

> 〈浣溪紗〉雨後即景侍幼霞不至
> 綠樹陰濃鎖翠煙。小庭清潤雨餘天。繞階初息溜涓涓。　有
> 約不來欲倦，喜晴相噪鵲爭喧。趁涼移坐小窗前。

上二首爲他們交游唱和、相約之作，此外尙有〈滿江紅〉岳忠武王書
出師表和幼霞；〈解語華〉端居即景，幼霞謂此調好，而數日不見過
倚，此速之。〈解語華〉幼霞屬和即再詠龍樹寺雅集；〈百字令〉和幼
霞自題四十歲帶笠小照；〈齊天樂〉涼夕寄懷幼霞；〈齊天樂〉戲賀半

〔註17〕《碧瀷詞‧自敍》，見《清詞別集百三十四種》第十一冊，頁 5928。
〔註18〕同註 17，頁 5928。自序與跋同置於詞卷前。

塘老人納婦吉；〈齊天樂〉喜幼霞來並呈瑟軒、鶴巢；〈齊天樂〉同鶴
巢、幼霞集四印齋餞瑟軒，倚此代柬。……等諸多的詞作，在端木埰
的《碧瀣詞》中，王鵬運是出現最多的詞人，或唱和，或聚集遊山玩
水，或戲作，或晤言一室之內，或餞別友人，一一都在《碧瀣詞》中
展現出來，由此可知王鵬運與端木埰的情誼相當深厚，交往密切頻
繁。王鵬運有〈慶清朝〉丁亥展重三日，疇丈 〔註19〕 鶴老龍樹寺補禊，
同拈此解，記錄三人同遊龍樹寺補禊的情形，相互唱和，情誼交融，
後幾年，端木埰年歲已大，同遊之景不復再，端木埰去世後，王鵬運
填詞追悼他。

> 〈徵招〉過觀音院，追悼疇丈，用草窗九日懷楊守齊韻
> 林梢舊酒西州淚，驚隨暗塵飛到。吟思滿蒼煙，恨倚閒人
> 杳。殘僧驚客老，問哀樂，中年多少。冷落招提，夢痕重
> 省，晚鐘催覺。　翻幸錦鯨游，胡笳怨，不入高山琴調。
> 愁影亂蒹葭，盡長歌欹帽。凌雲書勢好，與誰征，酒邊孤
> 抱。料今夜、月落梁空，定斷魂淒照。

「與誰征」「月落梁空」「定斷魂淒照」皆寫出了王鵬運對端木埰深刻
的思念與追悼、情誼自然真誠，令人動容。可見兩人實不愧是以文字
相契合、生活往來之摯友。

（二）康有為

　　康有為（1858～1937 年），一名祖詒，字廣廈，號長素。戊戌政
變後，易號更生，張勳復辟覆敗，又號更牲；晚號天游化人，廣東南
海人。康氏是近代歷史上有名的人物，二十一歲時即有求新求變的思
想，「以日理故紙堆中，汩其靈明，漸厭之。日有新思，思考據家著書
滿家，如戴東原，究復何用？棄之而私心好求安心立命之所。」〔註20〕
康有為與王鵬運同時在朝為官，王鵬運長康有為九歲，屬前輩，康有
為有許多的建議都藉由擔任御史的王鵬運所上奏直言，上一節已論述

〔註19〕疇丈，端木埰，以其年長，故王鵬運稱為疇丈。
〔註20〕同註5，頁10。

過。然兩人雖爲朝廷命官，同僚好友，但是在政治立場上卻有不同的主張，王鵬運是保守派，而康有爲是革新派，致力推展變法維新的運動。政治上的差別，使日後兩人在情誼上有很大的轉變，康有爲〈寄贈王幼霞侍御〉詩：〔註21〕

> 脩羅龍戰幾何時，王母重開善見池。
> 金翅食龍四海水，女床棲鳳萬年枝。
> 談摩歡樂非非想，博望幽憂故故疑。
> 大醉鈞天無一語，王郎拔劍我興悲。

此詩後小註：此詩作于丙申（光緒二十二年、1896 年）然「金翅食龍四海水」一語竟成戊戌、庚子之讖。此註顯然是作者於日後補註的，王鵬運與康有爲的關係就因爲政治主張的不同，而日益疏遠，甚至到了敵對的狀況，光緒二十四年（1898 年）戊戌變法，王鵬運於同年八月二十三日上奏，大力抨擊康有爲，至此情誼不在，康有爲逃至香港、轉至日本，而王鵬運亦漸不被任用，遂不再過問政治，徒憂憤填胸，轉而寄託於山水，精研詞學。

（三）志　鋭

志鋭，字伯愚，號公穎，一字廓軒，晚號迂安，姓他塔拉氏，滿洲鑲紅旗人。四川綏定府知長敬之子，瑾妃、珍妃之兄。生於咸豐二年（1852 年），長王鵬運三歲，乃光緒二年（1876 年）舉人，六年成進士，卒於民國元年（1912 年），年六十一歲。志鋭「幼穎異，與弟志鈞有二難之目」「自以家世通顯，得讀中祕書，宜益究心經世之學，思有所建白，與瑞安黃通政體芳、宗室祭酒盛昱定交，用風節相鏃礪，數上書言事。」〔註 22〕光緒二十年（1894 年）中日甲午戰爭起，志鋭劾后黨孫毓汶、徐用儀把持軍機，觸怒慈禧，立予革職。翁同龢、志鋭、珍妃等人支持光緒變法維新，事爲慈禧所覺，乃搜光緒宮中得

〔註21〕見《康南海先生詩集》卷三，頁 46。
〔註22〕《清朝碑傳全集：四》〈志將軍傳〉劉從德、春勳附、吳慶坻撰，卷三十四，頁 3503。

珍妃西裝影片一張，立杖珍、瑾二妃，並皆貶爲貴人。志銳原爲禮部
侍郎，亦謫戍烏魯雅蘇參贊大臣。工詩詞，熟察邊情，守邊庭逾十稔。
宣統三年，辛亥革命起義，強力抵抗新軍而卒。

　　志銳與王鵬運年相近，同在朝爲官，光緒二十年（1894 年）十
一月志銳被貶謫至烏魯雅蘇台，同僚好友塡詞相送，其相和者尙有盛
昱、文廷式、沈曾植。可見當時這些既是同僚又是詞人的情感是如此
的凝聚在一起。

　　〈八聲甘州〉送伯愚都護之任烏里雅蘇台

　　是男兒，萬里慣長征，臨歧漫淒然。只榆關東去，沙蟲猿
　　鶴，莽莽烽煙。試問今誰健者，慷慨著先鞭？且袖平戎策，
　　乘傳行邊。　　老去驚心鼙鼓，嘆無多憂樂，換了華顛。盡
　　雄虺瑣瑣，呵壁問蒼天。認參差、神京喬木，願鋒車、歸
　　及中興年。休回首，算中宵月猶照居廷。

全詞充滿了抑鬱而又慷慨的情感，在悲涼與憂恨當中，亦透露著希
望：「願鋒車、歸及中興年」讓大伙齊聚一堂，對志銳自有一番的鼓
勵與安慰。

（四）文廷式

　　文廷式，字道希（一作道爔、道溪），號芸閣，晚號爲純常子。
祖籍江西萍鄉，清文宗咸豐六年（1856 年）生於廣東潮州，清德宗
光緒三十年（1904 年）卒於里第，享年四十九歲。文廷式小王鵬運
七歲，憂憤國事，兩人卒於同年。文廷式幼隨父宦，僑居廣東潮州，
光緒三年（1877 年）客志銳幕府，光緒十六年（1890 年）進士，爲
一甲第二名。授職翰林院編修，旋充國史館協修，會典館纂修，官至
侍讀學士，珍妃、瑾妃爲其受業門生。光緒二十年（1894 年）甲午
戰起，廷式與志銳、翁同龢等支持光緒之意，一力主戰，屢上封事，
不顧己身之危。光緒二十二年（1896 年）帝后不相容，爲慈禧遷怒，
革職永不敘用。戊戌變法失敗，文廷式逃亡日本，回國後沒幾年，即
潦倒病卒于家鄉。文廷式博學強識，慷慨有大志，尤長於史部，著有

《純常子枝語》。工駢體文，能詩。而詞尤超拔，于浙、常二派之外獨樹一幟，雅近蘇、辛，有《雲起軒詞》。其詞情意深摯，含蓄蘊諧，其用詞造句，抒情表意，也都寫得自然而不造作，寫情而不陷于綺羅香澤。

文廷式與王鵬運年相近，同在朝為官，之間常有詞作往返唱和。文廷式嘗約其作豔詞，因循未果，而王鵬運以〈高陽臺〉詞寄之，其題云：

> 乙未消寒。道希約作豔詞，因循未果，秋風容易，觸緒懷
> 人，作此寄之。

文廷式則以〈高陽臺·次韻半塘乙盦見寄之作〉答之。王鵬運尚有：

> 〈祝英臺近〉次韻道希感春
> 倦尋芳、慵對鏡、人倚畫闌暮。燕妒鶯猜，相向甚情緒。
> 落英依舊繽紛，輕陰難乞、枉多事愁風愁雨。　小園路，
> 試問能幾銷凝、流光又輕誤，聯袂留春，春去竟如許。可
> 憐有限芳菲、無邊風月、憑都付等閒花絮。

此外，文廷式尚有〈三姝媚·王幼霞待御見示春柳詞，未及奉和，又有送行之作，賦比闋答之〉及〈鷓鴣天·王幼霞御史其友人，由江南搨寄江總殘碑，因作秋窗憶遠圖，屬題為賦此闋〉，可見二人在詞作方面交往頻繁。

（五）況周儀

況周儀（1859～1926 年），本名周儀，避宣統諱，改名周頤，字夔笙，號蕙風，廣西臨桂人，原籍湖南寶慶。咸豐九年（1859 年）九月初一日生。以優貢生中式光緒五年（1879 年）鄉試，官內閣中書。嗜倚聲，與同里王鵬運共晨夕，於所作多規誡，自是寢饋其間者五年。南歸後，兩江總督張之洞、端方先後延之入幕。晚年居上海，以鬻文為生。民國 15 年丙寅（1926 年）七月十八日卒，年六十八。葬湖州道場山。況周儀以詞為專業，致力五十年。有詞九種，合刊《第一生修梅花館詞》，後又刪定為《蕙風詞》一卷，又有《蕙風詞話》，

為學者所重。況周儀作詞揭櫫「重、拙、大」三義,要求以宋詞之「沉重深厚」為規範,抒寫性情襟抱、寄託知識份子的忠愛之思。

王鵬運與況周儀的關係相當密切,兩人又為同鄉,情誼更是融洽。王、況兩人晨夕相處,曾一同問詞於江寧端木埰,況周儀也與王鵬運、朱祖謀相切磋,不論是詞作或詞論,都有相互影響啟迪、精進,因此皆能成為晚清詞壇大家,其情誼友好之關係更不用遑論,僅述載《詞學季刊》逸事兩則,詞人生活,情趣可見一斑。《詞學季刊》載:

> 臨桂王右遐,於蕙風前輩,同直薇垣,研討詞事。右遐每有所作,輒就蕙風訂拍;蕙風謹嚴,屢作為之屢改;半塘或不耐,於稿尾大書:「奉旨不改了。」

> 梅、畹華演劇,一時無兩,嘗被演彩演配於海上之天蟾舞臺。彊村、蕙風聯袂入座。時美妙香飾薛平貴,襤褸得彩球。彊村忽口占云:「恨不將身變叫花」蕙風應曰:「天蟾咫尺隔天涯」轉瞬成〈浣溪沙〉一解,曰:「不足為世人知之」〔註23〕

此外,張祥齡,字子苾,四川漢州人,與王鵬運、況周儀合填〈和珠玉詞〉一卷。又王鵬運與馮煦、鄭文焯、盛昱、于穗平、張仲炘、王以慜、繆荃孫、桂念祖、成昌、許玉瑑……等人皆有詞作往來。(見附錄二)

參、詞 學

一、詞 論

王鵬運在詞論上的主張,可以說是與況周儀相當的契合,王鵬運沒有專論的詞話來說明他的詞學理論,但是從況周儀的《蕙風詞話》中,可略得知其詞論上的主張。《蕙風詞話》卷一開卷中即云:

> 作詞有三要,曰:重、拙、大。

重、拙、大、三者是況周儀論詞上重要的主張,又云:

〔註23〕見《詞學季刊》,第一卷、第三號,〈詞林新語〉(一),頁80。

重者，沉著之謂。在氣格，不在字句。

半塘云：「宋人拙處不可及，國初諸老拙處亦不可及。」

由此可見半塘在作詞上、亦贊同況周儀「拙」的主張。〔註24〕《蕙風詞話》卷二云：

詞有穆之一境，靜而兼厚、重、大也。

又記云：

《花間集》歐陽炯〈浣溪沙〉云：「蘭麝細香聞喘息。綺羅纖縷見肌膚。此時還恨薄情無？」自有豔詞以來，殆莫豔於此矣。半塘僧驚曰：「奚翅豔而已？直是大且重。」苟無花間詞筆，孰敢爲斯語者？

由上可見王鵬運在作詞上與況周儀一樣是主張、重、拙、大。況周儀對於重、拙、大的闡述是這樣的：「重者，沉著之謂，在氣格，不在字句」他又云：「沉著者，厚之發乎外者也。」從這裡可以知道所謂「重」，在格調上要純任自然，內容深厚、莊重。所謂「拙」，即引用了王鵬運的說法，其云：

「恰到好處，恰夠消息。毋不及，毋太過。」半塘老人論詞之言也。

況周儀又云：「詞太做，嫌琢。太不做，嫌率。欲求恰如分際，此中消息，正復難言。」這說明詞不能過分雕琢，又不能不雕琢。要在「做」與「不做」之間；做而不露雕琢的痕跡，換言之，即要渾然天成。而最後所謂的「大」，就是「博大」的意思，填詞若能守此三項，即可達「渾穆」的境界。然而，就上述王鵬運和況周儀兩人揭櫫「重、拙、大」的含意來看之前所引《花間集》歐陽炯〈浣溪沙〉，則王鵬運所言大異其言，此闋詞分明爲豔詞，情態細膩，是典型的豔詞，但是王鵬運卻認爲符合他的重、大理論作品，可見其詞論上的不澈底，爲其

〔註24〕王鵬運爲詞致力於校勘，而況周儀於詞論用心良多，兩人情誼深厚，況周儀又受詞於王鵬運，故在詞論上也受王鵬運影響，兩人有相同之論點與主張，或相互贊同的觀點，而由況周儀寫入《蕙風詞話》，故兩人的詞論是相互影響，相互贊同。

疏失所在。

　　況周儀詞受教於王鵬運，對話中亦可見其主張，況周儀云：

　　　　吾詞中之意，唯恐人不知。於是乎句勒。夫其人必待吾句
　　　　勒而後能，如吾詞之意，即亦何妨任其不知矣。曩余詞成，
　　　　於每句下注用典。半塘輒曰：「無庸。」余曰：「奈人不知
　　　　何？」半塘曰：「儻注矣；而人仍不知，又將奈何？知填
　　　　詞因以可解不可解，所謂煙水迷離之致，爲無上乘耶。」

　　　　〔註25〕

由此可見王鵬運對於詞作上，應該有其「隱」，在「可解與不可解」
之間，而產生「煙水迷離之致」才是詞作的上乘。此與王國維《人間
詞話》中「隔」與「不隔」有異曲同工之妙，惜王鵬運未有進一步說
明和探討。

　　王鵬運雜文存者絕少，況周儀得其寄番禺馮恩江（永年）手札舊
稿。馮爲半塘之戚，有看山樓詞，故語多涉詞。收錄在《蕙風詞話續
編》卷一中，亦可一窺王鵬運論詞之處。其云：

　　　　少游「曉風」之詞，小山「蘋雲」之唱，我朝唯納蘭公子，
　　　　深入北宋堂奧。……萬氏持律太嚴，弊流於拘且雜，識者
　　　　至詈爲痴人說夢，未免過情。必然使來者之有人，綜群言
　　　　於至當，俾倚聲一道，不致流爲句讀不葺之詩，則華路開
　　　　基，紅友實爲初祖。〔註26〕

對於納蘭相當推崇，認爲可深入北宋堂奧。對於萬氏持律太嚴，然華
路開基，亦有其功勞之處，不可磨滅。又云：

　　　　往歲校刻姜、張諸詞集，計邀青睞。祈加匡訂。此外如周、
　　　　辛、王、史諸家皆世人所欲見，又絕無善本單行。本擬雛刊，
　　　　並公同好。又擬輯錄同人好詞，爲笙磬同音之刻。〔註27〕

字裡行間，表露了王鵬運校刻詞集的用心，希望將善本予以校刻刊

〔註25〕見《蕙風詞話》卷一，頁 11。
〔註26〕見《蕙風詞話讀編》卷一，頁 150。
〔註27〕同上。

行，以廣流通，使世人皆有好的底本，這也流露出王鵬運對於校刊的重視，也奠定了以後《四印齋所刻詞》嚴密的謹愼態度。

由以上的吉光片羽，約略可知王鵬運在詞論上的主張：

（一）同況周儀一樣，作詞揭櫫「重、拙、大」。

（二）作詞要渾然天成，不宜雕琢太過，且不露雕啄之跡，恰到好處。

（三）作詞有其「隱」，煙水迷離之致，耐人尋味。（此與常州詞派有寄託入無寄託出相契合）

（四）重視詞的版本、校勘、以及刊行，並鑽研致力於此。

二、風　格

王鵬運經歷了中國近代史上幾項重要的歷史事件，在朝爲官，有志難伸，內心的孤寂，國事的艱難，環境的險厄，交疊起來的愁緒，是多麼的錯綜複雜。隨著時局的動盪，王鵬運的詞作也呈現了不同的風格。

王鵬運初爲詞，蓋受端木子疇（埰）之啓迪。端木埰固篤嗜碧山者〔註28〕，故半塘少作，即從碧山入手。其《四印齋所刻詞》刊本中，跋《花外集》曰：

> 年丈端木子疇先生釋碧山〈齊天學〉詠蟬云：詳味詞意，殆亦黍離之感。宮魂字點出命意。乍咽還移，慨播遷也。西窗三句，傷敵騎暫退，宴安如故。鏡暗二句，殘破滿眼，而修容飾貌，側媚依然，衰世之臣全無心肝，千古一轍也。銅仙三句，宗器重寶，均被遷散，澤不下究也。病翼二句，更是痛哭流涕，大聲疾呼，言海島棲流斷不能久也。餘音三句，遺巨孤憤，表怨難論也。漫想二句，責諸臣到此尚安利災，視若全盛也。其論與張、周兩先生適合。〔註29〕

〔註28〕見《清詞別集百三十四種》十一冊《碧瀣詞·自序》云：「家有知不足齋叢書，乃悉取碧山、草窗、蛻巖君衡諸公集，熟讀之。」頁5927。

〔註29〕見王鵬運《四印齋所刻詞》二《花外集》跋語。

由此跋語，可見王鵬運詞學的源淵，對於端木埰之論合於張、周兩先生，亦可見其受常州詞派「有寄託入，無寄託出」的詞風影響。

王鵬運的詞集，乙稿曰《袖墨集》、《蟲秋集》，丙稿曰《味梨集》，丁稿曰《鶩翁集》，戊稿曰《蜩知集》，己稿曰《校夢龕集》，庚稿曰《庚子秋詞》、《春蟄吟》，辛稿曰《南潛集》。晚年刪定爲《半塘定稿》二卷，賸稿一卷。（缺甲稿，以生平未登甲科爲憾也。）

袖墨一集，多半作於官內閣時，嗣刻於《薇省同聲集》中，其風格全力效仿碧山，置諸花外集中，幾不能辨。當是時半塘兼效白石，袖墨集中多譜白石自度腔，如〈揚州慢〉、〈長亭怨慢〉、〈淡黃柳〉、〈石湖仙〉、〈暗香疏影〉等，足證半塘在此期間曾致力於白石，不免爲浙派風氣所影響。觀半塘晚年定稿，於袖墨詞中，但取拙大者，僅存七首，其論詞宗旨之轉變，可概見矣。

自庚寅（1890 年）以後半塘所爲詞，風格一變。維時國步艱虞，加上中日甲午戰爭之役，扼腕腐心，故多感慨悲涼之作，風格轉趨於稼軒一路，乃時局使之然。半塘之作，庚寅（1890 年）至癸巳（1893年）爲《蟲秋集》，其名作如：

〈念奴嬌〉登暘台山絕頂望明陵

登臨縱目，對川原繡錯，如接襟袖。指點十三陵樹影，天壽低迷如阜。一霎滄桑，四山雨風，王氣銷沉久。濤生金粟，老松疑作龍吼。　惟有沙草微茫，白狼終古，滾滾邊牆走。野老也知人世換，尚說山靈呵守。平楚蒼涼，亂雲合沓，欲酹無多酒。出山回望，夕陽猶戀高岫。

弔古傷今，蒼涼激楚，「老松疑作龍吼」一句似乎也表露對於外敵的侵侮，皇室的不振，發出不平之吼，感慨悲涼，可與稼軒相頡頏。

其甲午（1894 年）起乙未（1895 年）爲《味梨集》，後序自云：「梨之爲味，外甜而心酸。」可見其心中隱痛，詞風亦近稼軒。集中如：

〈滿江紅〉送安曉峰侍御謫戌軍台

荷到長戈，已禦盡、九關魑魅。尚記得、悲歌請劍，更闌

相視。慘淡烽煙邊塞月，蹉跎冰雪孤臣淚。算名成、終竟
負初心，如何是。　天難問，憂無己。眞御史，奇男子。
只我懷抑塞，愧君欲死。寵辱自關天下計，榮枯休論人間
世。願無忘、珍惜百年身，君行矣。

激揚奮厲，家國之感獨深，同僚情誼，孤臣之心，語語皆自肺腑中流
出，「眞御史，奇男子」非但贈安，也可以算是王鵬運自身的寫照。

　　丙申（1896 年）至丁酉（1897 年）間所爲詞，名《鶩翁集》。是
時所作，出入花間、陽春，格調彌高。如效馮正中〈鵲蹋枝〉若干闋，
誠如所謂鬱伊惝怳，義兼比興者。此時也慢慢融入常州詞派之法，風
格轉而沉鬱蒼茫。

　　〈鵲踏枝〉

落蕊殘陽紅片片。懊恨比鄰，盡日流鶯轉。似雪楊花吹又
散。東風無力將春限。慵把香羅裁便面。換到輕衫，懶意
垂垂淺。襟上淚痕猶隱見。笛聲催按梁州遍。

詞語穠豔，意深而隱、婉約沉鬱，似有寄託入然不見其跡，宛若花間
之風。

　　戊戌（1898 年）所作，曰《蝸知集》，時已由稼軒上窺清眞，集
中用清眞體，或和韻者，計十四闋，如：

　　〈西河〉燕台懷古，用美成金陵懷古韻

游俠地。河山影事還記。蒼茫風色淡幽州，暗塵四起。夢
華誰與說興亡，西山濃翠無際。　劍歌壯，空自倚。西飛
白日難繫。參差煙樹隱舻棱，薊門廢壘。斷碑漫酹望諸君，
青衫鉛淚如水。　酒酣擊筑訊舊市。是荊高歌哭鄉里。眼
底莫論何世。又盧溝冷月，無言愁對。易水蕭蕭悲風裡。

詞中所透露，盡是蒼涼凄楚之語，盪氣迴睡，讀之心酸。

　　己亥（1899 年）以後，用力於夢窗甚勤。曾謂「夢窗以空靈奇
幻之筆，運沈博絕麗之才，幾如韓文杜詩，無一字無來歷。」〔註30〕

〔註30〕同上《夢窗詞・序》。

半塘丙申（1896 年）之際，曾與彊村約，同校夢窗四稿，故其詞集名曰《校夢龕集》。光緒庚子（1900 年）十月，有〈虞美人〉一闋，題校夢龕圖，是時所作，其風格亦與夢窗為近。如：

〈渡江雲〉

流紅春共遠，夢迷紫曲，風迫海雲飛。近來沽酒伴，除指青旗，那處繫斑騅。黃金鑄淚，記弄珠江上人回。懷舊吟、笑持明鏡，流影共徘徊。　天涯殷勤別緒，只有何戡，黯愁生清清。回首憐蓬萊雲氣，都隔紅埃。求風無奈流鶯老，那更禁、鶗鴃聲催。休采擷，江南紅豆誰裁。

自己亥（1899 年）以後，至甲辰（1904 年），王鵬運為詞不名一家，不專一體。然國事日益難危，感時撫事、語多悲痛危苦。庚子（1900 年）所成為《庚子秋詞》為本論文之重點，於後詳論。庚子後與朱祖謀、鄭文焯相倡和，成《春蟄吟》一卷。風格亦同庚子秋詞，憂患國事感嘆時局。壬寅（1902 年）「不得志去位」之後，離開北京在河南、上海、揚州、南京、蘇州一帶漫游，寫下了一些懷古詞作，莫名為《南潛集》。在這些一詞作中，直抒胸臆、追懷往事，感情悲壯觀越，古今情事熔鑄一爐，又是另一種風格的呈現。如：

〈滿江紅〉　朱仙鎮謁岳鄂王祠敬賦

風帽塵衫，重拜倒、朱仙祠下。尚彷彿、英靈接處，神遊如乍。往事低徊風雨疾，新愁黯淡江河下。更何堪、雪涕讀題詩，殘碑打。　黃龍指，金牌亞。旌斾影，滄桑煙落日，似聞叱咤。氣誓蛟鼉瀾欲挽，悲生笳鼓民猶社。撫長松、鬱律認南枝，寒濤瀉。(道光季年，河決開封，舉鎮惟岳祠無恙，壬午扶護南歸，曾夢游祠下)

懷古寄託情感，而國家多難，風雨飄搖亦隱約可見，「往事低徊風雨疾，新愁黯淡江河下」二句正是所指。「似聞叱咤，氣誓蛟鼉瀾欲挽」二句，亦見作者晚暮之冀望，慨乎言之，足令人深思。

　　關於王鵬運的藝術風格，龍沐勛云：「其詞承常州派之餘緒而發

揚光大之，以開清季諸家之盛。」〔註31〕王鵬運雖出自常州詞派，但是王鵬運又不局限於常州詞派，而是轉益多師來形成自己的藝術風格。朱祖謀論半塘之詞「導源於碧山，復歷稼軒、夢窗，以還清眞之渾化。」的確是半塘爲詞的一段歷程。在宋代詞人王沂孫、辛棄疾、吳文英等人的作品中汲取藝術營養，而達到了周邦彥精工典麗，渾然一體的藝術境界。由於王鵬運轉益多師，所以在藝術風格上是比較多樣的。豪放風格的作品中吸放了辛棄疾回歸盪氣、清雄激越的特點，也從東坡作品中汲取了豪邁飄逸、縱情灑脫的藝術特色，所以他爲數不多的豪放詞作，融合著蘇辛的神韻。他的詞風主要傾向是從王沂孫、吳文英、張炎入手，而直入周邦彥、姜夔之奧，然後再酌取各家之長形成風格的。換言之，半塘詞從周邦彥、姜夔一派汲取了典雅、工麗、含蓄爲基調，又吸收了韋莊、李清照的清麗，花間的婉約，在時代情緒的薰陶中，形成含蓄雅麗、低徊婉轉爲特色的風格。他的藝術語言精工典麗，流暢自然，善於點化前人詩詞語句隱括入律，雖然渾然天成，但也造成翻新多而創新少的缺陷。喜歡用典，一般尚能恰到好處，與形象描繪相結合，但某些詞也會流於堆砌典故晦澀難懂之弊。他廣泛汲取前輩成就中，也有一些融匯不夠，有模仿的痕跡。

三、貢　獻

　　王鵬運有功於詞壇，尤在校勘詞集。前人向不重視詞集的出版，明人毛晉編印《宋六十一家詞》是一個貢獻，但是此後鮮有接踵。直到王鵬運，才旁搜博采，把校勘之學引進詞壇，輯錄校刻了著名的《四印齋所刻詞》。他校刊詞集的體例是：正誤、校異、補脫、刪複。自辛巳（1881 年）迄甲辰（1904 年）前後二十四載，有東坡樂府二卷，稼軒長短句十二卷，白石道人詞集三卷、別集一卷，山中白雲詞二卷、補錄一卷、續補一卷，詞旨一卷，花外集一卷，漱玉詞一卷、附事輯

〔註31〕見《近三百年名家詞選》，龍沐勛編選，收錄在楊家駱主編《詞學叢書》，頁 135。

一卷，詞林正韻一卷、發凡一卷，陽春集一卷，東山寓樂聲樂府一卷，梅溪詞一卷，幽棲居士詞一卷，樂府指迷一卷，東山寓聲樂府補鈔一卷，南宋四名臣詞集一卷，天籟集二卷，蛾術詞選四卷，花間集十卷，草堂詩餘二卷，清眞集二卷、附集外詞一卷，明秀集三卷，以上爲《四印齋所刻詞》，又樵歌三卷，夢窗甲乙丙丁稿四卷，補遺一卷、附雜記一卷，宋元三十一家詞四冊，共二十五種，用力可謂勤矣。其中的《夢窗詞》是王鵬運和朱祖謀二人前後用了五年時間合校，可見王鵬運校刻詞是相當嚴謹仔細的。冒廣生《小三吾亭詞話》云：

幼遐所刻四印齋詞，校勤精審，汲古弗逮。

況周儀《蕙風詞話》云：

《四印齋所刻詞》旁搜博采，精采絕倫，雖虞山毛氏弗逮也。〔註32〕

兩人對於《四印齋所刻詞》的評價皆認爲超越了毛晉，旁搜博采校勘精審，眞是詞學上重大的貢獻。賀光中《論清朝》云：

光宣而還，詞學如日中天，辨聲斠律，輯佚勾沉，由小邦蔚成大國，開風氣之先，胥由半塘，其功固不可沒也。〔註33〕

其後，朱祖謀沿例刻《彊村叢書》，吳昌綬的《雙照樓景刊宋金元明本詞》，這些精密的詞集校刻，其首創之功當推王鵬運，故王鵬運詞集的校勘和刊行，在晚清的詞壇上，甚至在整個詞學發展，其貢獻是值得肯定的。

四、評　論

　　王鵬運其詞最早刻者爲《袖墨詞》，與他同時的詞人譚獻相當的推崇，《篋中詞》云：

袖墨詞，千辟萬灌，幾無鑪錘之跡，一時無兩。〔註34〕

《袖墨詞》是王鵬運少作，譚獻如此的推崇，眞是慧眼獨具，日後王鵬

〔註32〕見《蕙風詞話續編》卷二，頁176～177。
〔註33〕見《論清詞》，頁142。
〔註34〕見《篋中詞續‧四》，頁579。

運在詞壇的表現上，眞是令人刮目相看。冒廣生《小三吾亭詞話》云：

> 其所爲詞，泠泠霙霙，若鳴雜佩。
>
> 婉約微至，多可傳之作。〔註35〕

陳銳《褒碧齋詞話》云：

> 王幼遐詞如黃河之水，泥沙俱下，以氣勝者也。〔註36〕

鍾德祥《半塘定稿》序二云：

> 讀其遣詞，幼眇而沈鬱，義隱而指遠，腽臆而若有不可於名言。蓋斯人胸中別有事在，而舉然不能行其志也。……豈非慷慨扼捥，獨立不屑之士也歟。

朱祖謀《半塘定稿》序一云：

> 君詞於回腸盪氣中，仍不掩其獨往獨來之概。……君詞導源碧山，復歷稼軒、夢窗，以還清眞之渾化，與周止庵氏說，契若鍼芥。

賀光中《論清詞》云：

> 半塘論詞宗旨，揭櫫重、拙、大三字。以此教人，蔚爲粤西一派。跡其所自，於稼軒用力獨深，故大氣磅礴，爲晚清諸詞家冠。〔註37〕

葉遐庵《廣篋中詞》云：

> 幼遐先生於詞學，獨探本原，兼窮蘊奧轉移風會，領袖時流，吾常戲稱爲桂派先河，非過論也。彊村翁學詞，實受先生引導，文道希丈之詞，受先生攻錯處，亦正不少。清季能爲東坡、片玉、碧山之詞者，吾於先生無間焉。〔註38〕

王易《詞曲史》云：

> 格近碧山、玉田，而間爲蘇辛之壯語，律雖未細‧而詞則眞氣洋溢矣。〔註39〕

〔註35〕見《詞話叢編》卷一，頁4305。

〔註36〕見《詞話叢編》，頁4211。

〔註37〕見《論清詞》，頁142。

〔註38〕見《廣篋中詞》卷二，頁188～189。

〔註39〕見《詞曲史》，頁49。

王國維《人間詞話》云

> 半塘丁稿中，和馮正中鵲踏枝十闋，乃鶩翁詞之最精者，「望
> 遠愁多休縱目」等闋，鬱伊惝恍，令人不能為懷，定稿只
> 存六闋、殊未為允也。〔註40〕

龍沐勛《清末四大詞人》云：

> 其詞承常州派之餘而去揚光大之，以開清季諸家之盛。

胡先驌〈評文芸閣雲起軒詞鈔、王幼遐半塘定稿賸稿〉云：

> 半塘詞自南追北，既得夢窗之研鍊，復得稼軒之豪縱工力
> 才華，互相為用。

> 又惟其天性純篤，故哀樂過人，而歷世經驗特深。半塘詞
> 大致以淒悲為骨，讀之固能使人深知世味。

朱祖謀評論清季諸多詞家〈望江南〉詞云：

> 香一瓣，長為半塘翁，得象每兼花外永，起犀差較茗柯雄，
> 嶺表此宗風。

徐珂《近詞叢話》云：

> 王幼霞詞渾化。〔註41〕

由上諸家評論，王鵬運在詞學的表現上，可歸結下列幾點：

> （一）導源碧山，復歷稼軒、夢窗，以還清真之渾化。融合各
> 　　　家，取諸家之長，不拘於一格。

> （二）用力獨深，大氣磅礡，回腸盪氣，真氣洋溢，其胸中所
> 　　　蘊，一於詞陶寫之，故能不同凡響。

> （三）幽渺沉鬱、義隱指遠、慷慨扺掮，表露其獨來獨往之概。
> 　　　幽遠深沉、婉約微至，細膩精深，故能見其匠心獨運之處。

> （四）承先啟後，領袖時流，上承周濟常州詞派，然不拘泥於
> 　　　此，下開桂派先河。朱祖謀、文廷式皆受其引導、啟迪。

〔註40〕見《人間詞話‧蕙風詞話》頁232。
〔註41〕見《詞話叢編》頁4237。

第二節　朱祖謀

朱祖謀（1857～1932 年）原名孝臧，字古微，一字藿生，號漚
尹，先世自明初居浙江歸安之埭溪上彊山麓，因號彊村。咸豐七年
（1857 年）七月二十一日生。舉光緒壬午（1882 年）鄉試，明年，
成二甲一名進士，改庶吉士，授編修，屢擢至侍講學士，禮部侍郎。
光緒三十年（1904 年），出任廣東學政，與總督齟齬，引疾去。迴翔
江海之間，攬名勝，結儒彥自遣。宣統元年（1909 年）特詔征入，
二年（1910 年）設弼德院，授顧問大臣，皆不赴。辛亥革命後，以
遺老自居。民國 20 年 11 月 22 日，卒於上海，年七十五歲。以下論
述朱祖謀的政治生涯、交游、詞學思想和貢獻。

壹、政治生涯

朱祖謀同王鵬運一樣，一生的歲月，正值晚清末年多災多難的時
局之中，滿清帝國積弱不振，列強的侵略，辱權喪國的不平等條約，
都無情的加諸在苦難的中國身上。慈禧太后弄權，光緒帝被軟禁，朝
綱不振，小人專美於前，在朝為官的忠臣志士動輒得咎，然朱祖謀不
畏強權，稟正義之氣，數次上疏直言，雖幾乎遭殺身之禍，然卻愈見
其忠勇直諫之志節。朱祖謀年少時就聰明過人：「公幼即穎異，耽文
學。光緒初，隨宦大梁、年甫冠，出交中州賢士、詩歌唱酬，才譽大
起」〔註42〕年少的朱祖謀已嶄露頭角，聲譽漸起。

光緒九年（1883 年），朱祖謀二十七歲，這一年對朱祖謀來說是
重大的一年，他考取了二甲第一名進士。年輕意志高昂，就展露了他
無限的才華。開始擔任編修的職務，歷充國史館協修，會典館總纂總
校。並擔任戊子科江西副考官，戊戌科會試向考官。〔註43〕朱祖謀擔
任館職工作十餘年，「檔冊疏漏，鈎稽官書，證以私家記載，獨手成

〔註42〕見〈清故光祿大夫前禮部右侍郎朱公行狀〉，夏孫桐撰，詞學季刊，
　　　　創刊號，頁 119。
〔註43〕同上，頁 191。

之，最稱詳審。」〔註44〕如此認眞審愼的態度，奠定往後在詞籍校刊上精密的信念。然而時局日變，憂時之念甚深。

光緒二十二年（1896 年），朱祖謀四十歲，赴京師，官累侍讀，信講學士。王鵬運方官御史，開詞社，邀之入，也開啓了朱祖謀在詞學上大放異彩的光芒。

光緒二十六年（1900 年），朱祖謀四十歲，這一年是個動盪不安的一年。四、五月份，義和團打著「扶清滅洋」的旗號，發展迅速，勢力日盛，並自山東轉入河北省，有些滿清權貴，因爲久屈於列強的壓力之下，無處發洩，看到這種新興的民間力量，認爲大可利用，於是就竭力慫恿慈禧太后加以扶植，准許他們進入北京，鼓勵進行狂烈的排外活動。入北京後，亂施騙人的義和拳術，並謂有神護佑，刀槍不入，大家信以爲眞，附和的日多，他們就更肆無忌憚了。當時滿清朝廷對義和團有兩派主張：一派主「撫」，以端邵王載漪和大學士剛毅爲首的一批王公大臣，想利用義和團的這股民間力量，能把干涉廢立光緒帝的洋人趕走，以保障慈禧的政權。另一派主張「剿」，以兵部尙書徐用儀和戶部尙書立山、內閣學士聯元爲首，太常袁昶、吏部侍郎許景澄和侍讀學士朱祖謀爲輔，他們認爲利用義和團去反對洋人，必將大禍臨門。朱祖謀上疏云：

> 近日拳匪蔓延，夷情叵測。昨日復有甘軍戕斃日本書記官之事，禍機叢集，不可端倪。措置安危，間不容髮。今廷臣持論，或目拳匪爲義民，欲倚以爲剿除各國聯兵，其存心無他，其召亂必速。聖明過聽，其禍有不可勝言者。臣敢爲我皇太后、皇上，披瀝陳之，蓋中國自強，原以兵事爲要領，然聯絡邦交，專與一國執言可也。激犯眾怒，概與各國搆釁，不可也。一面受敵，合中國而禦之可也。八面受敵，分中國之力應之，不能也。……持此說者，亦明知中國兵力未充，不足以敵各國，所恃者拳民忠愼，及其

〔註44〕同上，頁 192。

術不畏刀砲耳，不知逆民肇事，恆託於假仁假義，以結人
心。此事萌芽，雖由於教民所滋，然邪說煽惑，必有奸猾，
爲之渠魁，蚩蚩者惑於新奇，焉得人人深明大義。……教
匪拳銜，及眞空八字神咒，初頗猖獗，旋即覆亡，今欲以
此等邪說，以挽積弱而禦外侮，豈不大誤。臣維此時救急
之策，宜簡派威望大臣，赴各國使館，開誠布公，示以朝
廷措置，必能消弭變亂，保全中外臣民，以安各公使之心，
止其續調兵隊，以防肘腋之患，一面厚集兵力，懍遵查拿
首要，解散脅從之諭，剋日完結，事平之日，商諸各國，
妥定教約，以善其後。以絕後患，亦一機會，目前未可鹵
莽以圖也，此中機宜，非我皇太后、皇上獨斷於心，決定
大計，則廷議紛紜，稍一謬誤，其貽禍有非臣子所忍言者，
臣爲保持危局起見，謹密摺上陳，伏乞聖鑒。〔註45〕

朱祖謀此上疏之言，不論在立論上，情理上，以及整個當時的時局而
言，剖析透澈，句句肺腑之言，孤臣孽子之心，昭昭可見。然一意孤
行的慈禧並未採用，緊接著情勢危急，忽訛傳洋兵已至東安縣，距京
僅六十里，是日召見廷臣，倉惶集議，親貴諸人袒義和拳，主戰。朱
祖謀在御前會議中極力反對，「侍講朱祖謀班在後，力言福祥無賴，萬
不可用。太后厲聲言：「汝云董福祥不可用，誰其可者？」祖謀言：「若
必命將，則袁世凱可，拳匪亂民，必不可用。」〔註46〕西太后怒問大
聲抗爭者何人，彊村徐徐自白姓名，語雜浙音，太后不辨，並幸賴大
學士王文韶代爲解救，因而朱氏直聲震天下。雖然朱祖謀極力反對用
義和拳，但是最後定議撫用拳民。於是戕殺德國公使，圍攻使館，使
事件日益擴大，外兵犯天津，情事告危急，朱祖謀再度上疏〔註47〕主
張以保全各國公使來挽回各國的軍事行動，但是皆不爲採用，「是日所
奏忤旨，被詰問幾獲罪，終以文學侍從之臣，未遽加遣，而爲左右主

〔註45〕同上，頁192～193。
〔註46〕見《庚子國變記》，羅惇曧撰，頁5。
〔註47〕同註42，頁193～194。

戰者所深嫉。」〔註48〕這一段期間朱祖謀的性命可謂懸在半空中，隨時都有殺機來臨，觸怒太后，幸不及於難，左右主戰者欲除之而後快，「朱祖謀請勿攻使館，言甚痛切，不報。曾廉聞之曰：「祖謀可斬也。」載漪亦欲殺祖謀，未發，及城破而免。」〔註49〕這歷史性的一年，朱祖謀在政冶生涯中可以說是最怵目驚心的一年，後來局勢的演變發展，皆爲朱祖謀不幸而言中了。五月二十五日朝廷下詔宣戰，義和團怎能敵外兵的刀槍，朝廷的軍隊也節節敗退，大沽口失守，天津也被聯軍所佔據，二個月不到，七月二十日黎明，八國聯軍就長驅直入北京城，七月二十一日太后挾光緒倉惶西狩，逃離了北京，國運至此，豈可用血淚形容，而朱祖謀的直諫，剖析時事利害得失的慧眼和遠見，若能被採用，國運尚不及於此，怎不令人感到惋惜，空留餘恨。

八國聯軍陷北京，生靈塗炭，朱祖謀偕修撰劉福姚就王鵬運居所，三人痛世運之凌夷，發憤叫呼，相對太息，臨困守窮城，相約塡詞，即本論文所研究之《庚子秋詞》二卷。

光緒二十七年（1901 年），朱祖謀四十七歲，朝廷與列強簽定了辱國喪權的辛丑和約，八國聯軍才從北京撤退，慈禧太后得以回鑾。而此時朱祖謀的深謀遠慮才爲慈禧太后所接受，讀祖謀前疏爲之流涕，朱祖謀也因此而升官：「辛丑回鑾後，遂擢禮部侍郎，召對稱旨，有留心外事之褒，尋兼署吏部侍郎。」〔註50〕

光緒三十年（1904 年），朱祖謀四十八歲，出爲廣東學政，識學南下，遇半塘於上海，約互訂詞稿，到了廣東，得半塘書，不浹月而半塘客死蘇州。任廣東學政，務在拔取眞才，廣東臨海，人才輩出，朱祖謀任內取中的秀才有汪精衛、汪兆銘、汪宗洙、胡漢民等人。在任二年，「遏弊勸學，群情翕然，會與總督齟齬，引疾去。」〔註51〕

〔註48〕同註 42，頁 194。

〔註49〕同註 42，頁 10。

〔註50〕同註 42，頁 194。

〔註51〕見〈清故光祿大夫禮部右侍郎朱公墓誌銘〉，陳三立撰，詞學季刊，
　　　　第一卷，第二號，頁 192。又見於《宋詞三百首》，汪師雨盦註譯，

而國朝日益衰微，乃掛冠歸，買宅蘇州「迴翔江海之間，攬名勝，結儒彥自遣。」〔註52〕

　　光緒三十二年（1906年），朱祖謀五十歲，稱病解職，告別了為官的生涯，然而對於人才的培養，教育的推廣，相當重視，並且認眞辦理。「卜居吳門，既而江蘇創立法政學堂，聘爲監督。士林仰公清望，歸依甚殷，公亦苦心經營，實事求是。」〔註53〕至此，朱祖謀留心在教育上，對於積弱的朝政，已不多參與了。

　　宣統元年（1909年），朱祖謀五十三歲，朝廷特詔徵召，想請他回京繼續爲官，次年，設弼德院，頒授朱祖謀爲顧問大臣，但是朱祖謀皆以宿疾未瘥，乞假未赴。辛亥革命後，不問世事，往來湖淞之間，以遺老終矣。〔註54〕

　　民國4年（1915年），朱祖謀五十九歲，曾到北京舊都，當時宣統遜位，袁世凱在北京就任臨時大總統，「袁世凱方爲總統，優禮舊僚，欲羅致而不得，聞其（朱祖謀）至，急致書聘爲高等顧問，笑卻之，未與通一字」〔註55〕由此可見朱祖謀忠於清室，進退分明，出處不苟，耿耿孤忠，有卓絕的志節，不爲外物所誘。雖民國成立，他絕不和一般利慾薰心的遺老，去扶助溥儀，去建僞滿州國。只有到過天津，最後覲見了故君一次，了結君臣的緣分，從此到上海隱居，不談國事，一直度著江湖野老的清淡生活，所交往的盡是野老詞流之輩，以填詞著書抒寫心中懷抱，頤養終年。

　　民國20年，朱祖謀七十五歲，是時汪精衛出任行政院長，以弟子禮拜候，第一、二次都不見，第三次託朱弟子龍榆生，才勉爲接見，朱氏說：「居貴矣，仍不忘老朽，可謂難得。」精衛再三謝，並致送

　　　　頁7〜8。
〔註52〕同上。
〔註53〕同註42，頁198。
〔註54〕同註42，頁198。
〔註55〕同註42，頁198〜199。

點心費敬大洋二千元，朱氏也接受了。〔註56〕是年冬天，朱祖謀的病情已嚴重，病逝前，做了一首〈鷓鴣天〉詞云：

> 忠孝何曾著一分，年來姜被感無溫，
> 眼中犀角非耶是，身後牛衣怨亦恩，
> 泡露事、水雲身，枉抛心力作詞人，
> 可哀惟有人間世，不結他生未了因。

詞雖短，而詞意深長，內容卻是包括了他一生對家對國的心事。首句特別強調了忠孝二字，自己痛恨親歷了庚子慘變，以迄光緒死，宣統退位，身爲清臣，卻無絲毫的力量來挽救，故沈痛萬分的言「忠孝何曾著一分」。「年來姜被感無溫」，其弟朱孝威，突然先他去世，朱氏素性友愛，晚年一直兄弟同居，相依爲命，老年喪弟，其悲痛可以相見。三句「眼中犀角非耶是」，是朱氏自己無子，承繼的一子，希望甚小，非耶是三字，也辛酸，也沈痛，極力寫出一種無奈苦笑的意味來。四句「身後牛衣怨亦恩」，擬說朱氏夫婦素來感情不合，平時極少唱隨之樂，家庭沒有溫暖，生前死後，一切只好歸之於怨自恩生，沒有恩，那裏來的怨，也只好當他怨就是恩吧。「泡露事、水雲身」二句，寫老來棲遑孤零的生活，君臣、兄弟、夫妻、父子、所有種種，正如佛家所說如夢幻泡影，如露亦如電，絲毫不留痕跡，一一逝去。改朝換代，空留得一個寫詞的份，但結果詞是詞，我是我，孤臣孽子的悲哀，絲毫不能補救，仍舊是枉抛心力作詞人而已。看來人間世是最現實的，也是十分可哀，今生已經是如此了，來生何苦再重演一次呢？「不結他生未了因」實在是斯人斯世無可奈何的境界啊！細細讀來，真是字字珠淚，令人哀嘆。

　　民國 20 年 11 月 22 日，一代詞人朱祖謀病卒於上海寄廬，距生咸豐丁巳年（1857 年）七月二十一日，享年七十五歲。

　　上述朱祖謀的政治生涯中，不難看出朱祖謀是位忠貞的愛國志

〔註56〕見江絜生撰《朱祖謀》，暢流十七卷十二期，頁 2～4。

士，勇於直言，不畏權貴，只願盡孤臣棉薄之力，孤忠耿介，不得不令人讚仰他的志節和操守。江絜生云：

> 生平進退分明，出處不苟。應該做事的時候，儘可以不惜生命，去完成他。一到事不可爲的時候，立即悄然引述，耿耿孤忠，不受外誘，可算是文苑中的千古完人。〔註57〕

夏孫桐云：

> 竊見公志節之忠亮，器識之通敏，一時罕與匹儔。身居侍從，僅以言見，庚子兩疏，鳳鳴朝陽，奮不顧身之概，可信其能任艱炬。雖躋九列，立朝未久，已隱窺直道難行，潔身早退。〔註58〕

陳三立所作朱公墓志銘云：

> 晚處海濱，身世所遭，與屈子澤畔行吟爲類，故其詞獨幽憂怨悱，沈抑綿渺，不可端倪，太史公釋離騷，明稱其文小而其指極大，舉類近而見義遠，其志潔故其稱物芳，固有曠百世而與之冥合者，非可僞爲也。〔註59〕

陳氏的評論將朱祖謀比屈原，並抄錄太史公贊美屈原的文句，來強調自己對朱祖謀人和作品的合論，雖有過譽，但不失其眞，有此一評，朱祖謀可以不朽了。

貳、交　游

　　朱祖謀生於咸豐七年（1857 年），卒於民國 21 年（1931 年），享年七十五歲。在這一段的年歲中，經歷了許多歷史大事，中日甲年戰爭、戊戌政變、庚子事變、辛亥革命、民國建立、成爲滿清的遺老。其出處進退分明，所交也都是忠貞愛國之士，如袁昶、許景澄、徐用儀等人，然庚子國難，這些好友都相繼遇難。罷官請辭後，所交皆詞

〔註57〕見劉太希撰《清代第一詞家朱古微》，暢流，五十卷三期，頁 1～2。劉太希先生文中提到，及朱氏病逝，精衛親臨祭悼，厚賻其家，及喪葬費萬元。
〔註58〕同註 42，頁 200。
〔註59〕同註 51，頁 192。

友，朱氏爲晚清詞壇大家，詞友莫不慕其詞，多有來往，摘其要以述：

（一）黃遵憲

黃遵憲，字公度，廣東嘉應州（今廣東省梅縣）人。生於道光二十八年（1848 年），長朱祖謀九歲，光緒二年（1876 年）中舉，以五品銜揀選知縣用。同年十二月並受聘爲駐日參贊官，旋即赴日上任，爲我國首批駐外外交官之一，卒於光緒三十一年（1905 年），年五十八歲。黃遵憲不僅任外交官時長才卓識，獨當一面，對於當時的政治，有精識遠見，不囿於古，自成一家之言，所論皆精闢，足以醫時弊，實爲一位進步的政治活動家和詩人。光緒二十年（1894 年），黃遵憲奉調回國之後曾參加維新派組織強學會，頗支持新政，奈何變法失敗。其詩溫和、穩健。主張「我手寫我口」，別拓疆界，能以新理想新事物新語句入舊風格，一個才力學識，又足以運之，革新內容，擴充詩境，卓然自立於二十世紀中，不愧爲大家。〔註60〕

光緒二十九年（1903 年），朱祖謀爲廣東學政，曾至黃遵憲人境廬話舊，可見兩人爲舊識，朱祖謀有詞云：

〈燭影搖紅〉晚春過黃公度人境廬話舊

春暝鉤簾，柳條西北輕雲蔽。博勞千載不成晴，煙約游絲墜。狼籍殘英劇地。傍樓陰、東風又起。千紅沉損，鵊鵊聲中，殘陽誰繫。　容易銷凝，楚蘭多少傷心事。等閒尋到酒邊來，滴滴滄洲淚。袖手欄獨倚。翠蓬翻、冥冥海氣。魚龍風惡，半折芳馨，愁心難寄。

光緒三十年（1904 年）九月，朱祖謀舟過香港、復有詞寄黃遵憲。其詞云：

〈夜飛鵲〉香港秋眺懷公度

滄波放愁地，游棹輕迴。風葉亂點行杯。驚秋客枕，酒醒後，登臨塵眼重開。變煙盪無際，颭天香花木，海氣樓台。冰夷漫舞，喚癡龍，直視蓬萊。　多少紅桑如拱，籌筆問

〔註60〕見《黃公度先生傳稿》吳天任著，頁 10。

何年，直割珠崖。不信秋江睡穩，掣鯨身手，終古徘徊。
大旗落日，照千山劫墨成灰，又西風鶴唳，驚笳夜引，百
折濤來。

兩闋詞皆為寄懷之作，加上時局的動盪，詞中多悲壯沉痛之語，「大
旗落日，照千山劫墨成灰，又西風鶴唳、驚笳夜引，百折濤來」，更
說明所處環境的險厄，兩人亦同為朝廷命官，感同身受，情誼自見。

（二）鄭文焯

　　鄭文焯（1856～1918 年），字俊臣，一字叔問，號小坡，又號大
鶴山人、冷紅詞客，奉天鐵嶺人。清光緒元年（1875 年）舉人，官
內閣中書，不樂仕進，戊戌政變，感憤棄官，旅食江蘇，為巡撫幕客
四十餘年，徜徉湖山之間，著書作歌詞以老。晚築樵風別墅於蘇州。
辛亥革命後，以遺老自居，益窮困潦倒，鬻畫為生，然病懶不多作。
善詼諧，工尺牘，兼長金石書畫、醫學。雅慕姜夔之為人，又精音律，
深明管弦聲數之異同，上以考古燕樂之舊譜。民國 7 年（1918 年）
卒，年六十三，葬鄧尉。詞集名《樵風樂府》，又有《詞源斠律》、《絕
妙好詞校釋》、《大鶴山人詞話》，並批校《花間集》、《東坡樂府》、《清
真集》、《白石道人歌曲》、《夢窗詞》等。

　　鄭文焯精通音律，與有「律博士」之稱的朱祖謀，關係也相當密
切，兩人對於音律多有砌磋討論，尤其對於《夢窗詞》的喜好，更有
志一同，王、朱兩人合校的《夢窗詞》曾寄給鄭文焯，鄭文焯也一起
加入了批校的行列，更可見他們之間的情誼。

　　〈祭天神〉題歸鶴圖為彊村作

　　歎歲寒殘雪誰堪語。換蒼苔、舊步荒江橋上路。西園夢後
　　重尋，賸有閒鷗侶。奈滄江、照影依依，階前舞。寂寞送、
　　孤雲去。　漫追惜、仙客歸來誤。江山在，人物改，一霎
　　成今古。念茫茫、蟲沙陳跡，天海風聲，獨立斜陽，自斷
　　凌霄羽。

　　此外，尚有〈聲聲慢・秋晚索居簡彊村有懷京國舊遊〉、〈小重山

令〉、〈惜紅衣〉、〈慕山谿〉……等詞唱和往來，可見兩人爲交往甚密的好友。

（三）夏孫桐

夏孫桐字閏枝，一字悔生，晚號閏庵，江蘇江陰人。咸豐七年（1857年）四月二十二日生。光緒壬辰（1892 年）進士，授編修，歷任湖州、寧波、杭州知府。民國初入清史館，嘉、道、咸、同四朝臣工列傳及循吏、藝術兩彙傳，凡一百卷，並出其手。又佐徐世昌輯《晚清簃詩匯》及《清儒學案》。民國 30 年（1941 年）十二月二十二日卒，年八十五。著有《觀所尚齋文存》及《悔龕詞》二卷。

夏孫桐與朱祖謀爲兒女親家，在詞人之中，關係更爲特殊。其《悔龕詞》自序云「丁酉戊戌（1897～1898 年）間在京師時，從王半塘、朱古微游，強拉入社，所作甚少，稿亦多佚。己亥庚子（1889～1900年）之作，則盡在此冊。」〔註61〕可見當時夏孫桐也是王鵬運所舉詞社的詞友。

〈萬里春〉爲古微題冬心畫梅

脂凝黛洰，黯淡春愁如訴，悵徐孃有限殘妝，其東風終古。

隨我江湖去，便容易劫灰，一度認枯縑，多少滄桑，怪金
仙無語。

（四）陳　洵

陳洵（1871～1942 年），字述叔，號海綃，廣東新會人，補南海生員。少有才思，游江右十餘年。早歲家貧，授徒自給，喜塡詞。晚歲教授廣州中山大學。陳洵詞由夢窗以溯清真，然常自謂得訣於漢魏六朝文，不但規規於趙宋諸家也。其論詞旨要，則以重、拙、大三字爲歸。其詞集爲《滄海遺音集》，共二卷。復有《海綃說詞》。陳洵與當時唱酬者，不過里中數人，後爲朱祖謀賞識，朱祖謀爲刊布所著《海綃詞》，莫名始顯。夏孫桐所撰〈陳述叔先生事略〉一文，可見詞人

〔註61〕見《悔龕詞》自序，收錄在朱祖謀編《滄海遺音集》中。

相賞識、往來之情，其云：

> 初疆村未識先生時，偶睹先生詞數闋，讀之大詫，以為眞
> 能得夢窗神髓者。百計諮訪，始獲致書，這傾慕之意，願
> 得其稿刻之。是時臨桂況蘷生亦以詞稱於世，享名甚久。
> 一日過疆村，疆村盛稱先生詞，蘷生淡然置之。意謂今世
> 豈尚有能為夢窗者邪？他日復過疆村，疆村又出先生詞，
> 強使攜歸。蘷生讀之月餘，始大歎。先生嘗舉此事告予，
> 以見人之相知，其難有如此者。疆村既刻先生詞，益念先
> 生，自以垂老常恐不獲一函，庚午（1930 年）秋，先生買
> 舟北行訪疆村於滬上。吳湖帆禹作思悲閣談詞圖以紀之。
> 先是鄭大鶴與疆村交好，晚歲貧病，自知不久於世，因排
> 日書所為詞以貽疆村，得四厚冊。至是以二冊分贈先生，
> 且為言大鶴之詞，亦從夢窗入者，惜公來遲，不及與之見
> 矣。先生留滬月餘將歸，疆村賦〈應天長〉以餞，萍蓬逝
> 水，情見乎詞。明年（1931 年）歲暮而疆村遂卒。當疆村
> 靈耗傳至粵中，先生方買宅一區為終老計，署券將定，聞
> 之流涕而罷。自是每有所作，輒憮然歎曰，敢謂妙質尚存，
> 而運斤者已不可復得矣。〔註62〕

此載不失為當時詞友往來、唱和眞實之錄，其情誼自見。陳洵雖晚歲
才與朱祖謀交，難得知音之情，亦令人感動。朱祖謀特稱陳洵和況周
儀，曾云：「新會陳述叔，臨桂況蘷笙，並世兩雄，無與抗手也。」
其〈望江南〉詞云：「雕蟲手，千古亦才難。新拜海南為上將，試要
臨桂角中原，來者孰登壇。」〔註63〕

（五）陳曾壽

陳曾壽（1878～1949 年）字仁先，湖北蘄水人。光緒四年戊寅
（1878 年）八月十一日生。曾祖沆，號秋舫，嘉、道間以詩名，著

〔註62〕見《海綃詞》，陳洵著，夏孫桐所撰《陳述叔先生事時》，載於黃節
序後。

〔註63〕見《疆村語業》，《望江南》題辭，收錄《清詞別集百三十四種》十
二，頁 77。

有《簡學齋詩集》及《詩比興箋》行世。曾壽淵源家學，中光緒壬寅（1902年）舉人，癸卯（1903年）進士，歷官刑部主事、學部郎中、都察院廣東道監察御史。壯歲築室杭州之南湖，幽居奉母。中經喪亂，轉徙津、滬、遼左間。生平志事，百不一酬，而繁冤極憤鬱結佗傺幽憂之情，乃一寓於詩詞。性高潔，晚居滬上一斗室中，几榻蕭然，終日焚香默坐而已。民國38年卒。當六十歲時，明舊爲刊《蒼虬閣詩》十卷。其《舊月簃詞》一卷，收錄《滄海遺音集》。朱祖謀和陳三立相當推崇陳曾壽，詞作往返，相當頻繁。如：

> 〈浣溪沙〉閱彊村詞，憶及望予南歸、懸榻以待者經歲，中間數寄詞相間，淒然有作。
>
> 花徑冥冥取次行，舊盟全負甚心情？燕香灰盡也須驚。　懸榻經年虛望眼，寄聲幾度損吟魂？人天留影一彊村。

此外，尚有〈清平樂·題彊村校詞圖〉、〈太常引〉、〈高陽臺·贈彊村老人〉、〈采桑子·又賦二闋呈彊村老人〉、〈惜黃花慢、同彊村老人作〉、〈六醜·海棠和彊村老人〉、〈微招〉、〈齊天樂·寄彊村老人〉、〈渡江雲·和彊村老人寄懷〉、〈風入松·次韻彊村老人病起之作時將南下〉……等詞作，在陳曾壽《舊月簃詞》中與朱祖謀的唱和往返是最多的，兩人友好情誼，可得而知。

除此之外，近代著名的詞人龍沐勛、張爾田、楊鐵夫、夏承燾、夏敬觀……等人或出門下，或有所往返，皆欽慕彊村於詞壇之功。（相唱和詞人略見附錄二）

參、詞　學

（一）詞　論

朱祖謀和王鵬運一樣皆沒有留下論詞專著（朱祖謀有〈憶江南〉二十餘闋，僅雜題清朝名家，歷數家數而已，算不上是論詞專著），所以難以了解朱祖謀在詞論上有什麼主張，蓋所專注有別，力不在此。由王鵬運、朱祖謀兩人影響況周儀論詞的情況來看，隱約可見其

與常州派是一脈相傳。亦可略知朱祖謀的詞論。朱祖謀學詞甚晚，受王鵬運的啟迪和影響很大，其自述填詞之自歷云：

> 子素不解倚聲，歲丙申（光緒二十二年、1896 年）重至京師，王幼霞給事時舉詞社，強邀同作。王喜獎借後進，於予則繩檢不少貸。微叩之，則曰：「君於兩宋涂徑固未深涉，亦幸不睹明以後詞耳」。貽予四印齋所刻詞十許家，復約校夢窗四稿，時時語以源流正變之故。旁皇求索，爲之且三寒暑，則又曰：「可以視今人詞矣」，示以梁汾、珂雪、樊謝，稚圭、憶雲、鹿潭諸作。〔註64〕

由此可見四十歲才開始填詞的朱祖謀、爲詞得力於王鵬運者實多。而王鵬運的詞論亦是承繼常州詞派而來，故朱祖謀《半塘定稿》序一云：

> 君詞導源碧山，復歷稼軒、夢窗、以還清眞之淳化，與周止庵氏説，契若鍼芥。

由以上這二條敘述，亦可知朱祖謀也是繼承常州詞派的詞論，也同樣與王鵬運不拘泥於一家，而能集清宋詞家之大成。況周儀的詞論也受到了朱祖謀的影響，其述填詞之自歷云：

> ……繼可漚尹（朱祖謀）以詞相切蹉，漚尹守律綦嚴，余亦恍然嚮者之失，斷斷不敢自放，乃悉根據宋元舊譜，四聲相依，一字不易。其得力于漚尹，與得力于半塘同。人不可無良師友，不信然歟？〔註65〕

由此可得知，朱祖謀在詞論上相當重視詞律上的問題，「守律綦嚴」審音定律上採取精嚴的態度。沈曾植《彊村校詞圖序》云：

> 彊村精識分銖，本萬氏而益加博究，上去陰陽，矢口平亭，不假校本，同人（半塘）憚焉，謂之律博士。〔註66〕

〔註64〕見《近詞叢話》，徐珂撰，收錄在《詞話叢編》十二冊，頁4239。梁汾爲顧貞觀，有《彈指詞》；珂雪爲曹貞吉，有《珂雪詞》；樊謝爲屬鶚，有《樊榭山房詞》；稚圭爲周之琦，有《心日齋詞四種》；憶雲爲項廷紀，有《憶雲詞》；鹿潭爲蔣春霖，有《水雲樓詞》。
〔註65〕同上，頁4238。
〔註66〕收錄在《彊村叢書》中，見序三。

由以上幾點的論述，可得知朱祖謀在詞論上有下列幾點：

一、受王鵬運啓迪，承常州詞派之風，然不專拘泥於一格。

二、填詞首重在審音定律，對於音律諧協，採精嚴的態度。

（二）風　格

朱祖謀雖然四十歲受王鵬運之邀入詞社，才開始學填詞，但是其專注與投入的態度，令人佩服。其一生的經歷亦同王鵬運一樣，在朝為官，忠言直諫，不為所用，導致國難頻頻，內心的掙扎與苦痛，環境的險阻，最後清帝國的滅亡，民國建立，遺老身份自居，於家於國的憂患，層層疊疊的愁緒，是多麼的錯綜複雜；苦難的心境，也只能陶寫於詞，故其詞也呈現了多樣的風格。

朱祖謀填詞之初受王鵬運啓迪很大，又與王鵬運兩人同校夢窗四稿，故其初填詞以學夢窗入手，於夢窗詞也得力最多。

〈齊天樂〉獨游龍樹寺有懷半塘次珊

高林葉葉無留意，長安頓驚秋少。淚掩疏襟，愁呼斷角，新結傷高懷抱。歸艎路渺。對搖落滄洲，夢痕千繞。立盡斜陽，故人不共雁程到。　清游經亂更減，舊時嵌壁句，空委煙草。故國駘驚，飛仙擁鶴，消息微聞江表。離心悄悄。付一笛黃昏，水風殘調。寄語南雲，茂陵人漸老。

又如：

〈木蘭花慢〉送陳伯弢之官江左

聽枯桐斷語，識君恨，十年遲。正濺淚花繁，迷歸燕老，春去多時。相攜。夢華故地，怪單衣無路避塵緇。錦瑟看承暫醉，白頭吟望低垂。　差差。津館柳成絲。離緒費禁持。問何計消磨，夕陽宦味，逝水心期。鷗夷。舊狂漫理，已沉陰江表杜鵑啼。莫上吳臺北望，斜煙亂水淒迷。

由上這二闋詞，可見朱祖謀對友人的情誼是相當深厚的，所表達亦是蘊藉而不刻露，用含蓄的筆法來寫出，雋潔而不粗率，情味自然流露，深得夢窗潛氣內轉之法。

　　王鵬運謂朱祖謀的詞，在庚辛（1900～1901 年）之際爲一大界限（王鵬運遺書），蓋漸肆力於蘇、辛，不復爲夢窗所囿矣，時局的動盪不安，亦是影響其詞風之變。

〈祝英臺近〉欽州天涯亭梅

掩峰屏，喧石瀨，沙外晚陽斂。出意疏香，還鬥歲華豔。喧禽啼破清愁，東風不到，早無數繁枝吹淡。　已凄感，和酒飄上征衣，苺鬖淚千點。老去難攀，黃昏瘴雲黯。故山不是無春，荒波哀角，卻來憑、天涯闌檻。

在詞風上已融入了稼軒的雋逸，然其中亦含有夢窗婉密之面目，時局艱難，心境上的感受在詞中也隱約可見，「老去難攀，黃昏瘴雲黯」句，情景相交融。其學東坡亦能得清麗舒徐之處，在意境音節上也宛若東坡，如：

〈洞仙歌〉

年年明月，照高樓無恙。只是清宵易惆悵。算姮娥、識我不爲閒愁，飛動意，把琖凄然北向。　酒醒烏鵲起，一碧雲羅，遙指虛無斷征鞅。知道有前期，對影聞聲，甚邈隔、萬重山樣。須信是、瓊樓不勝寒，猶自有愁人，白頭吟望。

除了宗法夢窗，仿效稼軒、東坡之外，朱祖謀對於兩宋諸大家，亦能擬和，維妙維肖。擬柳永者，如：

〈安公子〉

雨氣昏園夜。夜聲風葉行空謝。倦潑深杯人不醉，數南譙更羅。見暗裏、霜蟾影壁虛弦掛。偏背燈、臥起都無那。漸曉笳凄動，吹落瓊瑰盈把。　重疊魚書迀。避人吟覷成凄詫。甲帳珠襦前日事，苦東風衰謝。夢說與、當筵莫漫危絃卸。鸞鏡塵、中有滄洲畫，憑竹黃池冷，猶是夕陽未下。

擬晏殊者，如：

〈虞美人〉

朝朝愁黛羞鸞鏡。腸斷安排定。玉梅傳琖別筵開。卻道未須花謝便歸來。　炎洲路在屏風上。酒醒鳴雙奈。淚花不

惜澆紅賤。知道黏天波浪寄書難。

擬周邦彥者，如：

〈塞翁吟〉

亂笛迴塘路，催換野色瓏璁。故情斷，墜衣紅。浣急雨闌
東。客懷未有秋搖兀，慵對艷錦屏空。暗裏憶，舊珍叢。
負一舸匆匆。　花宮。星期近、南飛倦翼，憔悴與、津梁
夢中。料今夜、西池露下，盼不到、太乙仙槎，怨入高鴻。
鴛鴦最苦，睡穩荒波，猶夢薰風。

和姜夔者，如：

〈玲瓏四犯〉

屐齒舊香，塵沙殘墨，遊蓬芳事如水。故家煙月在，耐得
闌干倚。提攜自憐影底。有東風伴人垂淚。夢裏嬋媛，劫
餘勞蝶，知我孿戔意。　天涯望春歸矣。問尋香杜曲，新
恨誰理。眼看詩酒瘦，應接鵑聲裏。莫教秉燭西園夜，但
攀摘尋常桃李。須記起春恨，在千紅舊地。

和王沂孫者、如：

〈解連環〉

翠屏香寂。又銅壺促晚，妒雲慵坼。記夜娥，坊陌年年，
換幾度風光，暗羅塵額。盼極霜娥，為點逗、六街春色。
甚青鸞信渺，鈿軸巷空，墜歡輕擲。　滄洲半迷舊國。正
銅華寫照。天上愁憶。想淚鉛、滴盡方諸，也淒對金仙，
暫時將息。小影山河，莫唱入、吹梅哀笛。背殘燈、有人
擁袖，夢尋冷驛。

出入兩宋諸大家，體備眾製，不專於一格，無美不臻。到了辛亥革命
之後，以遺老自居，風格又一轉變，多哀思悽惋，沁人心脾。如：

〈滿江紅〉題杭州岳忠武廟精忠柏用忠武韻

大木無陰，渾不似、眾芳彫歇。相望處、靈旗風雨，於今
為烈。終古心堅如鐵石，何人手植無年月。向南枝、應有
舊啼鵑，聲淒切。　奸檜鑄，沉冤雪。幽蘭瘞，仇讎滅。
問喬柯幾見，金甌圓缺。朱鳥定飄枋得淚，碧苔疑漬萇弘

血。更空山、玉骨冷冬青，悲陵闕。

蓋借精忠柏以寄故國之思，「終古堅如鐵石」一語，亦如朱祖謀對清室的忠貞，下半闋更表哀思激楚，令人動容。

〈國香慢〉爲曹君直題趙子固凌波圖

一禎湘魂。正捐瑲水闊，汎瑟煙昏。江皋幾叢憔悴，留伴靈均。日暮通詞何許，有嬋媛北渚孤鞶。國香縱流落，未許東風，換土移根。　經年亡國恨，料銅盤冷透，鉛淚潸痕。故宮天遠，鵝管從此無春。補作宣和殘譜，儘消凝、老去王孫。不成被花惱，步入鷗波，滿襟秋塵。

喻亡國之恨，調亦淒咽。「經年亡國恨，料銅盤冷透，鉛淚凍痕」，淒楚的血淚，如此斑斑可見，殆所謂「絃絃掩抑聲聲思」，聲情直寫於紙上。又如：

〈高陽台〉花朝渝樓同蒿叟作

短陌飛絲，長波皺麴，市帘江柳爭青。中酒年光，買春猶是旗亭。綵旛長記花生日，甚綠窗、兒女心情。儘安排、畫桁吳縑，鈿閣秦箏。　白頭未要相料理，要哀吟狂醉，消遣餘生。無主東風，博勞怨不成聲。朦朧幾簇東闌雪，算今年又看清明。怕相逢、社燕歸來，猶訴飄零。

其哀思之情，歷歷在目，下半闋中更是淒咽，「白頭未要相料理，要哀吟狂醉」、「無主東風，博勞怨不成聲」、「猶訴飄零」連貫起來的情緒是多麼沉痛複雜，也唯有頻經喪亂飽經世故者，才能有此悽惻之作。

　　朱祖謀的風格由上述可知，其得力於半塘實多，承繼常州詞派的詞風，初學夢窗，能得夢窗之精髓，詞境日進。王鵬運遺書云：「自辛丑（1901 年）夏與公別後，詞境日趨於渾，氣息亦益靜，而格調之高簡，風度之矜莊，不惟他人不能及，即視彊村己亥（1899 年）以前詞，亦頗有天機人事之別。」又云：「自世人之知學夢窗，知尊夢窗，皆所謂但學蘭亭面者。六百年來，真得髓者，非公更有誰耶。」備見推崇，以足證彊村此後之造詣非過譽也。其後融諸家之長於詞中，東坡、稼軒的豪放，周邦彥的精密、工麗，王沂孫、張炎、姜夔

都提供了多樣的藝術養料，任由朱祖謀汲取，豪放的、典雅的、工麗的、含蓄的、婉約的，加上時代情緒的鎔鑄之下，匯聚成多樣的風格特色，而以含蓄幽雅、婉轉低徊爲其基調。他的藝術語言典麗精工，自然流暢，精於審音定律，守律嚴密，點化前人詩詞語句亦渾然天成，唯小處有琱琢之跡，然不損朱祖謀在清詞之地位。

（三）貢　獻

　　朱祖謀有功於詞壇，同王鵬運一樣，亦在校勘詞集。朱祖謀學詞受王鵬運的啓迪，對於詞集校勘專注認眞的態度也深受王鵬運的影響，蓋王鵬運《四印齋所刻詞》發其端，而《彊村叢書》集其大成。自從辛亥以後，朱祖謀就一心專作校勘的工作，所有南北藏書家的抄印善本，搜羅殆盡，校刻唐、五代、宋、金、元詞總集五種，別集一百六十八家（唐別集一家、宋別集一百十二家，金別集五家、元別集五十家）而成《彊村叢書》一大部，成爲詞壇上空前偉績。陳三立〈朱公墓誌銘〉云：

> 所搜唐宋金元百六十三家（據《彊村叢書》，應爲一百六十八家），取善本勘校，最完善。

夏孫桐〈清故光祿大夫前禮部右侍郎朱公行狀〉云：

> 半塘《四印齋所刻詞》，風行一時，公賡續之。積年所得，追求南北藏書家善本勘校。綜唐宋金元，凡總集五種，別集一百六十三家（應爲一百六十八家），既博且精，足以補常熟毛氏、南昌彭氏搜集所未逮；即半塘亦不能不讓繼事之盡善。

張爾田《彊村遺書·序》云：

> 先生守律則萬氏，審意則戈氏，尊體則張氏。而尤大有功于詞苑者，又在校勘。前此常熟毛氏、無錫侯氏、江都秦氏，廣刊秘籍，流播藝林，是謂蒐佚。下逮知聖道齋彭氏、雙照樓吳氏，或精鈔，或影宋，則又志在傳眞。雖未嘗無功於詞，而皆無當於詞學。先生則不惟蒐佚也，必覈其精。不惟傳眞也，必求其是。蓋自王幼霞之校夢窗，述敍五例以程己能。先生循之，津涂益闢。是故樂府之有先生，而

後校讎乃有專家。下與陳晁競爽，上與向歆比隆。六義附庸。蔚爲大國。遂使聲律小道，高儕乎古作者之林。與三百年樸學大師，相揖讓乎尊俎之間，在于三累之上。嗚呼！可謂詞學之極盛已。

由上述三位對於《彊村叢書》的評論，他的價值和貢獻是有目共睹，值得肯定的。此外，朱祖謀選輯宋人之詞作，始宋徽宗，迄李清照，凡八十七人，人選數首，即爲有名的《宋詞三百首》，比之於《唐詩三百首》。中以周邦彥（二十二首）、吳文英（二十五首）爲最多，求詞之體格神致以渾成爲主旨。況周儀在序言中極力的推崇此書，其言云：

彊村先生嘗選宋詞三百首，爲小阮逸馨誦習之資，大要求之體格、神致，以渾成爲主旨。夫渾成未遽詣極也，能循塗守轍於三百首之中，必能取精用閎於三百首之外，益神明變化於詞外求之，則夫體格、神致間尤有無形之訢合，自然之妙造，即更進於渾成，要亦未爲止境。夫無止境之學，可不有以端其始基乎？則彊村茲選，倚聲者宜人置一編矣。〔註67〕

朱祖謀的晚年，完全投入詞集的校勘和刊行，手定諸稿，歿後由龍沐勛輯爲《彊村遺書》，內容有：《足本雲謠集雜曲子》一卷、《定本夢窗詞集》一卷，《詞莂》一卷，《滄海遺音集》十三卷、《曼陀羅寱詞》一卷，《香草亭詞》一卷，《郢雲詞》一卷，《蟄庵詞》一卷，《悔龕詞》一卷，《凌波詞》一卷，《遯庵樂府》一卷，《靜庵長短句》一卷，《海綃詞》二卷，《海綃說詞》一卷，《回風堂詞》一卷、《舊月簃詞》一卷，《彊村語業》三卷，《彊村棄稿》一卷，《彊村詞賸稿》二卷，《彊村外集詞》一卷，《彊村校詞圖題詠》一卷，《歸安埭溪朱氏世系》一卷，《彊村先生行狀》一卷，《墓誌》一卷，都二十四種，四十卷。其中的定本夢窗詞集，是朱祖謀第四次的校勘，可見他精密而且嚴謹的態度。由以上的論述可知朱祖謀在詞壇上的貢獻非常卓越，對於近代詞學影響深遠。

〔註67〕見《宋詞三百首箋注》，朱祖謀選輯，唐圭璋箋注。頁4。

（四）評　論

朱祖謀爲晚清四大詞人之一，集晚清詞學之大成，歷來評論者眾多，摘其要以述。冒廣三《小三吾亭詞話》云：

> 歸安朱古微侍郎，中歲始填詞，而風度矜莊，格調高簡。王幼遐云「世人知學夢窗，知尊夢窗，皆所謂但學蘭亭之面，六百年來，眞得髓者，古微一人而已。」古微詞品不可及，人品尤不可及。庚子夏秋之間，黃巾黑群情洶洶，古微獨昌言其不可恃，幾陷不測。〔註68〕

葉恭綽《廣篋中詞》云：

> 彊村翁詞，集清季詞學大成，公論僉然，無待揚榷。余意詞之境界，前此已拓殆盡，今茲欲求於聲家特開領域，非別尋塗徑不可。故彊村翁或且爲詞學一大結穴，開來啓後，應有繼起而負其責者，此今日論文學者所宜知也。〔註69〕

王國維《人間詞話》云：

> 近人詞如復堂詞之深婉，彊村詞之隱秀，皆在半塘老人上。彊村學夢窗，而情較夢窗反勝，蓋有臨川、廬陵之高華，而濟以白石之疏越者，學人之詞，斯爲極則。然古人自然神妙處，尚未見及。〔註70〕

陳銳《裒碧齋詞話》云：

> 朱古微詞，墨守一家之言，華實並茂，詞場之宿將也。〔註71〕

賀光中《論清詞》云：

> 寄綿密於藻麗，抒情於比興，盡融諸家之長，聲情臻樸茂，清剛雋上，並世詞家，咸推領袖焉。〔註72〕

王易《詞曲史》云：

> 專宗夢窗，訂律精微，遣詞麗密，而託體高曠，行氣清空，

〔註68〕見《詞話叢編》，頁 4322。
〔註69〕見《廣篋中詞》，頁 297。
〔註70〕見《蕙風詞話・人間詞話》，頁 231。
〔註71〕見《詞話叢編》，頁 4211。
〔註72〕見《論清詞》，頁 176。

尤能一掃餖飣之弊；……而彊村靈光巋然，殆天留比老，
作清二百六十餘年詞壇之殿軍，而為茲世之導師。〔註73〕

張爾田〈與龍榆生論彊村詞書〉云：

古丈晚年詞，蒼勁沉著，絕似少陵夔州後詩。〔註74〕

張爾田題彊村丈詞集，〈望江南〉兩首：

霜腴好，曾憶鶩翁評。天處鳳皇誰得髓，人間韶濩有中聲，
七寶自然成。

衡門意，投老若為家。半篋傷心餘諫草，一春垂淚對江花，
應有匪風嗟。〔註75〕

胡先驌〈評朱古微彊村樂府〉云：

彊村詞骨高韻遠，敻異乎尋常之詞人。……六百年來清響
久歇，得彊村詞視逾環寶，嘗不揣謬妄，許為有清一代之
冠。〔註76〕

吳梅《詞學通論》云：

朱丈漚尹從半塘游，而專力夢窗，其所詣尤出蘷笙之上，
粵使歸後，即息影吳門，嘗與小坡往返酬和，極一時盍簪
之樂。〔註77〕

夏承燾《瞿髯論詞絕句》云：

論定彊村勝覺翁，晚年坡老識深衷。

一輪暗淡胡塵裡，誰畫虞淵落照紅。〔註78〕

〔註73〕見《詞曲史》，頁490。

〔註74〕載於詞學季刊，第一卷、第二號，頁201。

〔註75〕見學衡雜誌，第十期，頁1371。

〔註76〕張爾田〈望江南〉詞小序：「題彊村丈詞集，丈有望江南詞，題清代
名家詞集略備，而丈實為清代詞家一大殿，不以無述，爰倣其體，
補題二解。」載於同聲月刊四卷二期。饒宗頤收錄《文轍——學史
論集》，頁780。

〔註77〕見《詞學通論》，頁184。

〔註78〕見《瞿髯論詞絕句》，夏承燾著。

第三節　劉福姚（附論宋育仁）

壹、劉福姚

關於劉福姚的生平事蹟，沒有留下較完整的資料，僅有一些片面資料，所以無法有一較全面性的了解，甚爲可惜，今僅能引述這些吉光片羽，略知其事蹟。據《詞林輯略》載：

> 劉福姚，字伯崇，號守勤，廣西臨桂人，授修撰官至撰文。
>
> 〔註79〕

此載是光緒十八年（1892 年）壬辰科，進士題名錄所載，劉福姚列爲第一。又《清代廣東詞林記要》載：

> 第一百零七科　光緒十八年壬辰
>
> 本科狀元是劉福姚，廣西臨桂人。〔註80〕

劉福姚是狀元郎出身，其富豐的學識，深厚學問基礎由此更可見一斑。同年及第的翰林，較有名者，如陳伯陶、蔡元培、夏孫桐等人〔註81〕。葉恭綽《全清詞鈔》中作者小傳載：

> 劉福姚，字伯崇，號守勤，一號忍庵，廣西臨桂，光緒十八年進士及第，授翰林修撰，官至秘書。著有《忍庵詞》。
>
> 〔註82〕

嚴迪昌《清詞史》云：

> 庚子（1900 年）八國聯軍入侵，與王鵬運、朱孝臧一起填詞于北京宣武門外場頭條胡同的還有劉福姚。劉氏字伯崇，號守勤，一號忍庵，也是廣西桂林人。光緒十八年進士，官至祕書郎。著有《忍庵詞》。劉氏詞多淒怨，「亂愁多似夢中雲」

〔註79〕見《詞林輯略》，清代傳記叢刊，周駿富輯，頁 508。

〔註80〕據《清代廣東詞林紀要》載，孫甄陶著，頁 140。

〔註81〕同上，其中陳伯陶是探花，入民國後擔任國史館編修。蔡元培是近代教育家，夏孫桐亦爲有名的詞人。

〔註82〕見《全清詞鈔》，頁 1867。葉恭綽還劉福姚詞六首，〈琴調想思引〉一首及〈玉樓春·和小山韻〉兩首，這三首是選自《庚子秋詞》。另外三首爲〈齊天樂·鴉〉、〈桂枝香·銀魚〉和〈西窗燭〉，屬長調，應爲選自《忍庵詞》，而此集恐已不傳？

（〈琴調相思引〉）是名句，亦可見其風格。〔註83〕

嚴迪昌所引亦本於葉恭綽，所言「劉氏詞多淒怨」，正是《庚子秋詞》所呈現的基調。至於評論的部分則更少，葉恭綽《廣篋中詞》中選劉福姚八首詞，其中三首：

〈西江月〉「春餅龍團試罷夜」，評云「調高詞苦」。

〈臨江仙〉「幻出玉樓瑤殿影」，評云「沈摯」。

〈玉樓春〉「春駒作隊嬌鶯舞」，評云「唐魏晉帖，已近自然，時在庚子，故言皆有物。」〔註84〕

另外，尚有黃華表〈清代詞人別傳〉中隻字片語，其云：

番禺（廣東）劉伯端詞丈論清詞，極稱吾桂（廣西桂林）劉伯崇殿撰之小令，爲近紀第一〔註85〕。

約略知劉福姚小令，爲其精專所在，在全爲小令的《庚子秋詞》中，劉福姚亦有相當突出的表現。

就上述的吉光片羽，約略可知，劉福姚有狀元郎極佳的出身背景，與王鵬運、朱祖謀同樣在朝爲官，詞作的小令是其特長所在。

貳、宋育仁

宋育仁在《庚子秋詞》中和作的詞共有三十九首，王鵬運《庚子秋詞序》云：

富順宋芸子，檢討和作若干首，并依調類列，用避渚唱和例也。芸子以九月下旬附會，船南去，故所作不多。

所作雖不多，亦宜知其生平事略。

宋育仁字芸子。一字芸岩，復庵，四川富順人。生於咸豐八年（1858年）卒於民國20年（1932年），年七十四歲。宋育仁年少即

〔註83〕見《清詞史》，嚴迪昌著，頁524。

〔註84〕見《廣篋中詞》，頁231～234。葉恭綽所選這八詞，全選自《庚子秋詞》。另五首爲〈虞美人影〉一首，〈玉樓春〉四首。

〔註85〕此篇載於民主評論半月刊，第七卷、第十期，民國45年5月20日出版，撰著黃華表亦是廣西臨桂人，故言：「極稱吾桂劉伯崇殿撰之小令，爲近紀第一。」

聰明「髫齔穎秀，讀書能貫通大義，尤邃於經史，張文襄蜀學，頗嘆異焉」〔註86〕其後才華就被發掘，受到相當的重視。「洎湘潭王闓運來主尊經，尤見推重，因博通六藝，汎覽詞林，所爲文軼庾徐、駢揚馬，獻光緒三大禮賦，馮煦以爲典麗喬皇，直遍漢京，詩則蘊藉芊綿，華實並茂」〔註87〕。光緒十二年（1887年）舉進士，甲午年（1894年）任英法義比使館參贊官，當時發生中日甲午戰爭，海軍盡喪，宋育仁曾密謀購英艦以襲長崎，後來馬關條約簽定，此議也終告無結。光緒二十四年（1896年）王鵬運在北京創立咫村詞社，鄭文焯、朱祖謀、宋育仁皆當時詞社社友。〔註88〕庚子（1900年）拳亂，困於京城，於是與王鵬運、朱祖謀、劉福姚三人塡詞唱和，因事而南下。翌年美使精琦來華，商討有關代理中國財政之事，宋育仁當面斥責七十餘條款。光緒三十四、三十五年（1908～1909年）之際，進入楊士襄任幕僚，先後帶職五部，名重一時，希望引經術來改革治理，興新法以利民。後來辛亥革命，未能展其新法之治，乃隱歸茅山。其後王闓運入都任國史館職，作書招之，才又復出。民國初年，時局混亂，袁世凱野心勃勃，欲其勸進，然宋育仁不爲所動。感時局之衰徵，道失之久矣，所以改號曰道復，專注於聖王之學。「自是主講國學院，開門授徒，業孔子之六藝。推史跡之百王，觀於三統，鑑於四裔。切近世，極人變，爲經術。政治述論數萬言，而尤深于禮。……主通經致用爲濟天下立倫教之本。宋育仁晚年述四川通志「存蜀舊風，上祀玄囂，昌意建以來，至秦罷侯置守，下至於茲，論其世次。考其建置疆域因革治亂之跡，爰及禮俗野文學術盛衰。」〔註89〕投入了最後的餘力，完全致力於四川通志，到了民國20年（辛未年）遺志稿成，力瘁而卒。享年七十四歲。私諡文

〔註86〕見蕭月高撰《宋芸子先生傳》，載於國史館館刊，一期四卷，民國37年11月。頁108～109。
〔註87〕同上。
〔註88〕見饒宗頤〈清詞年表〉，頁868。載於《文轍——文學史論集》。
〔註89〕同註86。

康，所著有問學閣叢書，尼經說政論詩文詞都數十種。

宋芸子爲識時之彥，明於中西的學術，奈何無法受到賞識，一展其才。宋芸子於詩致力較多，於詞較少。然感時撫事作之作，蘊藉綿遠，不失雅音。陳銳《裒碧齋詞話》評其詞云：

宋芸子，詞非顓門，要自情韻不匱。〔註90〕

〔註90〕見《裒碧齋詞話》，陳銳撰，《詞話叢編》頁 4211。

第三章　庚子秋詞作品分析

　　《庚子秋詞》完全是庚子事變下的文學作品，前二章已對庚子事
變的歷史環境背景，晚清詞壇的風尚，乃至於作者生平事蹟作了一番
的論述，本章即對《庚子秋詞》的作品進行深入的分析和探討。第一
節先論述《庚子秋詞》的版本、選本及詞牌，以了解詞作的基調。第
二節討論其作品呈現的風格特徵。第三節就其內容作析探，予以分
類。第四節討論詞作呈現的比興寄託，與常州詞派之間的關係。第五
節分析詞作所表現的藝術特色。

第一節　版本及詞牌

　　研究一本作品，必先了解其版本及選本狀況，然後用最佳、最
完整的版本作爲研究的底本，以期使研究結果更臻精確。《庚子秋
詞》完成於光緒二十六年（1900 年），集結後刊行，時間約在光緒
二十七年至二十八年間（1901～1902 年），然由於民國以後，新文
學成爲強勢文學主流，故《庚子秋詞》的流傳不多，益以晚清時代
至今未逾百年，因此《庚子秋詞》的版本問題相當單純。茲將《庚
子秋詞》刊本介紹如下：

一、《庚子秋詞》二卷。光緒間刻本，有正書局石印本。〔註1〕

王鵬運（原題半塘僧鶩）朱祖謀、劉福姚合撰。計卷上起庚子八月二十六日〔註2〕，訖九月盡，凡閱六十五日，得詞二百六十八，附和作三十六，共三百又七首。卷下起十月朔，訖十一月盡，凡閱五十九日，得詞三百十三，附原作二，共三百十五首。

二、《庚子秋詞》二卷。台灣學生書局影印本。

學生書局，於民國 61 年 1 月影印初版，因其爲影印本，故其內容編排上完全同於原來的版本。台灣學生書局的影印本，是目前流通較廣的刊本，且皆按照原版本影印，故少訛誤，亦無校勘上的問題。

選本部分如下

一、《半塘定稿》中選《庚子秋詞》十七首。

收錄在王鵬運晚年所刪定的《半塘定稿》裡，台灣學生書局影印本《半塘定稿·和珠玉詞》，所據乃光緒間刻，本（光緒三十年，1904 年），其前有朱祖謀爲之序，鍾德祥爲之序二，並附半塘僧鶩小像，及半塘像讚。王鵬運卒於光緒三十年（1904 年）春，同年其友朱祖謀爲其遺稿刊行，即《半塘定稿》二卷。

二、《清名家詞》中選王鵬運《庚子秋詞》十七首。

《清名家詞》中，收錄《半塘定稿》二卷，乃據《半塘定搞》光緒間刻本。陳乃乾編輯，香港太平書局，1963 年 11 月版。

三、《清詞別集百三十四種》中選王鵬運《庚子秋詞》十七首。

《清詞別集百三十四種》十二，收錄《半塘定稿》二卷，此版本完全同於《清名家詞》本，民國 65 年（1976 年）8 月，由楊家駱主編，鼎文書局印行。

〔註1〕光緒間刻本今已罕見，有正書局石印本可能爲當初流傳較廣的本子，但今也已不多見。筆者據《義和團文獻彙編·四》中所載〈義和團書目解題〉得知，解題中所列詞作之數目亦完全同於學生書局影印本。

〔註2〕是年庚子年陰曆有閏八月，故訖九月盡，凡閱六十五日。

四、《王鵬運詞選注》中選《庚子秋詞》四十四首。

此書乃大陸學者劉映華所選注，廣西民族出版社，1984 年 8月出版。作者從王鵬運的詞集選出若干作品，其中《庚子秋詞》選四十四首，在數量上僅次於《味梨集》五十六首，可見作者對於《庚子秋詞》相當重視。後記中云：「他（王鵬運）生前也曾刻過自己的幾種詞集，即丙稿《味梨》，丁稿《鶩翁》，戊稿《蜩知》、庚稿《庚子秋詞》、《春蟄吟》五種，但流行較少。」可惜選注未說明《庚子秋詞》選用何為底本。該書對王鵬運的詞有較深入的探討，所註之部分，亦能說明王鵬運用典、融化前人詩句、晦澀之處，對了解王鵬運的詞有相當價值，是較佳的選本。

五、《清八大名家詞集》中選朱祖謀《庚子秋詞》五十九詞共六十四首。

此書乃大陸學者錢仲聯所選編，湖南岳麓書社，1992 年 7 月出版。錢仲聯仿唐宋古文八大家，選清詞人有卓越成就者計有八家：陳維崧、朱彝尊、納蘭性德、厲鶚、龔自珍、項鴻祚、文廷式、朱祖謀。其中於彊村詞剩稿卷一中選出朱祖謀《庚子秋詞》六十四首。是書只作編選的工作，未對作品作任何的探索及評論。

六、《全清詞鈔》中選王鵬運詞十一首，《庚子秋詞》選一首；朱祖謀詞二十三首，《庚子秋詞》選二首；劉福姚詞六首，《庚子秋詞》選三首。《全清詞鈔》乃葉恭綽所編，香港中華書局，1975 年3 月初版，是書搜羅廣博，收錄三千多家，是研究清詞的重要資料。

由以上版本及選本的介紹，可知《庚子秋詞》以學生書局的影印本為最通行的刊本，光緒間的木刻本及有正書局石印本，今已不多見。至於選本的部分，則以劉映華所選注的《王鵬運詞選注》為最佳的選本，不僅所選的數量多，對於詞作的討論也都優於其他的選本，其他的選本僅選出詞作而已。

其次，在分別探析《庚子秋詞》的內容、風格及藝術特色之前，先對《庚子秋詞》的詞牌作一介紹。

詞牌決定了一首詞的形式，而《庚子秋詞》是坐困愁城之中所產生的作品，王鵬運在序言中談及他們選詞牌的由來，其云：

> 先後移榻就余四印齋，古今之變既極，生死之路皆窮，於架上得叢殘詩牌二百許葉（頁），猶是亡弟辛峰（王維熙，字辛峰，一字稚霞）自淮南製贈者，葉（頁）顛倒書，平側（仄）聲字，各一系以韻目，約五百許言。

又云：

> 乃約夕拈一二調以爲程課，選調以六十字爲限，選字、選韻以將所有字爲限，雖不逮詩舊例之嚴，庶以束縛其心思，不致縱筆所之靡有紀極，然久之亦不能無所假借。

由此可知他們在困頓百般無奈之中，偶然從書架上得王鵬運胞弟王維熙生前所贈的叢殘詩牌二百許頁，然後大家就相互約定填詞的方式，選調以六十字爲限，選字、選韻以牌所有字爲限，填詞的興致愈填愈好，「十月後作尤氾濫，不可收拾，蓋興之所至，亦勢有必然也。」〔註3〕由於選調以六十字爲限，形成了這個詞集的特色，包括唱和之作，及附和友人之原作，全部皆爲小令〔註4〕。上卷拈調七十一，得詞二百六十八，附和作三十九首，共三百零七首；下卷拈調六十一，得詞三百十三，附原作二首，共三百十五首，合計上下卷，計得調一百三十二調，詞作五百八十一首，和作四十一首，全部共六百二十二首。其詞牌、量數統計如下：

上卷：（凡七十一個調牌，三百零七首）

〔註3〕見《庚子秋詞》，王鵬運敍，頁4。

〔註4〕詞自草堂詩餘起，開始有小令、中調、長調之分，以後詞人即此分詞的長短。錢塘（杭州）毛先舒且定出五十八字以內爲小令，五十九字至九十字爲中調，九十一字以上爲長調的原則。其實這是沒有什麼道理的，所以萬樹在《詞律發凡》裡說：「若以少一字爲短，多一字爲長，必無是理。如〈七娘子〉有五十八字者，有六十字者，將名之曰小令乎？抑中調乎？」萬樹的見解是對的，不必拘泥在字數上。然稱詞爲小令、中調、長調向一直沿用至今，且觀《庚子秋詞》選謂皆以六十字爲限，有意爲之，故還是稱其爲「小令」。

卜算子	五首	朝中措	四首
點降脣	四首	相見歡	五首
醜奴兒	四首	人月圓	四首
清平樂	四首	菩薩蠻	三首
鷓鴣天	四首	蹋莎行	四首
眼兒媚	五首	小重山	四首
一落索	四首	秋蕊香	四首
太常引	六首	燕歸梁	四首
夜游宮	四首	虞美人影	三首
月中行	四首	霜天曉角	七首
極相思	四首	戀繡衾	四首
好事近	七首	夜行船	三首
訴衷情	七首	謁金門	四首
醉落魄	三首	隔溪梅令	五首
浣溪沙	六首	海棠春令	四首
醉桃源	三首	柳梢青	四首
鳳來朝	五首	杏花天	五首
少年游	八首	畫堂春	四首
河清神	五首	更漏子	四首
武陵春	四首	愁倚闌令	六首
蝶戀花	四首	賀聖朝	五首
滿宮花	九首	鶯聲繞紅樓	三首
南鄉子	五首	迎春樂	三首
喜團圓	三首	上行杯	六首
醉花陰	三首	憶秦娥	三首
紅羅襖	四首	燭影搖紅	四首
巫山一段雲	三首	品令	三首
歸去來	三首	滴滴金	三首
惜春郎	四首	醉鄉春	六首
惜分飛	四首	關河令	三首
減字木蘭花	六首	天門謠	三首

憶悶令	三首	留春令	三首
鶴沖天	三首	萬里春	三首
河傳	五首	思帝鄉	五首
蕃女怨	四首	燕瑤池	七首
紅窗迥	三首		

下卷：（凡六十一個詞牌，三百十五首）

西溪子	八首	四字令	五首
芳草渡	三首	十二時	三首
怨春風	三首	西江月	六首
憶王孫	六首	雨中花	六首
漁歌子	三首	醉吟商小品	七首
醉花間	五首	慶春時	六首
胡搗練	七首	鳳孤飛	六首
甘草子	七首	臨江仙	七首
思遠人	三首	虞美人	三首
酒泉子	八首	金鳳鉤	四首
思越人	十三首	遐方怨	十三首
梁州令	七首	玉團兒	六首
三字令	七首	南歌子	七首
應天長	五首	鋸解令	六首
琴調相思引	三首	傾杯令	五首
望江南	三首	玉樓春	三十首
菊花新	三首	睿恩新	三首
憶漢月	三首	紅窗聽	三首
思歸樂	五首	鳳銜杯	七首
相思兒令	四首	撼庭秋	三首
秋夜雨	三首	珍珠令	三首
西地錦	四首	定風波	四首

一翦梅	三首	夜厭厭	三首
七娘子	三首	錦帳春	四首
調笑轉蹋	三首	山花子	三首
玉樹後庭花	六首	八寶裝	三首
鬥雞回	四首	摘紅英	三首
慶金枝	四首	花上月令	三首
茶瓶兒	四首	唐多令	五首
江月晃重山	三首	醉垂鞭	三首
浪淘沙	三首		

由以上的統計，每詞牌最少有三首，乃一人塡一首。其餘不等者，蓋因個人的興致，其中最多者爲〈玉樓春〉三十首，其次是〈思越人〉及〈遐方怨〉各十三首。在全部的六百二十二首中，其中王鵬運共二〇一首；朱祖謀一九一首；劉福姚一八九首；唱和者宋育仁三十九首；于穗平一首；張仲炘一首。

《庚子秋詞》全部皆以小令的形式塡寫，與所要表達的情感有密切的關係，蓋詞之初起，皆以短調（即所謂小令）的形式〔註5〕，字少而句短，最適合於寫一時之感觸詠物寄託，融比興之義於詞中，加上音節短促，吟詠之間，更得倚聲之眞味，梁啓勳《詞學》中對小令的看法是相當肯切的，其云：

> 五代之詞皆小令，故小令實爲詞之正格。字少而句簡，用
> 以寫一時之感觸，或一物之狀態，最爲自然。〔註6〕

簡短的小令形式，有其優點，梁啓勳又云：

> 詞之可愛，在其能以極自然而輕巧玲瓏之筆墨，表示情感，

〔註 5〕早期的詞調都是短調（即所謂小令），最早的詞選本《花間集》（五代趙崇祚編）中都是短調便可獲得證明。

〔註 6〕見《詞學》，梁啓勳撰，他認爲小令實爲詞之正格，「是以五代北宋之詞，品格高尚，態度雍容。無矯扭造作之痕跡，亦無劍拔弩張之氣。意既盡而語亦完，無事堆砌，此其所以輕清飄舉，絕無煙火氣也。」頁22。

　　　或描寫景物耳。長篇大論，何取乎詞。

當是時三子者困居愁城，憂憤國事，目睹京師之荼毒，短調形式爲最佳選擇。然而小令「易學而難工」〔註7〕。張炎《詞源》中云：

　　　詞之難於令曲，如詩之難於絕句。不過十數句，一句一字
　　　閒不得，末句最當留意，有餘不盡之意始佳。

吳梅《論詞法》云：

　　　短令宜蘊籍含蓄，令人得言外之意，方爲合格。〔註8〕

蔣兆蘭《詞說》云：

　　　詞中小令收處貴含蓄，貴遠神。〔註9〕

可見小令在詞調中最容易入手，但是也最難寫得好，字句簡短，所要表達的情感必須經一番洗鍊，才能有變化，有詞境的意味，否則容易流於千篇一律，而無眞實的情感。《庚子秋詞》凡六百二十二首皆小令，在選調上符合了婉約風格，相當適合在這樣愁苦困頓的生活中填寫，於國於家，感念時局的艱難、異族的蹂躪、自身的個性、懷鄉念友之情，皆一一由筆下寫出，有許多精采的作品。然日課以填詞爲事，不免會有些爲填詞而填之作，而流於貧乏。故《庚子秋詞》於量上可謂相當豐富，而在質的方面，則而更進一步的分析探討。

第二節　風格介紹

　　　風格是指作家創作時所流露出個性的基本特徵，它代表內容和形式上的統一，是作家的思想情感、個人性情、文學觀點、社會理想和美學理想融和在藝術作品的綜合表現。形成一種風格需要有相當的條

〔註7〕王國維《人間詞話刪稿》云：「散文易學而難工，駢文難學而易工。近體詩易學而難工，古體詩難學而易工。小令易學而難工。長調難學而易工。」見《蕙風詞話‧人間詞話》，頁233。
〔註8〕見《詞學叢譚》，頁42。
〔註9〕見《詞話叢編》，蔣兆蘭撰〈詞說〉，頁4273。

件，社會環境的變遷、作者自身的遭遇、學風的流衍皆會影響作品的
風格。而自來評詞者，多將詞的風格分爲婉約、豪放二派，清王又華
《古今詞論》云：

> （明）張世文（張綖）曰：「詞體大略有二：一婉約、一豪
> 放，主詞情蘊藉，氣象恢弘之謂耳。」〔註10〕

明朝的張世文首先把詞的風格分爲婉約、豪放二端。明徐師曾則據張
世文之說而加以補充，其《文體明辨序說》云：

> 論詞有婉約者，有豪放者；婉約者欲其詞情蘊藉，豪放者
> 欲其氣象恢宏。

自宋以來，詞的風格向以婉約爲正格，表現詞情蘊藉，而豪放者被視
爲別格，這種觀念，一直到明朝都如此信守。王又華《古今詞論》中
引張世文曰：「東坡稱少游爲今之詞手，大抵以婉約爲正，所以後山
評東坡如教坊雷大使舞，雖極天下之工，要非本色。」〔註11〕明人信
守自宋以來的婉約風格，認爲婉約才是正格，才是詞所表現的本質。
此外，徐師曾《文體明辨》更云：

> 詞貴感人，要當以婉約爲正，否則雖極精工，終非本色。
> 非有識者之所取也。

到了清代，詞論家對於詞的風格問題，逐漸不如此認爲。田同之《西
圃詞說》云：

> 塡詞亦各見其性情：性情豪放者，強作婉約語，畢竟豪氣
> 未除；性情婉約者，強作豪放語，不覺婉態自露。故婉約
> 自是本色，豪放亦未嘗非本色也。〔註12〕

詞家對於詞人性情不同，所作的詞在風格上就有所不同，說明性情與
風格的關係，二者皆當受到重視。又沈祥龍《論詞隨筆》云：

> 詞之體各有所宜，如：弔古宜悲慨蒼涼，紀事宜條暢澒漾，
> 言愁宜嗚咽悠揚，述樂宜淋漓和暢，賦閨房宜旖旎嫵媚，

〔註10〕見《詞話叢編》，清・王又華撰《古今詞論》，頁602。
〔註11〕同上。
〔註12〕見《詞話叢編》，清・田同之撰《西圃詞說》，頁1485～1486。

> 詠關河宜豪放雄壯。得其宜則聲情合矣，若琴專一，便非
> 作家。〔註13〕

可見婉約、豪放發乎性質之不同，表達不同的內容時，且各有其所宜，因此沈祥龍《論詞隨筆》又云：

> 詞有婉約有豪放，二者不可偏廢，在施之各當耳。房中之
> 奏，出以豪放，則精致絕少纏綿。塞下之曲，行以婉約，
> 則氣象何能恢拓。蘇、辛與秦、柳，貴集其長也。〔註14〕

至此，對詞風格上的婉約、豪放，終於有較客觀且正確認識，使這二種風格都能受到詞家的重視。

　　近人陳弘治先生認為除了豪放與婉約兩種之外，其實可以再加上「閑逸」風格一種。〔註15〕而「閑逸」的風格特色則為：以田園山水為背景，寫出作者恬適的生活與瀟灑的胸襟；注重雅淡自然，清新超爽；清靜悠閑的心情，表現於大自然的景物上。此一風格近於詩中的「田園派」，陳弘治並舉了辛棄疾的〈西江月〉（明月別枝驚鵲）及朱敦儒的〈好事近〉（搖首出紅塵）為例，說明「閑逸」風格，不論取材、修辭、表現方法各方面，都顯然和豪放詞大異其趣，也和婉約詞各有不同。其實，歷來即有「閑逸」風格的作品，但是在詞壇的主流——婉約風格之下，豪放尚被視為別格，「閑逸」的作品，自是少受重視。不過，陳弘治此說也為詞的風格整理出一條路徑，值得我們留意。

　　環視晚清詞壇，尚籠罩在常州派詞學理論之下，加上日益艱難的環境之下，詞家多以創作富比興寄託之詞為重點，詞作仍多以婉約風格主。《庚子秋詞》的完成，更是在八國聯軍佔據京師之時，滿目瘡痍、家園破碎、君王出奔、窮極困頓之下的產物，故《庚子秋詞》的基本風格，所呈現的幾乎完全都是婉約風格，只有極少數的

〔註13〕見《詞話叢編》，清。沈洋龍撰《論詞隨筆》，頁 4063。
〔註14〕同上。
〔註15〕見《詞學今論》，陳弘治著，頁 238。

詞作透露一些豪放和閑逸氣息，若從嚴而論，則幾乎全爲婉約；從寬而分，極少數的詞可視之爲豪放和閑逸的風格。

一、《庚子秋詞》中的婉約風格

　　婉約的風格向來爲詞的正格，在形式的表現上又以小令爲最佳，在全爲小令作品的《庚子秋詞》中，婉約的作品，俯拾即是，不少的作品呈現幽遠深沈的情韻、典雅細密，頗具盪氣迴腸、纏綿深款、低迴不己的動人力量。

　　　　〈玉樓春・和小山韻〉劉福姚
　　　　春駒作隊嬌鶯舞。錦樣年華愁裏度。一宵寒雨夢微醒，幾
　　　　陣飛花春欲去。　王驄莫繫垂楊路。那見多情留客住。年
　　　　年垂眼望征人，到此翻成腸斷處。

首句先點出熱鬧多姿的春日景象，又是春駒成隊、又是群鶯飛舞，而二句之後筆調轉爲蒼涼之感，劉福姚在京師爲官，正值壯年時期〔註16〕，而錦樣年華般的歲月，卻在這樣困頓的生活中度過；「一宵寒雨夢微醒，幾陣飛花春欲去」，更有無計留春住之感。以下由寒雨、飛花、春去、王驄莫繫、垂眼而凝結到最後的腸斷處，沈抑哀怨，無奈之感，令人低迴。葉恭綽《廣篋中詞》評此首云：「唐臨晉帖，已近自然，時在庚子，故言皆有物。」〔註17〕

　　　　〈西江月〉王鵬運
　　　　酒醒渾忘春在，夢輕欲共雲閑。多時琴上不安絃。不爲知
　　　　音人遠。　落落尊前風雨，悠悠笛裏關山。流光已是等閑
　　　　拚。底用楊絲深綰。

時局至此，往往寄託於酒，清醒之後，愁緒依舊，昔日好友而今何在？「落落、悠悠」二字更有著黯然神傷的情味，「風雨」對「關山」也

〔註16〕關於劉福姚的生卒難以考證，就現有資料來看，劉福姚爲光緒十八　　　　年（1892年）壬辰科及第的進士，則光緒二十六年（1900年）時，　　　　應爲其壯年時期，大約在三十歲至四十歲之間。
〔註17〕見《廣篋中詞》卷二，葉恭綽撰，頁234。

暗指家在風雨飄搖之中。

〈西江月〉朱祖謀

待闋鴛鴦社散。移家燕子巢寒。傷春人在醉醒間。酒冷花
飛人遠。　山枕一春無夢，水堂兩處憑闌。軸簾來與理琴
絃，心剪東風俱亂。

朱祖謀此首筆力精練。開頭二句以物起興，拆散了的鴛鴦、移了家的
燕子，很顯然的與家園在異族統治下，有微妙的關連，緊接下來「傷
春人在醉醒間」，所傷春者，其實乃「傷心」，下句更點明所傷者爲何
事「酒冷花飛人遠」一句中寫三種景況，一氣呵成，筆力精練。寓情
寄託酒中，但是酒已冷；想看看花，但是花已飄逝無蹤；昔日好友，
但是如今已遠離。下片承接傷春，「一春無夢」也只能於水堂處憑闌
凝望，再來捲起簾幕想彈奏琴絃，奈何東風吹拂，心緒俱亂，又再一
次點染了傷春、傷心的愁緒。全詞低迴，傷心之感皆藉外物托出，情
致非凡。沈祥龍《論詞隨筆》云：

詩有賦比興，詞則比興多於賦，或借景以引其情興也，或
借物以寓其意比也，蓋心中幽約怨悱，不能直言，必低徊
要眇出之，而後可感動人。〔註18〕

以此來看朱祖謀這首詞，眞得幽約怨悱之意。此外又有如花間小令，
情態細膩者，置之於花間幾不能辨，如：

〈玉樓春〉劉福姚

豐肌秀靨嬌無限，記得眞珠簾下見。綠窗睡醒嬾梳頭，紅
燭光回羞掩面。　淫雲如夢輕塵散，金縷歌殘腸欲斷。舊
時明月舊妝樓，煙水茫茫愁一片。

上片寫兒女情態，極其細膩，「綠窗睡醒嬾梳頭」，更得花間特有之情
韻筆詞，「紅燭光回羞掩面」，小兒女的情致，全流露於紙上，過片之
後筆調轉爲暗淡，「夢散、歌殘」點出了腸欲斷的心境和感受，末二
句以景寓情，轉入到「明月、妝樓、煙水」之中，不著痕跡而憂怨自

〔註18〕同註13，頁4062。

在其中。又如：

〈調笑轉踏〉劉福姚

雪膚花貌望若仙，陌上相逢最少年。柔絲宛轉爲郎繫，摧
花一夜家風顛。　珍重斷腸書一紙，鈿車忍過恩談里。山
茶開遍郎不知，嬌魂夜夜隨風起。

婉約細膩的情態，宛如花間之風格，纏綿情致之外，亦有淒惻淡雅的
憂傷，在詞中隱約流出。而詞中「柔絲宛轉爲郎繫」、「山茶開遍郎不
知」二句，更具有樂府民歌的風味，讀來更近自然、親切。沈祥龍《論
詞隨筆》中云：

詞出於古樂府，得樂府達意，則抑揚高下，自中乎節，纏
綿沈鬱，胥洽乎情，徒襲花間草堂之膚貌，縱極富麗，古
意微矣。〔註19〕

「詞出於古樂府」，歷來眾人論及，然以樂府民歌之風味入詞者少，
故在婉約的風格中，更獨樹一幟，別有情趣，其佳作者又如：

〈玉樓春〉王鵬運

郎情似絮留難住，柳絮飛時愁滿路。絮飛隨水有萍留，郎
去如風無覓處。　流鶯花底休輕妒，不爲眠香朝掩戶。關
山月黑夢難通，侵曉好尋郎馬去。

字裡行間，流露著樂府民歌特有的風格情致，巧妙比喻的運用，對比
微妙的關連，令人一新耳目。

由於《庚子秋詞》的基調幾乎全爲婉約的風格，俯拾即是，其中
委婉含蓄、蘊藉不露的婉約佳作尚有很多，像：

王鵬運〈朝中措〉：「西山顏色到今朝」

王鵬運〈相見歡〉：「夜涼哀角聲聲」

劉福姚〈菩薩蠻〉：「霜華滿地燕支冷」

王鵬運〈眼兒媚〉：「青衫淚雨不曾晴」

宋育仁〈眼兒媚〉：「遙天一雁下秋晴」

〔註19〕同註13，頁 4061。

劉福姚〈虞美人影〉：「夢雲輕逐歌塵散」(廣篋中詞選)

劉福姚〈琴調相思引〉：「老屋疏櫺一欠伸」(全清詞鈔選)

劉福姚〈玉樓春‧和小山韻〉：「啼鵑解留春住」、「好風良月應無價」兩首。(廣篋中詞、全清詞鈔選)

朱祖謀〈玉樓春‧和小山韻〉：「目成已是科陽暮」、「少年不作消春計」兩首。(全清詞鈔選)

王鵬運〈玉樓春‧和小山韻〉：「好山不入時人眼」(廣篋中詞、全清詞鈔、半塘定稿選)

劉福姚〈臨江仙〉：「幻出樓殿影」(廣篋中詞選)

王鵬運〈遐方怨〉：「槐葉落、露槃空」(半塘定稿選)

王鵬運〈蹋莎行〉：「彩扇初開、疏砧催斷」(半塘定稿選)

王鵬運〈訴衷情‧用夢窗韻〉：「水雲如夢阻盟鷗」(半塘定稿選)

劉福姚〈臨江仙〉：「幻出玉樓瑤庭影」(廣篋中詞選)

劉福姚〈西江月〉：「春餅龍團試罷」(廣篋中詞選)

朱祖謀〈醜奴兒〉：「年年歸燕花邊路」

宋育仁〈鷓鴣天〉：「空局愁然照淚乾」

宋育仁〈踏莎行〉：「心字雲衣」

朱祖謀〈謁金門〉：「人去後、絲管花房春瘦」

王鵬運〈少年游〉：「年時簪菊翠微巔」

朱祖謀〈少年游〉：「昨宵酒半離聲」

劉福姚〈少年游〉：「孤懷千里天高」

王鵬運〈滿宮花〉：「賦閒情、思昨夢」

劉福姚〈天門謠〉：「秋夢湖山繞」

朱祖謀〈河傳〉：「無賴眉黛、淺深難」

朱祖謀〈怨春風〉：「玉京短柳絲絲」

朱祖謀〈漁歌子〉：「劫灰飛、宮漏歇」

王鵬運〈一翦梅〉：「碎蹋瓔瑤步有聲」

朱祖謀〈調笑轉蹋〉：「茶花小女顏如花」

王鵬運〈浪淘沙‧自題庚子秋詞後〉：「華髮對山青」

等，這些詞多細密典雅，情致深摯，亦婉約詞中的佳品。

二、《庚子秋詞》中的豪放風格

　　在婉約風格爲主的《庚子秋詞》中，可以稱得上豪放風格的作品是極少的。而所謂豪放風格，自是以「蘇、辛」兩人爲濫觴。同爲晚清傑出的豪放詞人文廷式，稱「寫眞胸臆，率爾而作」﹝註20﹞的爲豪放風格；梁啓勳〈詞學〉中說：「大氣盤礴，表亢進之感情者」﹝註21﹞故能縱筆恣意，直抒胸懷、雄渾豪邁、盪氣迴腸、感情深摯者，即是豪放風格的代表。《庚子秋詞》中王鵬運的這首〈十二時〉，在一片婉約的風格中，確實不同凡響，其詞云：

> 百年闌檻，百年孤抱，百年喬木。神州乍回首，渺孤雲天北。　莽莽烽煙驚遠目。倚長風、幾番歌哭。狂來向燕市一，覓荊高殘筑。

眞血淚之作也。壯志情懷藉史流露出來，開頭三句，連下三個「百年」，寫來層層相扣，「神州乍回首，渺孤雲天北」兩句，舒緩了剛才直下的氣勢，拉向一個較邈遠的天外，亦是迴轉情緒處。過片蒼茫淒涼，感時憂國，眞誠流露，直抒胸臆。「莽莽烽煙驚遠目」，乃時局的險厄，環境的困頓艱難，「倚長風、幾番歌哭，狂來向燕市，覓荊高殘筑」三句，悲憤的情緒已激盪滿懷，報效燕太子丹的荊軻何在？易水邊上還繚繞著高漸離的殘筑聲吧！結尾託古寄情，壯志未酬，高亢入雲。此詞寫得沉鬱蘊藉又不失豪放之氣，現實中又託古寓情，其無力回天，情懷高亢的矛盾情愫，全躍於紙上。又如：

> 〈南歌子〉王鵬運
>
> 骯髒吟情倦，微茫戰氣高，山川殘霸酒愁澆，贏得學書學劍、總無聊。　林塹應騰笑，文章漫解嘲，斷魂無著不須

﹝註20﹞見文廷式《雲起軒詞》自序。

﹝註21﹞同註 6，梁啓勳：「大氣盤礴，表亢進之感情者，間亦有之，然不多見。自東坡稼軒以後，乃眞有所謂迴腸盪氣之作，即世所稱爲蘇辛派是矣。」見下編，頁14。

招，老向空山和淚、讀離騷。

「骯髒」兩字，劉映華《王鵬運詞選注》作「高亢剛直的樣子」，而「吟情倦」三字有深沈的無奈之感，與「總無聊」、「文章漫解嘲」二句相呼應，「微茫戰氣高，山川殘霸酒愁澆」二句，指外敵入侵，河山破碎，悲苦愁緒，只能藉酒來澆愁，「贏得」句有悔不當初之意，眼看著外敵入侵，若能執干戈以衛社稷，報效國家，或許不至藉由文章來聊自解嘲，這樣落寞無奈的感受是多麼的強烈啊！「斷魂無著不須招，老向空山和淚、讀離騷」二句更有「風蕭蕭兮易水寒，壯士一去兮不復還」的曠達豪放，家國破碎、魂斷之後又何須招魂呢？末句藉屈原以抒發愛國憂憤之思，其悲壯豪邁之情又轉入蘊藉沈鬱，表現得既現實又空虛，層疊交替，極浪漫主義寫作之能事。再如：

〈南歌子〉王鵬運

夜氣沈成月，秋聲激怒濤。短歌寒噤不堪豪。坐看旄頭餘焰、拂雲高。　怒馬誰施勒，飢鷹已下絛，蟲書斜上語偏驕。數到義熙年月、恨迢迢。

此首與上首一樣同為王鵬運的作品，並皆同一詞牌中連續的作品，蓋心緒未能平，再寄情於詞中表之。上片點染出外在的環境局勢，傷感無奈之際又豈是短歌所能抒發，下片的「怒馬、飢鷹」暗喻侵略者肆意劫掠，末句又藉史詠懷，直抒胸襟，幽遠而深沈的哀恨，直是沁人肌骨。

《庚子秋詞》中所見較具有豪放風格者為數極少，且多為王鵬運所作，其心情的複雜、強烈的感嘆、有志難伸的壯志豪情，在這幾首中表現得鏗然有聲，氣勢凡非，配合上章中對於他性格的描述「孤忠耿介，仗義直言」，性情、才情皆真誠的流露出來，在一片婉約風格的《庚子秋詞》中，這幾首的確獨樹一幟，注入了全然不同的藝術養料。此外，尚有劉福姚〈南歌子〉：

秋氣森亭障，軍聲靜斗刁。邊愁都向酒中消。一夜霜花如雪、撲征袍。　落月朝盤馬，平沙夜射雕，幕南何日走天

驕，回首祁連山色、陣雲高。

〈眼兒媚〉宋育仁

遙天一雁下秋晴。露曉帶殘星。邊聲四起、寒鐙吹角，日
淡蕪城。　亂愁白髮如青草，宿處翦還生，苑螢飛處，宮
鴉歸路，都在邊營。

上兩首在風格上也較為突出，具有邊塞豪放的風格，過片之後，在氣
勢上都轉而為幽遠的愁緒，這也是《庚子秋詞》僅有豪放風格作品中
的特色。

　　此外，除了上述兩種風格之外，在《庚子秋詞》中尚有幾首風格
上較清新特別的作品，彷彿介於婉約與閑逸的風格之間，但又不能全
名之為閑逸風格，因在《庚子秋詞》中相當獨特，故也不可忽視。如：

〈霜天曉角〉王鵬運

清霜送馥。江山橙初熟。千點金丸如畫，輕帆卸、洞庭曲。
斫玉螯勝肉。齏酸蓴正綠。明日西風吹起，誰知在、軟紅宿。

風格獨特，應是懷想此刻江南時節的懷想之作。上片清新的風景，令
人如置身江南之中，宛如一幅迷人的圖畫，橙初熟的芳香，在清霜天
的風中飄送著，使人沈醉。下片再寫時節中令人垂涎的佳餚珍味，多
麼想身就在江南啊！誰知西風吹酒醒，打斷了美好的懷想。在這樣的
時局之中，這樣的景象也許是作者以前曾有的經驗，而今一一浮現，
也表現了作者心中的渴望和寄託。其又如：

〈霜天曉角〉劉福姚

栽花種竹，小小三間屋。琴筑階前天籟，紅泉落、瀉寒玉。
逐逐蕉下鹿。歲華驚轉燭。高臥白雲堆裏，天風冷、醉殘菊。

在景象上也相當特別，透露著閑適淡雅的風味，這樣的生活有如閑雲
野鶴，悠然自在，「高臥白雲堆裏」更寄情在山野之中，尋求一個和
平閑適的生活。其又如：

〈眼兒媚〉劉福姚

秋光如洗暮潮平。寒沁夢難成。半林月落，五湖霜滿，一

葉舟輕。　煙波如此不歸去，孤負越山青。十年消盡，酒
痕歌扇，鏡影簫聲。

首句先以秋天的光景和晚暮的潮水爲開頭，「寒沁夢難成」一句寫出
多難之秋，沁寒的季節令人無法安然入夢。「半林月落，五湖霜滿，
一葉舟輕」三句，在筆調上轉入了寫景，呈現閑適安然的心境，願駕
一葉扁舟，徜徉在山水之間。過片更是連接精細，煙波承上片一葉扁
舟，縱情於山水嫵媚的青山又怎忍心辜負？任我自在來往穿越，多麼
希望不歸去，「十年消盡，酒痕歌扇，鏡影簫聲」三句，乃感嘆以往
年歲的消盡，而以往所過的生活只不過是「酒痕歌扇，鏡影簫聲」，
倒不如寄情於山水之間。字裡行間，有煙波釣叟道情之味。時局艱難，
「駕一葉之扁舟，凌萬頃之茫然」，寄情在山水之間，這也是詞人藉
詞所表露出來的一種寄託。

　　此外，閑逸雅致，流露著自然平談風格的尚有三首，像：

〈霜天曉角〉王鵬運

吟窠碎竹。分得漚波綠。長記江鄉秋老，寒香映、幾叢菊。
徑曲森似玉。夢中吟嘯熟，孤負天寒羅袖，流泉已下山濁。

〈天門謠〉劉福姚

秋夢湖山繞。暗塵換、鬢霜催老。猿鶴笑。甚歸來不早。　問
雨笠煙蓑何處好，萬星風波愁渺渺。頻醉倒。怕醉裏、乾
坤都小。

〈浣溪沙〉朱祖謀

五里東風二里霧。小屏山上桃榔路，夢裏送君騎象去。　歸
來細訴雙鸚鵡。密約鸞釵還記否，淚盡蘭堂攜手處。

上三首，運用動物「猿、鶴、象、鸚鵡」的點綴，風味獨特，在《庚
子秋詞》中均屬佳作。

　　作品風格的呈現是一個作者思想、情感、性情、學識、胸襟、筆
力、語言、創作技巧等條件的綜合表現，加上時局的陶冶與鎔鑄，無
論是主觀、客觀和內外在的因素，都具有決定性的影響。《庚子秋詞》

中所呈現出來的風格，婉約詞的比例佔絕大多數，與常州詞派「有寄託入，無寄託出」有密切的關係。這些婉約詞多抒懷之作，藉以表家園之變，亦託悲秋傷春，表自我身世的感懷。而豪放風格的詞，在《庚子秋詞》中僅有王鵬運的三首，劉福姚及宋育仁各有一首邊塞風味的詞而已，雖然極少，但是卻高亢入雲，散發著感人的藝術力量。至於僅有六首具婉約閑逸風格的詞作，筆調清新，平易近人，景象的描寫也宛在眼前，這幾首就如同陶淵明的〈桃花源〉，在紊亂的局世中，寄託一個理想的世界，作為心靈安頓的依靠。這些即是在《庚子秋詞》中所呈現出的風格特徵。

第三節　內容析探

　　自來詞的內容或記敘抒情，或詠物抒懷，以訴房帷閨情、怨婦離恨、羈旅幽思、流落愁苦的作品為多。王易《詞曲史‧析派》中云：

> 五代之詞，止於嘲風弄月，懷土傷離，節促情殷，辭纖韻美。入宋則由令化慢，由簡化繁。情不囿於燕；私辭不限於綺語。上之可尋聖之名理；大之可發忠愛之熱忱。寄慨於賸水殘山；託興於美人香草。合風雅騷章之軌；同溫柔敦厚之歸。〔註22〕

由此知入宋後的詞，內容上就以抒情詠懷為主，寄慨託興為詞的本質，婉約的風格為詞之正宗，王易又云：

> 自來為詞者，皆目之為豔科，以為綢繆宛轉，綺羅香澤，為詞之正宗。如明張綖謂「詞體大約有二：一婉約，一豪放，大抵以婉約為正。」然徒事婉約，則氣骨不高，且輾轉相效，尤易窮迫，流為蹈襲。〔註23〕

詞自唐、五代，一直到元、明時期，多被視為「豔科」。而以婉約的風格為正宗主流，其技高者，可謂情致宛轉，哀深情切，耐人尋味；

〔註22〕見《詞曲史》，析派第五，頁161。
〔註23〕同上，頁173。

等而下之者，文辭華靡，雕琢堆砌，有華無質；至於詞之末流，則流於淫詞豔語，不堪入目。其間，雖於北宋有蘇軾扭轉詞的頹勢，擴大內容與詞境，但南宋辛棄疾愛國豪放風格之後，承繼者寥寥無幾。直到有清一代，又有「尊體」之說，然浙西詞派以詞宜歌詠太平盛世，影響甚鉅；直到常州詞派興起，加上日益艱難的國運，婉約的詞風才再度受到詞人喜愛，標榜著「意內言外」寄託對家國的感懷，因此在內容上以抒情詠懷佔絕大多數。《庚子秋詞》為困居京師下的產物，放在內容上也多以抒情詠懷為主要的內容，但是呈現出來的作品，也不是單一化的，有時同一首詞中包含了兩種，或兩種以上的內容類型，故要為《庚子秋詞》作分類，事實上並不容易達到精細與準確，且詞作又多，不過，為了呈現作品的風格與藝術特色，則又必需為《庚子秋詞》分類。所以本文僅能為其作一概略的分類，以作品的主題內容為歸類的方向。以下將《庚子秋詞》的內容，分類情形敘述如後：

一、抒情詠懷

永嘉徐定超《庚子秋詞》敘云：

> 今三子者同處危域，生逢厄運，非族逼處，同類晨星滄海瀾頹，長安日遠，從之不得，去之不能，忠義憂憤之氣，纏綿悱惻之忱，有動於中，而不能以自己，以視蘭成去國，杜老憂時，其懷抱為何如也。〔註24〕

三人在愁城之中，又為朝廷臣子，對於這樣的時局，自然有著沉痛悲切的感懷，抒發真摯的感受，這一類的抒情詠懷為《庚子秋詞》的主要基調，其類又可細分如下：

（一）感念時局之作

國家突然遭此災禍，宗廟不保，異族摧殘，任誰也無法釋懷，更

〔註24〕永嘉徐定超《庚子秋詞》敘，徐定超當時居北京城，與王鵬運四印齋所最近，「余居去半塘最近，晨夕過從相與慰藉，既出近詞一編示余。則皆兩月來，籌鐙倡詶，自寫幽憂之作，以余同處患難。」故能了解三子者在創作中的感受。

何況像王鵬運、朱祖謀這樣忠君愛國的臣子，時局之變必然引起詞人忧目驚心，感嘆萬千，像：

〈眼兒媚〉王鵬運

青衫淚雨不曾晴。衰鬢更星星。蒼茫對此，百端交集，恨滿新亭。　雁聲遙帶邊聲落，萬感入秋鐙。風沙如夢，愁揮綠綺，醉拂青萍。

首句就先點明了沉痛的慨嘆，「青衫」化用白居易琵琶行中「江州司馬青衫濕」之句，謂淚眼已濕透了青衫，遭此災變以來，又何會停過？「衰鬢更星星」，發白的鬢髮更加的稀疏零落，「百端交集，恨滿新亭」二句更是淋漓盡致，痛快的說來，面對破碎的山河在心情上百感交集，怎不令人感到悲憤呢？「恨」字是感嘆、是憤怒、也是傷心。下片以雁聲來起興，「萬感入秋鐙」千愁萬緒皆融入在孤立的秋燈中，「風沙如夢、愁揮綠綺、醉拂青萍」三句，寫無奈的愁緒，只能藉由外物來排解。「綠綺」據劉映華註「司馬相如有名琴叫綠綺」而「青萍」作「古代寶劍名」。「揮、拂」兩字也透露著能斷絕這些憂愁哀恨，表現內心的渴望。傷心人作傷心語，真切的感受，體悟是非常深刻的。王鵬運《庚子秋詞》自敘京城中的景象云：

秋夜漸長，哀蛩四泣，深巷犬聲如豹，獰惡駴人，商音怒號，砭心刺骨，淚涔涔下矣。

相對照之下，真血淚之作。又如：

〈鷓鴣天〉王鵬運

無計消愁獨醉眠。倦看星斗鳳城邊。舊時勝賞迷游鹿，入夜秋聲雜斷猿。　空暗淡，漫流連。眼中不分此山川。何堪歌酒東華路，淚盡西風理斷絃。

亦是對殘破的時局，提出無限的嘆慨。上片寫坐困愁城，無計消愁，「入夜秋聲雜斷猿」更是城中聽聞。下片再寫京城景象，山川已闇然失色，歌酒已無堪味，「淚盡西風理斷絃」，更道盡哀思淒苦之心緒。再如：

〈一落索〉朱祖謀

斜日孤城深閉。四山荒翠。斷鴻聲外不堪，是嗚咽、桑乾水。　高閣清尊微倚，促愁成醉。綵雲端不負歸期，卻還怕、黃昏易。

首句即說明了京城失陷後的景象，令人感到無奈的蒼涼，「四山荒翠」句，寫滿目所見的山川家園已荒蕪，所聽到的鴻雁叫聲，更是斷斷續續，令人不堪聽聞，「是嗚咽、桑乾水」句，更是寓情的投射作用，流水何有嗚咽怨恨之情，實乃人心境之感，藉物寄情，情感細膩。下片寫困居愁樓，以酒澆愁，聊以遣懷。仰望天邊的浮雲，希望不要辜負了歸期，然而「卻還怕、黃昏易」，黃昏來臨，長夜也接著而來，相對的愁緒也隨之在後。「黃昏易」與首句「斜日孤城深閉」相呼應，有明寫、有暗喻、也有寓情，整首詞含蓄幽遠。也對於當時的時局，提出無限的悲傷和感嘆。又如：

〈臨江仙〉王鵬運

卅載夢雲吹不轉，今朝欲醒猶疑。西風贏得鬢成絲。身如春繭縛，心似凍蠅癡。城郭人民嗟滿眼，何須丁令來歸。河山邈若酒人非。黃壚多少事，欲說不勝悲。

家園被佔據，心中的愁苦是可想而知。上片寫身在亂世，多麼希望不要清醒過來，容顏也更加悴憔消瘦，鬢髮已成絲。「身如春繭縛，心似凍蠅癡」二句，比喻得相當生動，憂時憂國、身心已疲憊困頓。過片寫人民的嗟嘆怨恨，訴說無處。河山變色，人民在極權統制下，多少愁苦事，未語淚先流。這類感念時局的作品，佔《庚子秋詞》絕大多數，其他佳作如：

朱祖謀〈醜奴兒〉：「年年歸燕花邊路」

王鵬運〈人月圓〉：「煙塵滿目蘭成賦」

劉福姚〈菩薩蠻〉：「霜華滿地燕支冷」

王鵬運〈鷓鴣天〉：「無計消愁獨醉眠」

宋有仁〈太常引〉：「回風搖蕙怨江皋」

王鵬運〈訴衷情‧用夢窗韻〉：「水雲如夢阻盟漚」

王鵬運〈少年游〉：「年時簪菊翠微巔」

劉福姚〈少年游〉：「孤懷千里天高」

王鵬運〈南鄉子〉：「山色落層城」

朱祖謀〈惜春郎〉：「秋盡漁陽城下」

朱祖謀〈天門謠〉：「交徑新陰小」

（二）反映時事之作

　　庚子事變，義和團亂京師，引發八國聯軍，攻陷天津，京師也陷於聯軍手中，侵佔達一年多之久〔註25〕其中有許多當時的時事，如：慈禧光緒西幸長安、珍妃慘死、西幸不歸等，皆成為詩人詞客所誦詠感嘆的對象。黃濬《花隨人聖盦摭憶》中云：

　　庚子七月，都城陷，珍妃為那拉后令總管崔閹以氈裹投於井，其事絕悽慘。朱彊村、王幼遐所為庚子落葉詞，皆紀此事。〔註26〕

以詩文記時事較易，而以詞體記時事較難，往往寄託於「意內言外」，轉化為幽遠含蓄詠嘆的手法來表達，而非直寫，故關於反映時事內容的作品，則留待下一節比興寄託，再予以詳論。

（三）忠君愛國之思

　　家園災變，河山變色，百姓生靈塗炭，對於有血有淚的臣子，更是義憤填膺，「時窮節乃見」，孤臣孽子的操心與慮患，便昭昭可見，如：

　　〈十二時〉王鵬運

　　百年闌檻，百年孤抱，百年喬木。神州乍回首，眇孤雲天北。　莽莽烽煙驚遠目。倚長風、幾番歌哭。狂來向燕市，覓荊高殘筑。

愛國悲憤之思，全躍於紙上。「喬木」象徵家國，而「神州」亦是家

〔註25〕八國聯軍自庚子年（1900 年）七月二十一日攻陷北京城，至辛丑和約簽訂，聯軍於辛丑年（1901 年）八月五日從北京撤退止，共一年又十五天。

〔註26〕見《花人聖盦摭憶》，黃濬撰，頁83。

－101－

園，相疊而用，倍增其對國家強烈的情感。過片後，先寫舉目所見之景象，後直抒胸臆，令人迴腸盪氣，表露其悲憤愛國之思。又如王鵬運〈南歌子〉兩首：

> 髒髒吟情倦，微茫戰氣高。山川殘霸酒愁澆。贏得學書學劍、總無聊。　林塋應騰笑，文章漫解嘲。斷魂無著不須招。老向空山和淚、讀離騷。
>
> 夜氣沉殘月，秋聲激怒濤。短歌寒喋不堪豪。坐看旄頭餘燄、拂雲高。　怒馬誰施勒，飢鷹已下條。堊書斜上語偏驕。數到義熙年月、恨迢迢。

字裡行間，抒發愛國憂憤之思，昭然可見。

（四）朋友之情

　　人在困頓愁苦之時，友誼成了心靈最佳依靠，互相關懷、幫助，甚至填詞唱和、都能令人感到無比的欣喜。朱祖謀〈半塘定稿〉序中云：

> 庚子之變，歐聯隊入京城，居人或驚散，予與同年劉君伯崇，就君以居（王鵬運住所四印齋）。三人者，痛世運之凌夷，患氣之非一日致，則發憤叫呼，相對太息、既不得他往，乃約為詞課，拈題刻燭，於喝唱酬，日為之無間。一藝成，賞奇攻瑕，不隱不阿，談諧間作，心神灑然，若忘其在顛沛兀臲中，而以為友朋文字之至樂。〔註27〕

《庚子秋詞》為其三子唱和之作，雖然這種樂，乃苦中作樂，亦可見友朋之間相處的情感。此外，在此集中，尚有幾首與其他友人的唱和之作，或哀悼友人的作品，如：

〈甘草子·用楊无咎韻〉王鵬運

年暮。永夕相思，夢冷寒蟲戶。料得五噫吟，恨滿吳皋路。
風雪夜堂聯吟處，認淚墨、襟情如數。昨夜尋君過江去。
有接天寒雨。（寄懷夔笙）

〔註27〕見《半塘定稿》，朱祖謀序，頁3。

此首乃王鵬運寄懷況周儀之作。上片乃嘆感外在的時局，以對況周儀「永夕相思」。過片追憶昔兩人共同唱和詞作。「昨夜尋君過江去，有接天寒雨」二句，用「夢」來託付，訴說綿延不絕的思念。真摯醇厚的情誼，流於紙上。另外友人唱和之作，如：

〈定風波〉天門道中阻風雨‧張仲炘

晴便開船雨便停。行行不記許多程。休怪打頭風不止，能幾推篷。閑對晚山青。碧海千重沉舊憤，黃流一半帶秋聲。

不道癡龍真箇睡，從醉只愁，無酒未須醒。

張仲炘，字慕京，號次珊，一號瞻園，湖北江夏人，光緒三年進士，改庶吉士，授翰林編修，官至通政司參議，有《瞻園詞》二卷，續一卷。張仲炘與王鵬運為同僚好友，並多有詞作來往，於天門道中阻風雨作〈定風波〉以寄王鵬運，抒途中所見之感。王鵬運用其韻唱和，其詞云：

愁裏清尊莫放停。笑看伶鉦是歸程。繞樹奇鶴啼不止，曾幾舊時，春色酒邊青。識字毫端通畫意，審音弇畔得宮聲。

活計安排支枕睡，誰醉先生，無夢也無醒。

一來一往，在字裡行間，還可以討論書畫、填詞。末二句帶有灰諧口語，一個是「從醉只愁，無酒未須醒」；而另一位是「誰醉先生，無夢也無醒」，相互對應，亦有一番情趣。王鵬運又有〈唐多令‧衰草和穗平〉，也是友朋唱和之作，其內容為詠物，將於後討論。此外《庚子秋詞》中尚有兩首弔念故友之作，情感深摯，婉約動人：

〈上行杯〉悼徐仲文侍御‧王鵬運

侵階落葉秋陰重。鄰笛驚隨清梵送。門巷依然。賭酒盟詩憶往年。　迴腸斷盡身猶在。翻羨騎鯨人大快。鶴響天高。華表魂傷莫漫昭。

〈鳳銜杯〉哀王鮪臣郎中‧朱祖謀

幹難河北陣雲寒。咽西風、鄰笛淒然。說著舊恩新怨、總無端。誰與問、九重泉。悲願景。悔投牋，斷魂招、哀迸朱絃。料得有人收骨、夜江邊。鸚鵡賦誰憐。

上兩首，不論在起景上，聲音的描繪上，音節的安排上，都相當的精密細緻，朱祖謀〈鳳銜杯〉上片結尾的三句和下片開頭的三句，在運用上，纏綿幽遠，短促音節的排比直下，不愧爲守律精嚴的「律博士」〔註28〕，所引發的情感也就格外的悲涼沉痛。

（五）自我身世、人生無常慨嘆之作

　　每一個人的身世、背景，都深深的影響其思想行爲，不論是自我的身世漂泊、官宦仕途的遭遇，人生變化無常的感嘆，皆可在詞作中流露出來。寫作《庚子秋詞》時，王鵬運已經五十二歲，對於人生的閱歷，宦海沉浮的切身感受，是相當多而眞摯的。二年之後，「不得志去位」，再過二年，即歸道山，所以從《庚子秋詞》中可以深刻的感受到王鵬運歲暮晚年的心境。而朱祖謀是年四十四歲，正值壯年時期，官宦仕途的驚險，更是命在且夕（見前第二章所述）耿耿忠心，憂國憂民，對自我的遭遇，也有相當深刻的感觸。而劉福姚與朱祖謀同年，家園遭變，生命的困頓，人生的無常，也藉詞抒寫之。先舉王鵬運兩首：

　　〈少年游〉王鵬運

　　年時簪菊翠微巔，秋色滿群山。雁路攜壺，鷗鄉散策，都作等閑看。　　而今風雨重陽近，病骨怯新寒。如夢如醒，無花無酒，獨自倚闌干。

　　挐雲心事記當年，天路許追攀。玉帶金魚，美人名馬，文字重藏山。　　而今憔悴干戈裏，老子已癡頑，霜後秋菘，雨前春茗，一覺足千歡。

第一首上片開頭寫出昔日歡樂的情況，「簪菊翠微巔」更表現出灑脫的眞情，秋高氣爽的時節出游，群山的姿態，多麼美好。「雁路攜壺，漚鄉散策，都作等閑看。」三句，寫眼中所見之景，流露著安然閑適的風味，在筆調上相當清新平淡。過片之後，今昔對比，筆調已全然

〔註28〕詳見第二章第二節朱祖謀詞學。

轉入了灰色調。「而今風雨重陽近，病骨怯新寒」二句，寫今日家園在風雨飄搖中，重陽佳節將要來到，「風雨」二字亦可作實景，對應底下的「新寒」，「病骨怯新寒」寫出了老年歲暮的感受。而這一切「如夢如醒」就彷彿在半夢半醒之間。「無花無酒，獨自倚闌干」，結語二句，不見其悲，然憂傷已在其中，蘊藉含蓄，今昔對比，感受深刻動人。第二首亦是運用今昔對比來襯托身世與人生多變無常。首句「拏雲心事記當年」象徵年少時有遠大的胸襟抱負，凌雲壯志。二句「天路許追攀」，上天之路，比喻仕途顯要之路，是值得熱切去追求的。「玉帶金魚，美人名馬」，那不正是官宦仕得意之時，最意氣風發，耀武揚威的時刻嗎？（見第二章第一節）豈知「而今憔悴干戈裏，老子已癡頑」！而結語三句只希望貧寒的生活中，品嘗一壺春茶，再睡一覺就已經很滿足了。強烈的對比之下，更見王鵬運身世躓礙、生命困頓屈折的面貌。又如：

〈太常引〉王鵬運

蕭疏短髮不禁搔。歸夢楚天遙。飲酒讀離騷。問名士、何時價高。　可堪搖落身如葉，風色滿亭皋。魂斷倩誰招。記醉蹋、楊花謝橋。

首句寫自己老來以後的模樣，頭髮已稀疏，歸期如夢，是這般遙遠。「飲酒讀離騷，問名士、何時價高。」句，用《世說新語‧巧藝》：「但使常得無事，痛飲酒，熟讀離騷，便可稱名士。」之典，寄情於書中，自問也自傷。過片之後，閑身如葉、飄零嘆惜之意，綿長而抑鬱。朱祖謀在抒寫身世的感嘆，所運用的筆調與王鵬運又截然不同。如：

〈玉樓春〉朱祖謀

目成已是斜陽暮，誰分合歡花下住。心知明月有圓時，身似斷雲無去路。　當時不合多情遇，風卷紅英隨水去。莫敧單枕故相尋，夢裏已無攜手處。

明月尚有圓之時，但漂盪在外的身軀，就如同斷雲一樣，不知要往何處去。全詞除了寄託自己身世的茫然，更追憶昔時歡樂的景象，而今

卻已零落孤單，語調平淡，寓意卻幽遠。至於劉福姚在抒寫身世的感懷，又運用了不同的筆調。如其〈思歸樂〉詞：

> 易水悲歌燕市酒。容幾輩、椎埋屠狗。攬鏡自傷憔悴久。
> 莫便説、健兒身手。　落葉驚風吹隴首。暮色起、兩三亭
> 埃。雁門李廣尚在否。只今月明依舊。

首句即引用了荊軻刺殺秦王的典故，悲涼情味。英雄人物都已隨歷史而去，攬鏡看自己憔悴的容顏，已不像當年矯健的身手。過片之後，以景抒寫，再點染神勇善戰的英雄人物李廣，末句又以景語作結，寄託之情，層層轉化，也層層迴宕。其他尚有抒寫身世，感嘆人生變幻無常的佳作，如：

> 劉福姚〈南歌子〉：「遠意觀秋水」
>
> 劉福姚〈傾杯樂〉：「芻狗文章」
>
> 王鵬運〈思歸樂〉：「行樂烏烏歌擊缶」
>
> 王鵬運〈山花子〉：「天外冥鴻不可招」
>
> 劉福姚〈山花子〉：「一醉何曾塊磊消」
>
> 朱祖謀〈鳳來朝〉：「老屋卷風破」

（六）懷鄉之作

家園故里，一向是人們心靈託付的避風港，在家鄉裡有慈祥的父母，至愛的家，熟悉的景物、童年玩伴好友，都成了在外遊子心靈的寄託。三人皆來京城爲官，遭此災禍，困居愁城之中，故鄉的呼喚，就在夢裡不停的迴繞，也僅能藉詞聊以安慰疲憊孤獨的身軀和心靈。王鵬運和劉福姚二人同爲廣西臨桂人（今桂林），是自古以來的名山勝水：「桂林山水甲天下，陽朔山水甲桂林」。朱祖謀是前江歸安人（今湖州市），也是著名的都市。

〈卜算子〉王鵬運

> 夢裏半塘秋，斷壁迷煙柳。詩意空明指似誰，漚外涼蟾透。
> 愁向酒邊新，拙是年來舊。話到江湖白髮心，猿鶴驚人瘦。

這一首是《庚子秋詞》開卷的第一首作品，作者首先想到的就是自己

的家園故里，蓋人之常情也。首句「夢裡半塘秋」，即點出了作者故里，王鵬運，中年自號半塘老人，乃追思先祖舊地——半塘灣（今在廣西臨桂東鄉）而取名。人在故鄉千里外，能到故鄉的也只能寄託夢了，「斷壁迷煙柳」，乃夢中所見的家園，當煙霧迷漫，楊柳依依時，富有迷人的浪漫詩意，空明的景象指似誰，就如同天邊上皎潔晶瑩的月光。過片之後，景象是當前的樣子，憂愁也時時湧來。「話到江湖白髮心，猿鶴驚人瘦」，感念時局，也懷念故里；如同李白的「白髮三千丈，緣愁似箇長」，啼猿鶴鳴之聲，聞之令人心寒，模樣也逐日消瘦，此皆思念之極也。又如：

〈朝中措〉王鵬運

西山顏色到今朝。眉翠不禁消。畫外閑情誰會？愁邊斷句慵敲。　幾時歸去，晴鐘野寺，雨屐溪橋。萬里驚塵望斷，舊家煙水迢迢。

上片乃感嘆時局，「西山顏色到今朝，眉翠不禁消」，乃北京西郊群山昔日青翠的景色，遠望如眉，而今已消瘦，實因外族之入侵。「畫外閑情誰會？愁邊斷句慵敲」，指已無漫游丘壑的心情，連抒發愁思的詩句也懶得仔細推敲。為什麼懶得推敲，實乃想念家鄉的緣故。下片承接得很好，「幾時歸去，晴鐘野寺，雨屐溪橋」，什麼時候可以回到故鄉，再去野寺遊玩，在雨中穿著游履，走過溪橋呢？「萬里驚塵望斷，舊家煙水迢迢」二句，乃很想念萬里之外的故鄉，只見滿目亂塵，煙水遙遠，令人徒增無限的思鄉感慨。劉映華《王鵬詞選注》評其懷鄉詞云：

更值得重視的是他把時代的感慨引進所寫的懷鄉詞中，充實了它的內容，從而使得半塘的懷鄉詞更具有時代感。〔註29〕

以此來看王鵬運《庚子秋詞》中的懷鄉詞，乃相當中肯之論。又如：

〔註29〕見《王鵬運詞選注》，頁 4。王鵬運的鄉懷詞大多作於庚子之後，尤其 1903 年「不得志去位」之後，漫游各地，懷古及懷鄉之作更多。此段話的前半段為：「他在懷鄉詞中著意描繪了桂林的山容水態、名勝古蹟，一幅幅濃淡相間的畫卷展現在人們面前，無不引人入勝。」應為評論這段時期的懷鄉詞。

〈訴衷情〉朱祖謀

瓦盆酒薄不澆愁。有分是悲秋。雁聲將夢和淚，飛過海西頭。　邊日淡，陣雲浮。莫登樓。故鄉何處，賸水殘山，卻望并州。

上片寫悲秋愁困的心緒，無法藉酒來消除，希望能託雁聲將悽想故鄉的夢和淚，爲我帶回朝思暮想的故園。過片之後，「邊日淡，陣雲浮，莫登樓」三句寫景，更引起思鄉感念，且莫登樓凝望，「故鄉何處，賸水殘山，卻望并州」三句，呈現了茫然的情景，眼前是賸水殘山，家園在何處呢？也只有望望那并州，聊以解我思鄉之情。全詞描繪出暗淡的心緒，幽遠綿長之中，也透露著時代意識。再如：

〈醉落魄〉劉福姚

舊遊一瞥。海天飛渡身如葉。杜鵑啼起鄉心切。濯錦江邊，歸夢水雲闊。　燕臺落日金明滅。玉簫聲斷芳尊歇。西風瘦馬應愁絕。別後相思，千里共明月。

劉福姚的這一闋詞，不僅是身世之感，亦是懷鄉之作。首句「舊游一瞥」，點出昔日故交舊游就如同驚鴻一瞥的隨風而逝，自己飄泊在外，「海天飛渡身如葉」，彷彿像風飄盪的枯葉，不知此身要寄託何方？「杜鵑啼起鄉心切」句寫來更是撥動思鄉的心弦，就如同「等是有家歸未得，杜鵑休向耳邊啼」（張泌·雜詩），一陣陣杜鵑鳥的啼叫聲，千頭萬緒湧上來，都是思鄉的情懷。「濯錦江邊，歸夢水雲闊」二句，接上面的思鄉情切，奈何水闊天長，只能寄託歸夢，來訴說我孤單落寞的心情。下片寫離別家鄉後的景象，思念遠方的人。「燕臺落日金明滅，玉簫聲斷芳尊歇、西風瘦馬應愁絕」三句寫景，描繪得蒼茫淒楚，「金明滅、芳尊歇、應愁絕」更呈現淒迷的憂傷；尤其「滅、歇、絕」三字，不論在意含上、音節上、都有著強烈感人的藝術效果。末二句「別後相思，千里共明月」更道出了內心的冀望，「但願人長久，千里共嬋娟」，東坡的二句名言，懷鄉懷人，自來最被人運用。張若虛〈春江花月夜〉中「願逐月華流照君」，拉近了人與明月的距離，

更昇華了兩地思念人的情感，由此來看「別後相思，千里共明月」這
二句，不僅自然柔和，也是全詞寄託的所在，使得原本灰暗的筆謂，
轉換了希望的生機，而有了婉轉低徊之味。又如：

〈臨江仙〉劉福姚

幻出玉樓璃殿影，軟紅回首依依。冷吟忘卻在天涯。客愁
隨雁盡，鄉夢逐雲飛。呼酒玉梅同一醉，冰霜那是寒時。
夜深人在碧琉璃。畫簾秋去早，高樹月來遲。

前二句「幻出玉樓璃殿影，軟紅回首依依」，寫昔日身在繁華的都市
生活中，而今日一回首，卻又如過眼雲煙一樣，「冷吟忘卻在天涯」，
寫出作客他鄉的漂泊，「客愁隨雁盡，鄉夢逐雲飛」二句寫思鄉情懷，
客愁與鄉夢皆是漂落在外的遊人最深刻的感懷，兩句對仗精美，「盡、
飛」兩字更有落寞憂傷的餘韻。下片轉而寄託於酒了，「呼酒玉梅同
一醉」，一醉真的就能消除了濃厚的鄉愁嗎？「冰霜那是寒時，夜深
人在碧琉璃」是回想昔日的情景，思念的人如今一切安好嗎？末二句
又拉回到現實，「畫簾秋去早，高樹月來遲」，不露痕跡的描繪當時的
景象，虛實相交，層層跌宕，令人思索玩味。葉恭綽《廣篋中詞》評
此首只用「沉摯」兩字〔註30〕，真得箇中精髓。此外，尚有：

〈高溪梅令〉王鵬運

故山昨夢短節扶。枳籬疏。留得冷香殘蕊兩三株。伴人雙
玉壺。　朝來有客報雙魚。勸歸歟。莫待笛聲嗚咽滿江湖。
舊情和夢孤。

〈霜天曉角〉朱祖謀

愁鴉灌木。中有詩人屋。一菊塵香不到，開門見，亂雲宿。
背燭羈緒觸。枕邊鄉夢續。昨夜新鴻啼後，千帆外，故山綠。

〈相見歡〉劉福姚

夜闌私數歸程。滴殘更。愁聽和風和雨、一聲聲。故鄉遠。
幽夢短。酒初醒。明日高樓莫放、遠山青。

〔註30〕見《廣篋中詞》，頁232。

這三首皆是懷鄉之作，字裡行間，或明寫、或襯托，都表達了對故鄉殷切的思念。

（七）閨情之作

在《庚子秋詞》的抒情詠懷作品中，表現閨情的詞作為數不少。這些作品中，或著色穠豔，或細膩婉約，或清麗疏淡，或婉轉低徊，有很多直入《花間》之室的佳作，如：

〈花上月令〉劉福姚

薄羅衫子玉搔頭，黛眉鎖、一春愁。行雲不結巫山夢，恨悠悠、隨雁字、過妝樓。　莫負東風簾底意，情宛轉，為花留。相思擬託微波送，半含羞、任紅葉滿宮溝。

首句先點出女子的妝扮，穿戴輕薄羅，用玉搔頭為頭上裝飾。「黛眉鎖、一春愁」句，寫憂愁掛心上，以致黛眉深鎖。「行雲不結巫山夢」句用楚懷王遊高唐遇神女之典故，朝雲行雨徒然只是幻夢，「恨悠悠、隨雁字、過妝樓」三句，即說明了這樣無奈的心緒。過片之後寫昔日的景情，濃情蜜意，在風簾之下，在繁盛花中，是多麼美好，而今卻成空。「相思擬託微波送，半含羞、任紅葉滿宮溝」句，寫出了心中懷念的情感，希望借由微波來傳送，懷著羞卻而期待的心情，「任紅葉滿宮溝」句，用「紅葉題詩」的故典，亦見女子幽怨的痴情心態。全詞細膩、婉轉纖綺，寫女子閨情的內心世界，婉若《花間集》中的風格情韻。又如：

〈八寶裝〉劉福姚

淺顰輕笑嬌欲語，偏不分今宵遇，向繡幃攜手，分明記得、舊時眉嫵。　月華空照人歸路，蒼苔冷凌波步。甚驚鴻一霎，雲蹤雨跡、已無尋處。

首句「淺顰輕笑嬌欲語」寫出女子嬌柔的情態，令人懊惱的是「偏不分今宵遇」，因此只能追念往事，「向繡幃攜手，分明記得、舊時眉嫵」三句，寫昔日攜手歡娛的景情，都一一浮現在眼前。過片之後寫孤寂的哀怨。「月華空照人歸路，蒼苔冷凌波步」二句，寫人離開之後，

了無音訊蹤跡，「空、冷」兩字，點出淒涼的憂傷。「甚驚鴻一霎，雲蹤雨跡、已無尋處」三句，彷彿若美夢中驚醒，舊時眉嫵的情景不再有，如同天際行雲，已了無尋處，婉轉傳達了落寞傷感的情緒。全詞低徊含蓄，出入與轉折之處，旖旎可誦，耐人尋味。

沈祥龍《論詞隨筆》中云：

> 詞不宜過於設色，亦不宜過於白描。設色則無骨，白描則無采。如粲女試妝，不假珠翠而自然濃麗；不洗鉛華而自然淡雅得之矣。

又云：

> 含蓄無窮，詞之要訣。含蓄者，意不淺露，語不窮盡，句中有餘味，篇中有餘意，其妙不外寄言而已。〔註31〕

以這兩段論詞之法來看這兩首作品，更能看出作者在詞作上用心經營，巧妙構思。再如：

〈蹋莎行〉宋育仁

心字雲衣、眉妝月扇，夕陽畫境催簾卷，晚涼掠地落花風，一時離袖君心變。　寶鏡妝慵，玉簫聲怨，舞衣照水紅深淺，青天碧海夜無人，牽牛偏向西堂見。

此首，不論在字句上、意義上、情感的表達上，也都是閨情中的佳作。

此外，尚有：

劉福姚〈憶王孫〉：「纖腰舞罷尚娉婷」

劉福姚〈漁歌子〉：「小桃枝、紅一捻」

朱祖謀〈胡搗練〉：「雙雙鳳子慣輕盈」

朱祖謀〈鳳孤飛・用小山韻〉：「眉意眼情誰會」

王鵬運〈玉樓春〉：「南樓莫怨吹羌管」

王鵬運〈玉樓春〉：「好山不入時人眼」

朱祖謀〈玉樓春〉：「分明錦瑟妝臺畔」

劉福姚〈玉樓春〉：「新妝依約眉痕淺」

〔註31〕見《詞話叢編》，頁 4067 及 4068。

朱祖謀〈玉樓春〉：「妾心宛轉機中素」

王鵬運〈玉樓春〉：「郎情似絮留難住」

朱祖謀〈鳳銜杯〉：「深情只有雙雙燕」

劉福姚〈七娘子〉：「落紅滿地驚風驟」

（八）其他抒懷作品

在《庚子秋詞》中，有些抒懷作品不易看出所詠的真正內容是什麼，有許多是兼具了多種內容在其中，有感念時局亦感嘆自己身世，像王鵬運〈眼兒媚〉「青衫淚雨不曾晴」；有身世之感，亦為懷鄉之作；如劉福姚〈醉落魄〉「舊游一瞥」……等，其中又融入了「寄託」「意內言外」，使得雖同一首詞，卻有不同的意味在其中。除了上述抒懷作品的內容之外，尚有一類是詞人也最常詠嘆的內容——傷春離別。春天是一年四季中最美麗、最令人心動的季節，萬物滋長，百花盛開，明媚的春光惹人又愛又憐，相對的春天也是最容易流逝，「無計留春住」，「淚眼問花花不語，亂紅飛過秋千去」，這些詞句豐富了我們對春天的感受。在《庚子秋詞》中有些傷春離別的詞，寫來也深情款款，別具風味，如：

〈玉樓春〉劉福姚

啼鵑那留春住。煙草淒淒春去路。莫將殘酒酹飛花，愁見細風吹落絮。　人生盡說多情誤。情到深時天忍負。君看花月滿春江，都是淚痕無盡處。

首句先用春天最常見的杜鵑鳥來引起全詞，但是「啼鵑那解留春住」，煙草淒淒迷濛之處，也正是春天流逝的去路。「莫將殘酒酹飛花，愁見細風吹落絮」二句，寫對春天的留戀以及心中的無奈，飛花、落絮也隨風飄零。過片之後轉感嘆人間的情感，「人生盡說多情誤，情到深時天忍負」兩句寫人生多情自來空留餘恨，然而情到深處亦無怨無恨。末兩句「君看花月滿春江，都是淚痕無盡處」，更見細膩般的痴情語態，「淚痕無盡處」，就如同坐困愁城之中，所見的景象，傷春離別具有真實的時代感受。又如：

　　〈玉樓春〉王鵬運

　　南樓莫怨吹羌管。便不催春春也晚。釀成梅子帶酸心，付
　　與花奴含淚眼。　啼鵑那識人腸斷，新綠漸濃腰帶緩。當
　　時臨水送飛花，流水依然花去遠。

「南樓」二字乃指作者所住寓所四印齋，莫怨羌管聲響，縱使不催春，
春天也已將過完。「釀成梅子帶酸心，付與花奴含淚眼」二句中的心
酸及淚眼，對於春天流逝充滿無奈，觸動內心的傷感。過片之後，寫
人也寫花。「啼鵑那識人腸斷，新綠漸濃腰帶緩」二句，以物來引起
人的傷感，杜鵑啼叫催人，更加愁腸欲斷；釀好的酒日益香醇，而人
卻逐日消瘦，有「衣帶漸寬終不悔，爲伊消得人憔悴」（柳永〈蝶戀
花〉）之詞味。末二句「當時臨水送飛花，流水依然花去遠」，更透露
著無限的依戀，流水依舊悠悠的流著，而飛花已無蹤跡。全詞淡雅無
奇，淡淡的憂傷，迷茫的愁緒，皆在筆端一一流出。再如：

　　〈玉樓春〉朱祖謀

　　少年不作消春計。孤負酒旗歌板地。好天良夜杜鵑啼，今
　　日逢春須著意。　斜陽煙柳迴腸事。小雨闌花千點淚。等
　　閑尋到眼前來，欲避春愁除是醉。

　　〈玉樓春〉劉福姚

　　南園無限春光好。酒醒傷春人去早。重簾不放日光迴，曲
　　檻尚愁風力小。　天涯那處多芳草。聽到啼鵑花事少。拚
　　將殘淚爲花傾，人笑儂癡花莫笑。

　　〈玉樓春〉王鵬運

　　春風消息南枝綻。膩粉香雲吹不散。誰驚花片落尊前，懊
　　恨十三弦上雁。　酬花休惜傾千琖。狂態問花應見慣。一
　　春消得幾扶頭，莫怪春光來有限。

在《庚子秋詞》中創作最多的〈玉樓春〉則全爲傷春離別，或描寫兒
女情態的閨情作品。除此之外，描寫傷春離別的詞作，尚有：

　　王鵬運〈鋸解令〉：「駐雲誰按酒邊詞」

劉福姚〈鋸解令〉：「隔花無處説相思」

王鵬運〈琴調相思引〉：「夢裏留春不是春」

劉一福姚〈草江南〉：「春欲盡」

王鵬運〈紅窗聽〉：「睡覺花飛春似水」

朱祖謀〈思歸樂〉：「春入雙波和粉溜」

劉福姚〈相思兒令〉：「花底一番風信」

朱祖謀〈珍珠令〉：「春魂繞遍天涯路」

劉福姚〈七娘子〉：「落紅滿地驚風驟」

王鵬運〈摘紅英〉：「春消息，枝南北」

二、詠物之作

　　向來古典詩詞中詠物之作，重視「體物寫志」及「感物言志」，作者於事物中體悟了與生命中的遭遇變化相契合者，而藉物來抒寫自己的胸襟懷抱，或遭受的困頓。由於作者及環境的關係，可以形成爲偏重喻託，或偏重遣瓠等不同的內容性質。詠物詞易寫而難工，張炎《詞源》：

> 詩難於詠物，詞爲尤難。體認稍眞，則拘而不暢；模寫差
> 遠，則晦而不明。要須收縱聯密，用事合題，一段意思，
> 全在結局，斯爲絕妙。〔註32〕

可見詠物詞在模寫與著意間，要能恰到好處，才屬佳作。至於在內容上若能偏重喻託，更得其幽遠之味。沈祥龍《論詞隨筆》云：

> 詠物之作，在借物以寫性情，凡身世之感，君國之憂，隱
> 然蘊於其內，斯寄託遙深，非沾沾爲詠一物矣。〔註33〕

又劉熙載《藝概詞曲概》云：

> 昔人詞詠古詠物，隱然只是詠懷，蓋其中有我在也。〔註34〕

由上兩段前人對詠物詞的論述，可知詞中除了所詠物之外，其中更有我在，詠物詞成爲另一種形式的抒情詠懷。歷代的詠物詩詞中，便有

〔註32〕見《詞話叢編》，頁210。

〔註33〕見《詞話叢編》，頁4070。

〔註34〕見《詞話叢編》，頁3784。

許多雖是詠物實爲詠懷的作品，像虞世南的〈詠蟬〉，杜甫在夔州所寫的〈孤雁〉、〈猿〉、〈黃魚〉……諸詩，皆有深遠的比興託意在其中。又如東坡〈卜算子〉（缺月挂疏桐）詠孤鴻一詞，更是寓意幽遠，於詠物中託喻幽人不遇之感。在《庚子秋詞》屬於詠物之作的僅有五首，一爲于穗平所作寄給王鵬運，而另外四首則爲王鵬運他們三人唱和之作。〔註35〕

〈唐多令・衰草〉于穗平

　　野火宿空屯，人煙淡遠村。一條條、都是啼痕。恁道夕陽
　　無限好，能禁得、幾黃昏。　　蓬斷晚辭根，苔荒畫掩門。
　　倩東風、說與王孫。知到隔年吹綠處，有多少、別離魂。

首句引用了白居易〈賦得古原草送別〉詩意：「離離原上草，一歲一枯榮，野火燒不盡，春風吹又生」的「野火」，在郊野的地方燃燒著，離著郊村遠遠地燃著煙，「一條條，都是啼痕」，煙向上升，而眼淚往下流，在送別的道路上，盡是流下的淚痕，喻內心之辛酸愁苦，交錯的對比運用奇妙。「恁道夕陽無限好，能禁得、幾黃昏」句，是從李商隱詩「夕陽無限好，只是近黃昏」中化出。過片之後寫蒼茫之景象，而以憂愁結。「蓬斷晚辭根，苔荒畫掩門」二句，寫蓬蓬最後還是要離開其根，凋零飄落，而「掩門」者自是言「草」。「倩東風說與王孫，

〔註35〕其中朱祖謀一首，劉福姚兩首，如下：

〈唐多令・衰草和穗平〉朱祖謀

塓斷馬蹄痕。消凝油壁塵。翦紅心、霜訊催頻。一道玉鉤斜畔路，己無意、比羅裙。濃綠鎮迷人。蘭苔淒古春。換年年冷戍荒屯。淚噀西風原上火，怕猶有、未招魂。

※　※

〈唐多令・衰草和穗平〉劉福姚

南浦舊消魂。花飛陌上塵。甚萋萋、斷送殘春。寂寞野煙疏雨裏，休更問、躡青人。樓外又黃昏。霜寒何處村。黯平蕪、猶戀斜曛。憑仗東風吹綠意，好輕趁、馬蹄痕。

※　※

寂寞閉閒門。荒煙霧石根。舊池塘、難覓香魂。撥盡寒灰心未死，有微月、伴黃昏。羅襪已成陳。冰綃有淚新。倩西風、塓斷愁痕。莫被一番春色誤，又消受、落花塵。

知到隔年吹綠處，有多少、別離魂」句，化用「芳草年年綠，王孫歸不歸」詩，草枯萎了，明年還會再綠，但是有誰知道，這其中有多少離別的哀恨啊！全詞運用襯托的方式，寫出衰草的形象，「野火」、「掩門」、「吹綠處」不著「衰草」，但卻有其痕跡。「恁道夕陽無限好」、「蓬斷晚辭根」二句彷彿也寄託身世之感，雖帶有悲涼淒切的情懷，卻餘味不盡。

　　于穗平為于齊慶，字安甫，號穗平，又號海帆，江蘇江都人，光緒十二年（1876 年）進士，改庶吉士，授翰林院編修，官至廣東布政使，有《小暢樓詞鈔》。穗平與王鵬運、朱祖謀皆為好友，多有詞作唱和往來。此首〈唐多令‧衰草〉寄給困居在京城的他們，也得到了他們三人的唱和。

　　〈唐多令‧衰草和穗平〉王鵬運

　　　　難剷是愁根。連天沒燒痕。漫萋萋、回首青門。陌上銅駝
　　　　如解語，定相向、怨王孫。　　別恨共誰論。憑高空斷魂。
　　　　更無煩、臘鼓催春。不見潛行悲杜老，曲江上、幾聲吞。

王鵬運的唱和，精工而細密，相互呼應。首句「難剷是愁根，連天沒燒痕」，對應了于穗平的首句「野火宿空屯，人煙淡遠村」，因為「野火燒不盡，春風吹又生」，所以「難剷是愁根」，相密合的情況，真是無跡可尋。「漫萋萋、回首青門」，乃寫昔日結草茂盛的樣子，「萋萋」二字，亦用白居易〈賦得古原草送別〉詩中「又是王孫去，萋萋滿別情」，不僅用典相對，在意義上也相呼應。「漫萋萋」對「一條條」，「回首青門」對「都是啼痕」，在結構安排上，相得益彰。接下來王鵬運的感嘆就較為深沉：「陌上銅駝如解語，定相向、怨王孫」。劉映華《王鵬運詞選注》中引《晉書‧索靖傳》：「靖有先識遠量，知天下將亂，指洛陽宮門銅駝，嘆曰：『會見汝在荊棘中耳。』」後因以銅駝荊棘形容亡國後殘破景象 [註36]。由此可見王鵬運感念時局的哀痛，託想陌上銅駝要是能言語的話，定會問是誰讓它身陷在荊棘之中？過片之

〔註36〕見《王鵬運詞選注》，頁 206。

後，更見心酸悲苦之情懷，「別恨共誰論？憑高空斷魂」二句，寫來淒楚無奈，義隱指遠。「更無煩、臘鼓催春」二句，寫家園已破碎至如此，更無須再以羯鼓來催春。「不見潛行悲杜老，曲江上、幾聲吞」三句，藉杜甫的遭遇與自身相比作結尾。杜甫〈哀江頭〉詩，開頭說：「少陵野老吞聲哭，春日潛行曲江曲」，而自己此時身陷於城中，與當日杜甫處境相似，「幾聲吞」更是哀思激楚，淒咽動人。全詞唱和于穗平的「衰草」，亦是運用襯托的方式來表達，「愁根」、「燒痕」、「萋萋」皆是寫「草」的不同形象，而過片之後宛然已是自我處境的感嘆悲哀。劉熙載《詞概》中云：「昔人詞詠古詠物，隱然只是詠懷，蓋其中有我在也。」對此首作品而言，相當契合。不僅在詞中看到了「衰草」不同的形象，更見到了由這些形象所引發、觸動詞人內心的心靈世界，衰草的形象顯著，而詞人的心境曲折深婉、跌宕返復，豐富了這首詞強烈感人的藝術效果。在《庚子秋詞》中這兩首藉詠物「衰草」的詞，是相當特別的。

三、遊戲之作

　　在《庚子秋詞》中，僅有二首遊戲之作，一首乃朱祖謀答于穗平所作的詩，戲作之詞，談論有關食物方面，在此集中，別有情趣。另一首為王鵬運的〈滿宮花〉﹝註37﹞。

　　〈胡搗練〉朱祖謀

　　故山千畝在胸中，夢繞淙淙清雪。蔬筍年來盟狎。老圃愁羊躑。　微聞公膳隻雞無，把酒花前慵呷。乞我盧家蒸鴨。成就無無法。(戲答于穗平附穗平原詩：自失輶音後，家廚突已寒。舊盟徵息壤，遠夢逐長安。設醴誠逾分，烹鮮或佐餐。索逋君勿哂，我自累豬肝。)

[註37] 王鵬運此首戲作較晦澀，不知所戲者為何，其詞如下：
　　〈滿宮花‧戲作〉
　　柳車焚、嘉果供。珍重五窮親送。咄哉斗米不能神，結束蕭仙安用。
　　嘯塵梁、窺鮓甕。媿爾揶揄情重。妄言妄聽老東坡，今日也應色動。

詞作的首句「故山千畝在胸中」寫出了詞人胸中的懷抱，「夢繞淙淙清雪」，寫夢迴故家園，淙淙的清流彷彿也圍繞。接下來談論生活上飲食之事。雖為遊戲之作，于穗平詩中「自失翰音後，家廚突已寒」二句，亦可見兩人之情誼。

四、題詠之作

題詠之作，在《庚子歌詞》中也是少數的作品，僅有二首，皆為王鵬運所作，題詠之作因記事而為，詞意較不深，然其間或有託喻感懷，或說明某項事物。如：

〈醉落魄·題復庵歸隱圖〉王鵬運

關山難越。經時夢斷江頭楫，畫圖聊慰相如渴。顧影徘徊，
月是故溪月。　先生歸計吾知決。天寒芳草愁消歇。筇枝
健步郵筒滑。不聽啼鵑，底事聽鳴鴃。

此詞乃題畫之作，就性質而言是題詠之作，就內容而言，則為送別之作。宋育仁與三人填詞相和，大家相處約一個月的時間，他即將南下，返回他的家鄉，詞人畫圖聊慰，並填詞以記。「顧影徘徊，月是故溪月」道出了唯有故鄉才是最令人嚮往的。平淡之中也有一些作者的渴求，對宋育仁自是有一番鼓舞。另一首：

〈虞美人·題校夢龕圖〉王鵬運

往與漚尹同校夢窗詞成，即擬作圖以紀之。今年冬，見明
王蓁畫軸，秋林茅屋，二人清坐，若有所思，笑謂漚尹曰：
「是吾校夢龕圖也，不可無詞。」因拈此詞。圖作萬曆丁
酉〔註38〕，乃能為三百年後人傳神寫意，筆墨通靈，誠未
易常情測哉！光緒庚子十月記。〔註39〕

檀欒金碧樓臺好。誰打霜花稿。半生心賞不相違。難得劫

〔註38〕萬曆丁酉，西元 1597 年。萬曆（1573～1620），明神宗朱翊鈞年號。
〔註39〕小序一作：「題枝夢龕圖。明王蓁畫軸，紙本淺設色，秋林茅屋，二
　　　　人清坐。半僧笑曰：「是吾校夢龕圖也。」因拈此調，約漚尹同作，
　　　　并索忍庵和之」下同。唯末句十月之下有「十日」二字。此從《半
　　　　塘定稿》。

灰紅處、畫圖開。　　愁閑對闌干起。自惜丹鉛意。疏林老
屋短檠邊。便是等閑秋色、儘堪憐。

此詞亦是題畫詞，小序中已說明填此詞的旨趣，「檀欒金碧」句，是
取用了夢窗〈聲聲慢〉「檀欒金碧，婀娜蓬萊」句，謂吳夢窗的七寶
樓台是眞正的好。「半生心賞不相違，難得劫灰紅處畫圖開」二句，
寫難得在浩劫之中有機會得此圖，並深得吾心喜愛。過片之後，又不
免有所傷懷。「疏林老屋短檠邊，便是等閑秋色儘堪憐」二句，寫畫
中之景「秋林茅屋，二人清坐」，彷彿映襯王、朱兩昔時同校夢窗詞
的情況，而同時也呈現了作者對當時時局的感觸。賀光中《論清詞》
云：「光緒庚子十月，有虞美人一闋，題校夢龕圖，是時所作，亦髣
彿與夢窗爲近。」〔註40〕

五、其　他

《庚子秋詞》中有幾首的內容較特別，不屬上述的分穎，故歸於
其他一項，如這三首：

〈調笑轉踏‧巴黎馬克格尼爾〉王鵬運

妾家高樓官道旁，山茶紅白分容光，願作鴛鴦爲情死，託
身不願邯鄲倡。　　浮雲柳絮無根蒂，情絲宛轉終難繫，漫
道郎情似海深，不抵巴尼半江水。

〈調笑轉踏〉朱祖謀

茶花小女顏如花，結束高樓臨狹邪，邀郎宛轉背花去，雙
宿雙飛新作家。　　堂堂白日繩難繫，長宵亂絲爲君理，肝
腸寸寸君不知，鮑子坪前月如水。

〈調笑轉踏〉劉福姚

雪膚花貌望若仙，陌上相逢最少年，柔絲宛轉爲郎繫，摧
花一夜東風顛。　　珍重斷腸書一紙，鈿車忍過恩談里，山
茶開遍郎不知，嬌魂夜夜隨風起。

〔註40〕見《論清詞》，頁142。

上三首風格獨特，在內容上也相當特別，在《庚子秋詞》中別樹一格。這三首詞是作者閱讀法國作家小仲馬的名作《茶花女》一書後，以詞來表露自己的感受，呈現故事中精彩的男女情愛。序中「馬克格尼爾」即是《茶花女》此書的音譯，或譯為「瑪格麗特」，此書初為小說，後改編為戲劇，以一妓女與一青年的戀愛故事為中心，描寫當時上流社會的生活思想，成為寫實劇的鼻祖。

這三首唱和之作，皆典麗精工、婉轉低徊。就其同中而看，三首皆運用了「山茶花、郎、絲」在句字中，也都運用相當深刻的「對比」技巧、「比喻」的運用也具體明白，結尾的部分「寓倩於景」含蓄幽遠。這三首，有景、有情、有姿態、有希望、也有失落，皆融合在詞中呈現出來，可見三人在這首詞中用力深厚。就其個別而言，王鵬運的作品呈現強烈的男女情態，敢直言出內心的渴望。朱祖謀的作品則含蓄、意不淺露，卻有百般婉轉的細密情態。至於劉福姚的作品則流露了痴迷的意味，令人動容。三首詞「同中有異，異有中變化」，出入與轉折之處，婉轉纖綺，旖旎可誦，耐人尋味。以詞來詮譯著名的小說、戲劇，這三首不僅為鼻祖，其表達與詮釋，更是突出生動，令人一新耳目，別有絕妙之處。

另外有劉福姚評論王鵬運校勘夢窗詞，其詞云：

〈虞美人〉劉福姚

樓臺七寶窮天巧。絕境誰能到。廬山眞面待君開，難得小窗風雨、故人來。　披圖莫問滄桑事，也自傷憔悴。夜鐙風味尚依然。不道有人先向、畫中傳。

首句先讚美吳夢窗「樓臺七寶窮天巧，絕境誰能到」，張炎《詞源》：「吳夢窗詞如七寶樓台，眩人眼目，碎拆下來，不成片段」已為後人所詬病。精美的七寶樓台，拆下來破碎當然不成片段。劉福姚讚美夢窗的七寶樓台是巧奪天工，絕妙之境，有誰能夠比擬。「廬山眞面待君開，難得小窗風雨故人來」二句，寫夢窗詞向來意隱指遠，難以明白，要待王鵬運揭開眞面，難得在風雨中有故人來（此人應指朱祖謀），共同

校勘，增加一份溫馨。過片之後，寫專注在校勘，不管滄桑憔悴，自
會流傳於後。王鵬運與朱祖謀兩人，前後用了五年時間合校《夢窗詞》，
可見他們認真嚴瑾的態度。此評論之詞，也作了部分的說明。

　　此外，有一首是壽詞，是劉福姚為王鵬運祝壽所填之詞：

〈錦帳春〉劉福姚

雲外塵多，眼中人少。海天遠、憑闌舒嘯，北征吟、招隱
賦，寫傷秋懷抱。碧山同調。　拄杖看山，避人焚草。萬
事足、軒眉一笑。算人間、酣睡好。莫酒尊閑了。玉梅春
早。（壽鶩翁）

庚子這年（1900 年），王鵬運五十二歲，已經是歲暮殘年之際。首二
句「雲外塵多，眼中人少」，寫所處的環境之中，僅能藉憑闌遠望來
舒展胸懷。「寫傷秋懷抱，碧山同調」，認為王鵬運寫傷秋懷抱，與王
沂孫是同樣的風格。朱祖謀也云：「君詞導源碧山」（《半塘定稿》序）。
下片寫生活的安排，能開口笑一笑，好好酣睡一場，「莫使金尊空對
月」，如此就是好的生活了。全詞不見一個「壽」字，亦無恭維之語，
相當的平實。沈義父《樂府指迷》云：

壽曲最難作，切宜戒壽酒、壽香、老人星，千春百歲之類，
須打破舊曲規模，只形容當人事業才能，隱然有祝頌之意
方好。〔註41〕

以此來看這首壽詞，「萬事足、軒眉一笑。算人間、酣睡好，莫酒尊
閑了，玉梅春早」真是其「隱然有祝頌」之意。

　　此外，在《庚子秋詞》中，尚有一首相當特別的記夢之作，含有
微妙的哲理。

〈極相思‧紀夢〉王鵬運

芙蓉殘夢驚回。禪意冷湖猜。誰分秀句，嶺雲特聳，花雨
雙　。　一語當前誰轉得，話清涼、塵境休迷，分明指點，
水雲面目，鉼盂歸來。

> 夢游蘭若，若有長老問侍者名，侍者誦「芙蓉湖上三更面」
> 句，並指門外，云：「此水前爲熱湖，後爲冷湖，祇隔一隄，
> 而芳意冷湖獨盛。」長老意似未慊，且曰：「冷熱一境，世
> 界盡然，誰隔也。」然夢中僅見二侍者，長老則聲影並未
> 相接，不知何以得其言意。繼復得嶺雲八字，與前夢在若
> 斷若續間，是一是二，不復能識矣。庚子閏八月十二日，
> 半塘僧驚夢醒記。

人世間的冷暖，不正也是如此嗎？作者蓋有所寄託，或另有含意，或
僅是夢吧！

　　上述乃是對《庚子秋詞》之內容作一番概略的分類，共有五大頭，
但實際上以抒情詠懷作品最多，約占全部詞作的十分之九，僅有極少
數的詞抒寫不同內容，雖然數量少，然置之於《庚子秋詞》中，亦有
其與眾不同之處。

第四節　比興寄託

　　比興寄託應屬於詞學藝術中所表現運用的技巧，也是詞作中最耐
人尋味的部份，晚清詞壇在常州詞派主流之下，「比興寄託」廣泛的
被運用，與晚清動盪不安的時局有密切的關係，《庚子秋詞》在動亂
的環境下產生，其中多有令人感嘆的時事，往往成爲詞人詠懷的對
象，集中有部分作品即是感懷時事而作，因此，以此專節來作討論。
在研究方法上，希望藉由統計、歸納，在「有跡可尋」的情況下，再
配合當時發生的歷史，進行較合理的分析，使「比興寄託」的詞作，
更有其深刻意舍。

　　「比興」從中國文學源頭，最早的詩歌總集——詩經，就廣泛的
被運用著，所謂的詩六義「風、雅、頌、賦、比、興」，人的情感往
往藉由外物起興，進而尋求與內心世界的共鳴。而「比興寄託」的運
用，豐富了中國文學的內在生命，讓我們感受詩詞中特有的涵意雋
永、婉轉低徊的藝術氣息。

常州詞派爲晚清詞壇盟主，《庚子秋詞》作者中的王鵬運、朱祖謀也在常州詞派的詞論之下，故先導其源，述論常州詞派的詞論。常州詞派的開山祖師張惠言在其《詞選序》中云：

> 意內言外謂之詞，其緣情造端，興于微言，以相感動，極命風謠里巷，男女哀樂，以道賢人君子幽約怨悱不能自言之情，低徊要眇以喻其致，蓋詩之比興，變風之義，騷人之歌，則近之矣。然以其文小，其聲哀，放者爲之，或跌蕩靡麗，雜以昌狂俳優，然要其至者，莫不惻隱盱愉，感物而發，觸類條鬯，各有所歸，非苟爲雕琢曼辭而已。〔註42〕

其理論開其端，所言的「意內言外」和「詩之比興」兩點，乃指寄託的方法而言，未更進一步明言，到了周濟時，加以推闡發揮，其《介存齋論詞雜著》云：

> 感慨所寄，不過盛衰，或綢繆未雨，或太息厝薪；或已溺已饑，或獨清獨醒，隨其人之情性學問境地，莫不有由衷之言。見事多，識理透，可爲後人論世之資；詩有史，詞亦有史，庶乎自樹一幟矣。若乃離別懷思，感士不遇，陳陳相因，唾瀋互拾，便思高揖溫、韋，不亦恥乎？〔註43〕

此段話很重要也很明白地指出；詞要有思想內容，要知人論世，要有史的作用，有微言大義，要反映社會現實，這才奠定了常州詞派的家法。其又云：

> 初學詞，求有寄託，有寄託，則表裡相宣，斐然成章。既成格調，求無寄託；無寄託，則指事類情，仁者見仁，知者見知。〔註44〕

對「寄託」之說有更進一步說明。朱祖謀稱王鵬運的詞「導源碧山，復歷稼軒、夢窗，以還清眞之渾化，與周止庵氏說，契若鍼芥。」（半塘定稿序）由此可知，王鵬運論詞之旨，必崇意格、貴渾成、重寄託。

〔註42〕見李次久校讀《詞選續詞選校讀》，頁5～6。
〔註43〕收錄於《宋四家詞選‧譚評詞辨》中，頁1～2。
〔註44〕同上，頁2。

再看況周儀《蕙風詞話》中與王鵬運的對談，其云：

> 吾詞中之意，唯恐人不知。於是乎句勒。夫其人必待吾句勒
> 而後能知吾詞之意，即亦何妨任其不知矣。曩余詞成，於每
> 句下注所用典。半塘輒曰：「無庸。」余曰：「奈人不知何？」
> 半塘曰：「儻注矣，而人仍不知，又將奈何？矧塡詞固以可
> 解不可解，所謂煙水迷離之致，爲無上乘耶。」〔註45〕

這些見解都可以說和周濟的主張無二致，「可解與不可解」「煙水迷離
之致」與「詞非寄託不入，專寄託不出」（宋四家詞選敘）有異曲同
工之妙，更可見王鵬運與周濟「契合鍼芥」的關係。王氏與朱氏都是
晚清的詞學大家，則常州詞派影響之深遠可見，所以龍沐勛在其〈論
常州詞派〉一文中，曾經說：「常州派繼浙派而興，倡導於武進張皋
文（惠言）、翰風（琦）兄弟，發揚於荊溪周止庵（濟）而極其致；
清季臨桂王半塘（鵬運）、歸安朱彊村（祖謀），流風餘沫，今尚未全
歇。」這更說明王、朱與常州詞派的密切關係。

　　而周濟《介存齋論詞雜著》中所云：「詩有史，詞亦有史，庶乎
自樹一幟矣。」是值得思索的一個方向，王鵬運與周濟之說「契合鍼
芥」，必然也贊成他的這一番話。因庚子義和團事變而產生的《庚子
秋詞》，也具有某些反映歷史的成份。然而，由於他在詞的表現方法
上崇尚寄託婉諷，以「可解與不可解」、「煙水迷離之致」爲詞境，因
此難在詞作中具體鮮明地呈現「詞亦有史」的眞正時代精神。不過，
「含蓄」、「婉轉」是詞作的手腕，而歷史事實卻在作者胸中激盪，陶
寫於詞，隱然之間尚「有跡可尋」、「言之有物」，則寄託婉諷之詞，
有眞血淚情感在其中。這些詠懷、感念時事的作品雖不是眞正的「歷
史記載」，但是透過詞作的詠懷，增添對歷史詮釋的不同角度，也是
詞作藝術反映社會、歷史的另一種方式。以下論述《庚子秋詞》中所
反映出當時的時事。

〔註45〕見《蕙風詞話‧人間詞話》卷一，頁11。

一、聯軍入城，慈禧挾光緒西幸之事

當八國聯軍攻陷北京城時，光緒帝本意是要留在京師，但是身為禍魁罪首的慈禧，深怕各國的報復，於是挾光緒連夜出走北京，逃往西安。朝廷無君，作為臣子的縱使有報國之心，但是君王出奔，更不知教人何去何從？《庚子秋詞》中有幾首顯然是寄託此事。如：

〈相見歡〉王鵬運

夜涼哀角聲聲。斷疏更。愁對南飛孤雁、帶參橫。　人不見。征塵遠。夢難成。又是絮蛩飄雨、落秋鐙。

枕函殘夢初驚。欲三更。愁聽星鴻霜角、下重城。　人何處，塵迷路。恨難平。　還是淚痕和酒、不分明。

劉映華《王鵬運詞選注》對「人不見」三句，註云：「可能指八國聯軍攻入北京之後，光緒帝為慈禧所挾，出走北京，經居庸關、大同逃西安一事。」[註46] 對「人何處」三句，註云：「亦指光緒逃走一事。」劉映華此註已對此事作了大概的說明。劉氏以「人」象徵「人君」，而「人君」向來是「君王」的稱呼，王鵬運將此事寄託於詞中，以表其感嘆和強烈的無奈。若運用統計的方法來看《庚子秋詞》中「人」的意含，則有兩類，甲類如下：

宋育仁〈卜算子〉：「燕去故人希」

王鵬運〈朝中措〉：「人坐碧溪頭」

劉福姚〈朝中措〉：「人立小紅橋」

宋育仁〈朝中措〉：「人柳似當門」

王鵬運〈人月圓〉：「西山一角，向人如笑」

朱祖謀〈小重山〉：「西風破屐幾人詩」

宋育仁〈小重山〉：「菊瘦如人畫不文」

宋育仁〈秋蕊香〉：「斷腸人在翦鐙語」

朱祖謀〈太常引〉：「天末故人遙」

王鵬運〈夜遊宮〉：「梁燕拋人去」

[註46] 見《王鵬運詞選注》，頁178。

劉福姚〈裴遊宮〉：「照離人斷腸處」

朱祖謀〈虞美人影〉：「夢裏憑闌人換」

朱祖謀〈霜天曉角〉：「中有詩人屋」

王鵬運〈玉樓春〉：「猶有斷腸人對面」

（上與「人」有關者，略舉其要）很顯然的在甲類中的「人」泛指一般的名詞，至於乙類，如下：

王鵬運〈相見歡〉：「人不見、征塵遠」

王鵬運〈相見歡〉：「人何處、塵迷路」

王鵬運〈蹋莎行〉：「謝堂倦客總魂消，無人淚濕西飛燕」

劉福姚〈秋蕊香〉：「昨日畫樓人去，門掩黃昏風雨」

宋育仁〈謁金門〉：「一樣落花人去後，見蓮休見藕」

朱祖謀〈謁金門〉：「人去後，絲管花房春瘦」

王鵬運〈河瀆神〉：「攀折休辭人遠，等閒魂斷羌管」

乙類的「人」在意含上則較有「人君」的代稱，「人何處」「人不見」「人遠」「人去」這些字眼的出現，與西幸之事略有關連，但仔細分析其詞意的表達，和上下文句的關係，則除了王鵬運兩首〈相見歡〉之外，尚有以下一兩首，也隱用了含蓄婉轉、寄託的方式，寫出西幸之事。

〈蹋莎行〉王鵬運

彩扇初閑，疏砧催斷。雲山北向征人遠。驚塵莫漫怨飄風，岫眉好試新妝面。　　夢境迷離，心期千萬。絲絲縷縷愁難剪。不辭舞袖為君垂，瑣窗雲霧知深淺。

上片中的「征人遠」，可能暗指光緒遠在西安行，詞句間流露著無奈的嘆感。下片則說明內心的憂愁，迷迷恍恍的夢境，千頭萬緒，「絲絲縷縷愁難剪」、「不辭舞袖為君垂，瑣窗雲霧知深淺」兩句，更寄託有報效朝廷之心，但恐願望不能實現，因為人君不在朝，臣子何從？其暗用之意與李白〈登金陵鳳凰台〉「總為浮雲能蔽日，長安不見使人愁」詩意同，唯「君王不在朝」與「小人在朝」之別耳。另一首：

〈秋蕊香〉劉福姚

　　昨日畫樓人去。門掩黃昏風雨。看花已是無情緒。禁得殘
　　紅如許。　鈿車錦瑟知何處。佳期誤。天涯芳草迷征路，
　　腸斷啼鵑聲苦。

「昨日畫樓人去」、「鈿車錦瑟知何處」二句，與西幸之事有微妙關
連，足堪玩味。此外尚有一首乃藉由歷史上與此事相近的典故來寄
託此事。

〈南鄉子〉王鵬運

　　山色落層城。不爲塵多減舊青。只有看山前度客，愁生。
　　獨倚高樓眼倦橫。　簷角暮雲停。懷遠傷高淚欲傾。昨夜
　　橫汾西去路，聲聲。塞雁驚寒不忍聽。

「橫汾西去」兩句，劉映華先生云：「隱用唐明皇因安祿山之亂幸蜀，
比喻光緒逃至西安。」〔註47〕唐明皇西幸蜀之事與慈禧挾光緒帝西幸
之事相像，引起了詞人無限的感嘆寄託。唐明皇幸蜀，還有一件歷史
大事，即楊貴妃馬嵬坡前賜死一事；而光緒帝西幸，亦有一悲慘之事。

二、珍妃慘遭投井之事

　　清史稿中對於珍妃之死，僅言：「辛卯，詔以珍妃上年殉節宮中，
追晉貴妃。」〔註48〕蓋掩人耳目矣。珍妃係慈禧太后出奔時，命太監
崔玉貴推入井中而死，非所謂「殉節」。此事在當時也引起軒然大波，
許多的文人詞客，皆嘆詠此事。如《庚子詩鑑》云：

　　傳聞西狩賦車攻，倉卒微行宿衛空。終古馬嵬同此恨，無
　　情宮井葬春紅。

作者自註云：

　　余於六月初旬出都。其時宮中即有西幸之說。榮文忠知事

〔註47〕同上，頁185。唐明皇將幸蜀，登花萼樓，使樓前喜歌者登樓而歌曰：
　　　　「山川滿目淚沾衣，富貴榮華得幾時？不見而今汾水上，惟有年年
　　　　秋雁飛。」顧侍者曰：「誰爲此？」對曰：「宰相李嶠也。」明皇曰：
　　　　「眞才子。」不待曲終而去。
〔註48〕見《清史搞校注》卷二十四，頁994。

機危迫，且密括各路車輛數百於保定待命。及京師陷，兩宮倉皇出走，僅得賃市車數輛，帝侍太后乘其一，后率大阿哥乘其一，餘車宮眷分乘之。貝子溥倫扈從。將出宮，太后召珍妃至，曰：「國難至此，勢無苟，蓋速自決。」妃曰：「婢子從太后耳。」牽太后衣跪泣，太后益怒，即命太監崔玉貴推之井中，上飲泣，不敢置一詞也。曾仮盦太史賦落葉詩多首，託名爲閨人所作。金鑅孫王燕泉各賦宮井曲長古。皆紀是事。〔註49〕

可見時人多有詠嘆，或託他名、或隱約其詞。民國19年5月3日《故宮週刊》載〈珍妃專號〉刊載有關珍妃重要資料，其中載〈百鍊盦談故一則〉云：

予於庚子歲暮，在閩海長門軍次，得友人張蟄父運魁書，言聯軍入都，官民怪狀，及兩宮西幸，珍妃殉國諸異聞，嗣復陸續鈔寄一時留都諸文人詩詞，多隱約其辭，實則慈禧令人擠妃墮井也。按妃姓他他拉氏，爲總督裕泰之女孫，侍郎長敘之女，瑾妃之同懷妹，生光緒二年（1876年）丙子，十四年（1888年）選爲珍嬪、二十年（1894年）晉珍妃，二十六年（1900年）死於宮井，年僅二十五歲，二十七年（1901年）清德宗還宮，追晉爲珍貴妃。妃姊妹皆文道希（文廷式）女弟子，昆弟中如志銳、志鈞、志錡、均一時聞人。戊戌之案，深爲慈禧所惡，予與吾友蛻園貸屋城西，即妃未入宮時妝閣也，往往於槐陰竹下，飫聞當日軼聞瑣事。蓋德宗之變法，妃實有以贊助之，一時有殉國之說，殆爲尊者諱耳，茲將當時流傳詩詞，於妃死事有關者，撮錄於後，僅得十之一二、餘則付諸蠹鼠之吻矣。〔註50〕

〔註49〕據《庚子詩鑑》，龍顧山人（郭則澐）著，該書於庚子事變在京師目擊所作之詩，六月以後離京，得自傳聞者爲多，然不失爲記錄當時情況。

〔註50〕見〈故宮週刊〉第三十期，民國19年5月3日。該期爲〈珍妃專號〉載珍妃遺照，未入宮前之妝閣、金冊、金印……等珍貴照片，〈百鍊盦談故一則〉中所錄的詩詞共十六首，錄其兩首詞，爲王鵬運、朱

對珍妃之事有所介紹，並可知當時詠嘆此一事的詩詞眾多，皆是悼念珍妃之作，引所錄第一首，乃朱祖謀所作，以爲例證。

〈聲聲慢〉辛丑十一月十九日味耶賦落葉詞見示感和

鳴蛩頹　，吹蝶空枝，飄蓬人意相憐。一片離魂，斜陽搖夢成煙。香溝舊題紅處，拚禁花，憔悴年年。寒信急，又神宮淒奏，分付哀蟬。　終古巢鶯無分，正霜飛金井，拋斷纏綿。起舞迴風，纔知恩怨無端。天陰洞庭波闊，夜沉沉、流恨湘絃。搖落事，向空山，休問杜鵑。

全詞纏綿悽惋，哀思激楚。龍沐勛云：『此爲德宗還宮後卹珍妃作。「金井」二句，謂庚子西幸時，那拉后下令推置珍妃於宮井，致有生離死別之悲也。』〔註51〕

　　至於《庚子秋詞》集中亦有許多作品是感念珍妃之事而作，「一時留都諸文人詩詞，多隱約其辭」，蓋有所顧忌，因此在詞作的表現上採婉轉、合蓄的方式來追悼珍妃。也符合了他們的詞論。黃濬《花隨人聖盦摭憶》載：〔註52〕

庚子七月，都城陷，珍妃爲那拉后令總管崔閣以氈裹投於井，其事絕悽慘。朱疆村、王幼遐所爲庚子落葉詞，皆紀此事。

祖謀所作〈金明池·詠扇子湖荷花〉，其後闋指此事，王鵬運云：
忽漫飛塵驚掠鬢，怕水佩風襟，舊情難問。芳時換、哀蟬曲破，花夢短、野鴛睡穩。裊香煙、複道垂楊，望太乙、仙舟歸期難準。賸泣露欹盤，飄零鉛淚，悄共銅仙偷搵。

朱祖謀云：
拗折西風絲寸寸。漫覓醉仙漿，碧筩深引。霓裳舞、今宵疊遍，槳淚影、明朝吹盡。儘相思、太液秋容，但墜粉、空房石鱗沉恨。怕玉井峰頭，月昏煙淡，翠被餘香愁損。

〔註51〕見〈疆村本事詞〉，載於詞學季刊，第一卷，第三號。龍沐勛爲朱祖謀弟子，於朱晚年親自詢問詞中之本事，而成〈疆村本事詞〉若干，足信先生之詞，託興深徵，篇中咸有事在。

〔註52〕是書以隨筆文體，記述光緒、宣統間至民國二十年以前之政治史蹟，舉凡當時政教之所趨，風俗之所尚，皆作溯本追源之分析。關於珍妃之事亦多有考查，並對時人詠嘆之詩詞，補錄了許多。詳見頁82及92。

其中所言庚子落葉詞，即《庚子秋詞》的〈邋方怨〉，共有十三首，
王鵬運六首、朱祖謀四首、劉福姚三首，皆是為悼珍妃之作。如：

〈邋方怨〉 王鵬運

黃葉雨，白蘋風。夢落江湖，舊家煙蘿秋帳空。十年衫袖
浣塵紅。故人吟嘯處，與誰同。

此首詞名〈邋方怨〉，與所詠內容有密切關係，且屬單調，起首與結
尾音節短促，更有哀婉頓挫之韻。「黃葉雨，白蘋風」兩句，即是運
用比興的技巧，黃葉易落，加上雨打；白蘋易飄，兼之風來，以此喻
珍妃遭受摧折。「夢落」猶「夢斷」，「舊家煙夢秋帳空」句，珍妃已
死，舊時囚珍妃之所（壽藥房），徒留煙夢和秋帳。「十年衫袖浣塵紅」
句，光緒和珍妃相處整整十年（珍妃十五歲時與光緒帝行大婚），珍
妃已香消玉殞，只剩下光緒帝用衣襟拭淚了。末二句「故人吟嘯處，
與誰同」更透露著深刻的哀傷與無奈，「故人」指光緒帝，西奔之後，
所愛的人已死，再也無人可同歡戚。全詞婉轉含蓄，惻然感人，首尾
音節短促，如泣如訴，語雖短，情摯深遠。又如：

槐葉落，露盤空。夢怯催妝，夜闌不聞長樂鐘。玉蟾香嚭
冷西風。恨隨嗚咽水，御溝東。

首句「槐葉落」喻珍妃之死，「露盤空」謂承露盤已空，寫珍妃再不
能得到光緒的眷愛。「夢怯催妝」句，指珍妃在慈禧逃跑前被太監叫
起來促妝召見，豈知是蒙難之召見。「夜闌不聞長樂鐘」句，寫慈禧
已逃走，夜深的宮院裏已不聞鐘響，而珍妃也已沉井身亡。「玉蟾香
嚭冷西風」，古人認為月蝕現象乃蟾蜍吞食月所致，借天上發生月蝕，
象徵珍妃被害；「冷西風」三字，襯托出悲涼淒楚的氣氛。「恨隨嗚咽
水，御溝東」二句，寫哀愁怨恨也只能託付嗚咽的流水，真是「此恨
綿綿無絕期」，溝水依舊向東流。全詞沉著微至，詞人之感細膩多情，
深婉動人。王鵬運其餘幾首或寫珍妃與光緒昔日情，或感嘆此事，皆
哀怨幽悽，如：

瓜步月，竹樓風。舊日款期，感君靈犀心暗通。卻愁花影

　　下簾櫳。翠尊新約在，莫匆匆。

　　新月白，雜花紅。綵索秋千，隔牆偷覘無路通。不教鸚鵡
　　傍房櫳。鏡裡脂粉滿，爲誰容。

　　霜沁柝，月窺櫳。巷陌人家，夜深鐙花相映紅。白題歌舞
　　眼朦朧。醉來朱户底，嘯呼風。

　　調石黛，理絲桐。難得蕭郎，近來花前眉語通。玉鉤簾卷
　　錦堂東。眼迷丹頂鶴，舞隨風。

皆用含蓄委婉的比興寄託，寫出此事。又如：

　　〈遐方怨〉朱祖謀

　　消粉盃，減香筒。屈膝銅鋪，爲君提攜團扇風。泣香殘露
　　井邊桐。一秋辭輦意，袖羅紅。

首二句「消粉盃，減香筒」，喻珍妃之死，「屈膝銅鋪，爲君提攜團扇
風」二句，寫珍妃與光緒昔日生活的情景。「泣香殘露井邊桐」更是
令人哀怨的情事。「一秋辭輦意，袖羅紅」，末二句也暗淡地露出悽惻
的怨訴。又如：

　　歡事冷，玉臺空。怨入湘天，夢回撇披魚尾紅。麴瀾吹卷
　　藕絲風。綵雲無數起，錦塘東。

在字裡行間，也隱約見其哀怨。而劉福姚抒寫此事，所採用的筆觸，
則較爲平淡，不見憂愁怨恨，卻也足堪尋味，其詞云：

　　芳信晚，畫樓空。半晌春陰，夢回依依殘照中。落花新減
　　幾分紅。不隨流水去，戀東風。

　　吟賞處，與誰同。燕子來時，去年桃花人面紅。一簾微雨
　　夢惺忪。探春人意懶，負東風。

上兩首與王、朱兩人有不同的筆觸，平淡之中，亦託事物而詠，詞中
的「落花」、「桃花」自是象徵珍妃。「畫樓空」、「與誰同」，乃指珍妃
已死，又有誰能隨侍光緒帝。「戀東風」、「負東風」表現了依依不捨，
極度的留戀，雋永深長的意味。除了〈遐方怨〉這十三首之外，〈漁

歌子〉三首，亦是追悼珍妃之作。黃濬《花隨人聖盦摭憶》云：

> 以予所知……王半塘《庚子秋詞》，調寄〈漁歌子〉……，
> 其中託詞寓諷，率指茲事（珍妃投井）。〔註53〕

這三首〈漁歌子〉亦是運用含蓄的筆法，寄託寓諷此事，在字裡行間，格外的哀怨淒涼。

〈漁歌子〉王鵬運

禁花摧，清漏歇。愁生輦道秋明滅。冷燕支，沈碧血。春恨景陽羞說。　翠桐飄，青鳳折。銀床影斷宮羅襪。漲迴瀾，暉映月。午夜幽香爭發。

全詞在意象上構成淒冷的色調。「禁花摧，清漏歇」二句喻珍妃之死。「秋生輦道秋明滅」寫光緒帝西幸車駕所經之路，光緒失妃的悲痛。「冷燕支、沉碧血」句藉陳後主與妃子張麗華投景陽井之事，來詠嘆珍妃之死，以景陽宮來指清宮。下片以比興託寓，井邊桐葉飄零，而梧桐樹上所棲息的青鳳已夭折了，以青鳳比喻珍妃。「銀床影斷宮羅襪」，乃言珍妃被投於井後，井欄上只剩下珍妃穿的羅襪。末三句「漲迴瀾，暉映月，午夜幽香爭發」已不言事，而託景言之，更得其曲折深婉。此詞在用字上甚精練，「摧、歇、滅、冷、沉、飄、折、斷」等字，在詞句間交錯，產生的效果，令人感受無比深刻。另二首：

〈漁歌子〉朱祖謀

劫灰飛，宮漏歇。銅仙清淚如鉛潑。望中原，山一髮。稍度雁行行明滅。　草如霜，沙似雪。稜稜石戴來時轍。隴頭吟，聲漸咽。一片中天明月。

〈漁歌子〉劉福姚

小桃枝，紅一捻，芳情已逐東風發。步閒階，鶯語滑，羞澀淩波羅襪。　帶愁書，和淚疊。紅牋心事分明說。乍相逢，偏易別。何事恩情斷絕。

上兩首，知其爲悼珍妃本事，細細讀來，言之有物，沉摯低徊，其哀婉幽遠之情，沁人肌骨。

三、西幸不歸之事

慈禧挾光緒帝倉促西逃，八月初六（8 月 30）駐蹕大同，十七日（9 月 10 日）抵太原，以撫署爲臨時行宮，之後又恐太原非久安之地，有意西走長安。抵太原之後，李鴻章、奕劻等屢次籲懇回鑾，以固根本，繫人心，各國公使亦紛請回鑾〔註54〕。身爲罪魁的慈禧，恐中外所不容，又怕光緒復辟流言成事實，不允所請。更怕聯軍西攻，而關中「山川西塞」易守難攻，以「山西荒歉，電報不通」、「境內匪徒、尚未剿平」〔註55〕爲辭，於閏八月初六（9 月 29 日）諭擇閏八月初八日（10 月 1 日）啓鑾，西幸長安。直到了辛丑和約的簽定，才於光緒二十七年十一月二十八日（1902 年 1 月 7 日）抵京。君王不在朝，臣子已不知所措，又一意西行，不以大局爲念，不歸之事，亦引人殷切的感念。王鵬運、朱祖謀兩人皆爲忠貞愛國之臣，君王西幸不歸，也有所寄託感懷，《庚子秋詞》中，有幾首作品乃寄託了君王西幸不歸之事（其實皆乃慈禧之意）。如：

〈河傳〉王鵬運

春改。愁在。倚危闌，閑憶吟邊去年。隔花有時聞杜鵑。
淒然。夢迷蜀國絃。　不信天涯人不老。悲遠道。目極王
孫草。斷雲飛。歸未歸？休催。幾時流水西。

王鵬運此首運用寄託及反問的方式，寫出君王不歸之事。首句「春改，

〔註54〕見《清德宗光緒皇帝實錄》26 年 8 月 26 日，慶親王奕劻等摺附各國
　　　使臣來函。頁 4300。

〔註55〕同上書，上諭云：「朕恭奉慈輿，駐蹕太原，該省本年適值荒歉，供
　　　億維艱，兼之山徑崎嶇，轉運亦非易事，且電報不通，於該親王等
　　　商議各件，轉輾恐多延誤。……至代奏各使臣函請回鑾，情詞懇摯，
　　　朕心非不嘉悅，但境內匪徒，尚未剿平，竊恐蹕路有驚，不得不加
　　　慎重。將來取道豫省，路途平坦，計程亦便，似比較爲安適。」頁
　　　4313。

愁在」，言春去了，而人的愁緒依舊在。「倚危闌，閑憶吟邊去年」句，寫回想昔日的舊事。「杜鵑」鳴聲淒涼，如啼「不如歸去」觸動了詞人的思緒，亦有所寄託，一方面寫自己，另一方面也寫君王。「淒然，夢迷蜀國絃」句，用樂府曲有〈蜀國絃〉，歌辭內容寫入蜀道的艱難，託唐玄宗李隆基因安史之亂幸蜀之事，來喻慈禧、光緒西幸之事。下片後寫不知君王歸期，並希望能早日東歸返朝。「不信天涯人不老，悲遠道」二句，承接上片之末，君王在遠道，令人淒然。「目極王孫草」句乃化用王維〈送別〉詩：「春草年年綠，王孫歸不歸。」含有詢問之意。「斷雲飛，歸未歸」則承上句，再重覆一次內心的疑問。末二句「休催，幾時流水西。」作者設答的方式來表露出內心的盼望，意謂不要催，何時看見水向西流。中國在地形上，河流的方向皆是向東而流，「幾時流水西」將不可能的事，以反問的方式，表現了心中殷切的冀望，願君王能早日東歸，河水西流是不正常的。全詞委婉含蓄，「杜鵑」聞其聲，「遠道」悲其人不見，「王孫、斷雲飛」以問其歸否？「蜀國絃、流水西」以為喻，使全詞的結構安排上縝密，寫來層層相扣，涵意雋永。又如：

〈三字令〉王鵬運

春去遠，雁來遲。恨參差。金屋冷，緣塵飛。玉關遙，羌笛怨，盡情吹。　從別後，數歸期。幾然疑。紅爐暗，玉繩低。枕邊書，襟上淚，斷腸時。

全詞音節短促，頓挫，「從別後，數歸期」二句，亦有蘊藉含蓄的寄託在其中。

此外，同樣困居在北京城中的鄭文焯，其有名的〈謁金門〉三首詞，也透露著相關的訊息。〔註56〕其詞云：

〔註56〕梁令嫻所輯《藝蘅館詞選》中云：「故問舍人，今代詞家第一，全集琳琅不可悉收，專取其感戊戌庚子國事者錄之。」即選此三首。見頁251。又饒宗頤〈清詞年表〉云：拳匪亂，京師陷，王鵬運、朱孝臧坐困危城以填詞寫憤，即世所傳之《庚子秋詞》，和者二百闋。鄭大鶴賦楊柳二十六首，〈謁金門〉三解，每闋以「行不得」、「留不得」、

〈謁金門〉鄭文焯

行不得，颭地衰揚愁折。霜裂馬聲寒特特，雁飛關月黑。　目斷浮雲西北。不忍思君顏色。昨日主人今日客。青山非故國。

留不得，腸斷故宮秋色。瑤殿瓊樓波影直，夕陽人獨立。　見說長安如奕。不忍問君蹤跡。水驛山郵都未識。夢回何處見。

歸不得，一夜林烏頭白。月落關山何處笛，馬嘶還向北。　魚雁沉沉江國。不忍聞君消息。恨不奮飛生六翼。亂雲愁似冪。

「行不得、留不得、歸不得」三句正是坐困城中最無奈悽苦的愁緒，「不忍」三句，更是道出了詞人對於君王感念的眞誠關切。這三首也成爲最佳的例證。

　　除了上述的比興寄託外，《庚子秋詞》中亦有幾首詞是藉史來寄託內心的懷抱，以表自己的懷才不遇，或報效國家，平定亂事之志。如：

〈訴衷情〉王鵬運

水雲如夢阻盟鷗，煙草亂汀洲。寂寥幽意誰會，愁入曲江秋。　空攬鏡，漫登樓，暗吳鉤。青山隱几，烏角尋鄰，臣甫低頭。

「愁入曲江秋」即藉用杜甫〈秋興八首・六〉詩「瞿唐峽口曲江頭，萬里風煙接素秋」的詩意以自比，作者此時身陷京城之中，與當日杜甫的處境相似。「漫登樓」句藉王粲來寄託懷才不遇。東漢王粲往荊州依劉表，不受重視，深感國家混亂，懷才不遇，徒然登樓感慨，而作〈登樓賦〉。「臣甫低頭」一句亦是用杜甫〈北征〉詩「東胡反未已，臣甫憤所切」來寄託憤慨之情。又如：

〈醉鄉春〉王鵬運

星斗離離高卦。雲外槍旗如畫。石歔咽，塞鴻飛，和槌床悲吒。　莫向長城飲馬。花豹明駝相亞。動霜管，起邊愁，思量越石何人也！

此首亦是寄託悲憤之慨。「和我槌床悲吒」借〈南史・茹法亮傳〉：「近

「歸不得」之語發端。故知此三首所作爲何。

聞王洪范與越常、徐僧亮、萬靈會共語，皆攘袂捶床。」喻和我發出的悲憤聲相應和，呈現出激烈的情緒。「思量越石何人也」句，「越石」乃東晉名將劉琨字，晉室南遷，他長期守并州，與石勒、劉曜相抗，立志恢復中原。作者也以此寄託其胸中欲效忠國家之志。其他若朱祖謀〈醉鄉春〉「自酌酒問荊高」，王鵬運〈十二時〉「狂來向燕市，覓荊高殘筑」，藉用荊軻、高漸離之事。王鵬運〈太常引〉「飲酒讀離騷，聞名士何時價高」，宋育仁〈人月圓〉「離騷熟讀痛飲須酣」借屈原之事，寄託愛國憂憤之壯志。至於寄託身世之感者，如：

　　〈思歸樂〉劉福姚

　　　易水志歌燕布酒。容幾輩、椎埋屠狗。攬鏡自傷憔悴久。
　　　莫更說、健兒身手。　落葉驚風吹隴首。暮色起、兩三亭
　　　堠，雁門李廣尚在否，只今月明依舊。

「易水悲歌燕市酒」，取荊軻、高漸離之事，寄託豪放之狀，又託寓身世之感，「雁門李廣尚在否」，借李將軍才氣天下無雙、驍勇善戰，勇於當敵的豪放之氣，來寄託內心報國效忠之志，亦託寓身世不遇之感。再如王鵬運〈思遠人〉「茂陵老盡秋風客」、王鵬運〈醉鄉春〉「相如病渴文君寡」，以司馬相如寄託身世飄零之感。劉福姚〈傾杯令〉「彭觴一倒何須恨」，借彭祖之事寓寄生命短暫的感嘆。況周儀《蕙風詞話》中云：

　　　詞貴有寄託，所貴者流露於不自知，觸發於弗克自己。身
　　　世之感，通於性靈；即性靈，即寄託，非二物相比附也。
　　　橫亙一「寄託」於搦管之先，此物此志，千首一律，則是
　　　門面語耳，略無變化之陳言耳。於無變化中求變化，而其
　　　所請寄託，乃益非真；昔賢論靈均書辭，或流於跌宕怪神，
　　　怨懟激發而不可以為訓；必非求變化者之變化矣。〔註57〕

心中有真實的情感，任何的觸發，心靈的表露，能言之有物，即是寄託，與作者的性情、襟抱、身世之感、學養、境遇，都密切相關。

〔註57〕見《蕙風詞話・人間詞話》卷五，頁127。

　　以上乃對《庚子秋詞》中所呈現「比興寄託」，擇要加以說明。
周濟所云「詩有史，詞亦有史，庶乎自樹一幟矣」（介存齋論詞雜著）
這一番話，主張詞不僅表現離別懷思，感士不遇，而且要表現出時
代精神，反映出社會狀況。詹安泰〈論寄託〉云：「能於寄託中以求
真情意，則詞可當史讀。何則？作者之性情、品格、學問、身世，
以及其時之社會情況，有非他種史料所得明言者，反可於詞中得之
也。」〔註58〕《庚子秋詞》正是在這樣動亂的時局中所產生的作品，
基於詞論的主張要「非寄託不入，專寄託不出」（宋四家詞選序論），
有寄託的一言，作品才有內容，才能「作為後人論世之資」，求無寄
託，才能使作品呈現惝恍迷離，令人莫測高深。在《庚子秋詞》中
的這些作品即呈現了這種的情況，有深刻真實的歷史作為內容，並
託含蓄幽遠、惝恍迷離的詞論技巧表達。對於上述的析論透過對詞
作相關訊息的了解（例如唐明皇幸蜀與光緒西幸的微妙關聯），或是
了解其所託之本事（如朱祖謀有關珍妃本事詞），或相關唱和詞作例
證（如鄭文焯〈謁金門〉三首）更清楚地讓我們了解詞人在詞作上
如何的應用「聯想」、「移情作用」來表達其內心的感受，使詞作能
符合他們所追求的最高理想「非寄託不入，專寄託不出」的境界。
也感受了作品中表現時代精神和反映社會狀況，因此，在周濟「詩
有史，詞亦有史」的主張下〔註59〕，《庚子秋詞》中上述所論的部分
作品，是可以成為最佳有力的依據。

第五節　藝術特色

　　文學是表達情感思想的一種藝術，「詞」作為文學的一種體裁，
以語言文字為媒介來傳達美感經驗，呈現思想情感，當然也是一種藝

〔註58〕見〈論寄託〉詹安泰撰，收錄在《詞學論薈》中，頁538。
〔註59〕此處要特別說明，「詞亦有史」是建立在周濟詞論下所呈現的「史」，
　　　　與一般的「歷史」或「詩史」是有所不同，特別是在表達方面上，
　　　　周濟所重者即「非寄託不入，專寄託不出」的詞作原則。

術。這種藝術由於詞人性情、學識、境遇，對人生體認等的不同，而表現出不同的特色。《庚子秋詞》中的三位作者，王、朱兩人是晚清詞壇上傑出的詞家，由於其忠貞愛國的情性及豐富的學識，宦海沉浮和人生的閱歷，加上滿目瘡痍的京城，異族蹂躪的時代悲憤，使得《庚子秋詞》表現出多樣藝術特色。先論述《庚子秋詞》所表現的共同特色，再就三者的個別特色予以論述。

一、比興寄託的廣泛運用

比興寄託的廣泛運用是《庚子秋詞》中的突出特色，此部份已在上節中論述。由於上節中著重在「寄託」之說，因此對「比興」再進一步敘述。

二、譬喻的運用

劉勰著《文心雕龍》，有「比興」一篇，「比」就是「譬喻」，「譬喻」是文學技巧中最常被運用的，詩人詞客們運用「譬喻」的方式，來賦予文學作品感人的形象。「譬喻」乃藉外在事物與作者所要表達的情感內函作一微妙的繫連，即是以「他物來說明此物」，產生形象具體明確的藝術效果。在《庚子秋詞》中運用了大量的「譬喻」技巧。感念時局的艱辛困難，憂愁繁多者，如：

亂愁多似夢中雲。	（劉福姚〈琴調相思引〉）
愁一似雲排山走。	（王鵬運〈思歸樂〉）
吹夢東風嬾似雲。	（朱祖謀〈琴調相思引〉）
惹得春愁深似海。	（劉福姚〈憶悶令〉）
亂愁白髮如青草，宿處劇還生。	（宋育仁〈眼兒媚〉）
愁懷得酒湧如潮。	（王鵬運〈太常引〉）
盈盈、似水清愁一夜生。	（王鵬運〈南鄉子〉）
側耳鵑聲愁似水。	（王鵬運〈雨中花〉）
愁似秋山常滿檻。	（王鵬運〈醉花陰‧九日擬易安〉）

運用了「雲」、「海」、「青草」、「潮水」、「水」為比擬的對象，使情感

的表露由具體的形象，呈現在作品之中，加強了感人的藝術效果。對
自我身世感嘆者，如：

> 身如春繭縛，心似凍蠅痴。 （王鵬運〈臨江仙〉）
>
> 心似春絲牽不得。 （朱祖謀〈惜郎春〉）
>
> 海天飛渡身如葉。 （劉福姚〈碎落魄〉）
>
> 心情還似眠蠶。 （朱祖謀〈相思兒令〉）
>
> 心知明月有圓時，身似斷雲無去路。 （朱祖謀〈玉樓春〉）
>
> 菊瘦如人畫不支，西風吹鬢影、亂如絲。 （宋育仁〈小重
> 山〉）
>
> 可堪搖落，閑身如葉。 （王鵬運〈太常引〉）
>
> 約略年時別處，人依舊、瘦如菊。 （劉福姚〈霜天曉角〉）
>
> 可憐辛苦似春蠶。 （劉福姚〈酒泉子〉）
>
> 沙鷗笑客，鬢已如絲。 （朱祖謀〈小重山〉）
>
> 沙鷗笑客頭如雪。 （王鵬運〈醜奴兒〉）

運用了「春繭」、「凍蠅」、「葉」、「斷雲」、「絲」、「雪」等具體而鮮明
的形象表露其對自我身世的感嘆。在描述景色上，如：

> 清霜送馥，江上橙初熟，千點金丸如畫。 （王鵬運〈霜天
> 曉角〉）
>
> 霜重月明遙夜，一派秋光如瀉。 （劉福姚〈醉鄉村〉）
>
> 小院春陰寒似水。 （劉福姚〈惜分飛〉）
>
> 春山似繡。 （劉福姚〈減字木蘭花〉）
>
> 秋光如洗暮潮平。 （劉福姚〈眼兒媚〉）
>
> 昏鴉如墨下平林。 （王鵬運〈月中行〉）
>
> 徑曲森似玉。 （王鵬運〈霜天曉角〉）
>
> 鴉外青青數點，似樓蘭山色。 （宋育仁〈好事近〉）
>
> 思往事、獨登樓，月如鉤。 （劉福姚〈訴衷情・用夢窗韻〉）
>
> 草如霜，沙似雪。 （朱祖謀〈漁歌子〉）

感念時光歲月流逝者，如：

輕送年華如羽。　　（朱祖謀〈萬里春〉）

年華如夢。　　（劉福姚〈朝中諸〉）

似水年華拚一醉。　　（劉福姚〈夜行船〉）

譬淚之句者，如：

挑鐙無眠似雨。　　（朱祖謀〈關河令〉）

今宵纔是夜如年，明河直戶如鉛水。　　（宋育仁〈鷓鴣天〉）

劫灰飛、宮漏歇，銅仙清淚如鉛瀉。　　（朱祖謀〈漁歌子〉）

其他譬喻者，如：

寒沁茸裘似水。　　（王鵬運〈惜分飛〉）

篆煙燒不起，枕簟涼如水。　　（劉福姚〈菩薩蠻〉）

水雲如夢阻盟鷗。　　（王鵬運〈訴衷情・用夢窗韻〉）

春斷漏，夢咽風燈如豆。　　（宋育仁〈謁金門〉）

酸風如箭催人快。　　（王鵬運〈上行杯〉）

這些詞句在詞中，以具體形象說明抽象概念。使人感受作者設喻之巧妙，對作品的體認，也能產生信服與認同，拉近讀者與作者的距離。

三、善用對句

對句是詩中常運用的技巧，不僅使詩工整精練，更富有對仗、對比、意含迴盪，耐人尋味的藝術效果。而詞的對句，就比較難些，田同之《西圃詞說》云：

詞中對句，正是難處。莫認作襯句，至五言對句，七言對句，使觀者不作對疑尤妙。〔註60〕

可知詞中對句應用佳妙不易。由於詞是長短句，許多地方不適於對句，因此詞中的對句不若律詩嚴謹，在詞中，通常一連兩句字數相同時，便可形成對句，並且不拘平仄，平仄相同的字，亦可相對。〔註61〕顯

〔註60〕見《詞話叢編》，頁1490。

〔註61〕詩與詞在對仗上的運用，有顯著不同的差別，詳見王力《漢語詩律

然詞在對句上的要求是比較寬鬆的，沈祥龍《論詞隨筆》云：

> 詞中對句，貴整鍊工巧，流動脫化，而不類於詩。……晏
> 叔原之「落花人獨立，微雨燕雙飛」，晏元獻之「無可奈何
> 花落去，似曾相識燕歸來」非詩句也，然不工詩賦，亦不
> 能為絕妙好詞。〔註62〕

更可知詩與詞在對句上運用的差別。「然不工詩賦亦不能為絕妙好
詞」，亦顯示詞對句的基礎與詩是密不可分的。在全為小令作品的《庚
子秋詞》中，簡短詞句的抒寫，能依律作出精彩的，亦其藝術特色之
一，三字對者，如：

雨冥冥，聲隱隱。	（朱祖謀〈滿宮花〉）
草如霜，沙似雪。	（朱祖謀〈漁歌子〉）
黃葉雨，白蘋風。	（王鵬運〈遐方怨〉）
槐葉落，露盤空。	（王鵬運〈遐方怨〉）
消粉盝，減香筒。	（朱祖謀〈遐方怨〉）
官柳綠，水繁紅。	（朱祖謀〈遐方怨〉）

這些三字對，不僅有聲音，有形象，還有比興的意味在其中，後四首
〈遐方怨〉為悼珍妃所作，開頭的對句，兼用比興寄託，更得其整鍊
工巧，流動脫化之妙。四字對者，如：

悲揮綠綺，醉拂青萍。	（王鵬運〈眼兒媚〉）
酒痕歌扇，鏡影簫聲。	（劉福姚〈眼兒媚〉）

五字對者，如：

夜氣沉殘月，秋聲激怒濤。	（王鵬運〈南歌子〉）
骯髒吟情倦，微茫戰氣高。	（王鵬運〈南歌子〉）
舊恨缾沉水，新建燕換巢。	（王鵬運〈南歌子〉）
寄恨雲千疊，供愁柳萬條。	（劉福姚〈南歌子〉）
遠意觀秋水，愁心看斗杓。	（劉福姚〈南歌子〉）
落月朝盤馬，平沙夜射雕。	（劉福姚〈南歌子〉）

學》第四十五節〈詞的對仗及語法上的特點〉。
〔註62〕見《詞話叢編》，頁 4064。

舊恨金訶斷，新歡寶瑟調。　　（朱祖謀〈南歌子〉）

畫簾秋去早，高樹月來遲。　　（劉福姚〈臨江仙〉）

客愁隨雁盡，鄉夢逐雲飛。　　（劉福姚〈臨江仙〉）

酒懷明月共，詩意白雲知。　　（劉福姚〈臨江仙〉）

身如春繭縛，心似凍蠅痴。　　（王鵬運〈臨江仙〉）

六字對者，如：

舞態筵前鴝鵒，歌聲塞上琵琶。　　（王鵬運〈江月晃重山〉）

選夢斜鋪楚簟，試泉閒鬥閩茶。　　（朱祖謀〈江月晃重山〉）

水闊煙迷遠樹，林疏風卷殘鴉。　　（劉福姚〈江月晃重山〉）

還我門前五柳，笑他堂上三槐。　　（王鵬運〈清平樂〉）

袖底餘香偷貫，槐陰悄影憐潘。　　（王鵬運〈西江月〉）

落落尊前風月，悠悠笛裏關山。　　（王鵬運〈西江月〉）

山枕一春無夢，水堂兩處憑闌。　　（朱祖謀〈西江月〉）

衫袖麝薰微歇，簾櫳鸚語相關。　　（朱祖謀〈西江月〉）

夢裏沉沉歌舞，客中草草杯盤。　　（劉福姚〈西江月〉）

巧樣新翻蜀錦，薄妝乍卸吳綿。　　（劉福姚〈西江月〉）

七字對者，如：

釀成梅子帶酸心，付與花奴含淚眼。　　（（王鵬運〈玉樓春〉）

濃青一桁撥雲來，沉恨萬端如霧散。　　（（王鵬運〈玉樓春〉）

箏弦聲澀鎮慵調，燕語情多羞借問。　　（（王鵬運〈玉樓春〉）

犀簾有隙漏香多，鮫帕無情盛淚滿。　　（（王鵬運〈玉樓春〉）

弄青梅子雨添酸，辭帶櫻桃風劃淨。　　（（朱祖謀〈玉樓春〉）

蘭叢啼眼幾時晴，桂葉妝眉前度淺。　　（（朱祖謀〈玉樓春〉）

驪歌一曲醉中聽，螺黛雙彎愁裏畫。　　（（劉福姚〈玉樓春〉）

綠窗睡醒嬾梳頭，紅燭光回羞掩面。　　（（劉福姚〈玉樓春〉）

花月有情憐客瘦，笙歌無賴殢人嬌。　　（（劉福姚〈山花子〉）

填海斷無精衛恨，傷秋還有子規啼。　　（（朱祖謀〈浣溪沙〉）

以上的對句，不論其字數多寡，皆運用得當，使詞句中有對句而鮮活，或醇雅清麗，或細緻精工，或巧美天成，皆流轉精妙，使詞句流暢舒

徐。三人唱和，同詞牌下對句的鍛鍊，有意為之，亦可見其典麗精工，
雕琢洗鍊之處。

四、巧妙用典

詞乃精緻細密的文學作品，在有限的詞句中表達無限的情意，除
了用字精鍊之外，用典便成為完足詞意或擴充詞意一種方法和手段。
張炎《詞源》中云：

> 詞家用事最難，要體認著題，融化不澀。

用典要切合主題，不能隱晦，令人不知所指，亦不能落於老套，否則
了無新意，不足以吸引人，此外，更須融典於無跡，不可受典故所役
使。沈祥龍《論詞隨筆》云：

> 詞不能堆垛書卷，以誇典博，然須有書卷之氣味，胸無書
> 卷，襟胸必不高妙，意趣必不古雅，其詞非俗即腐，非粗
> 即纖。〔註63〕

可知，用典巧妙不僅有書卷之氣，更能顯露作者的氣度胸襟。《庚子
秋詞》中，用典不少，所運用的典故，有些能與時局狀況有巧妙的關
連，頗具巧妙之思。如王鵬運〈南歌子〉「夜氣沉殘月」一詞，上片
寫八國聯軍入京城，造成京城空前浩劫，一片混亂，令人眼睜睜看異
族為害，有苦難言，悲憤不已。下片寫侵略者態度強橫無理，末二句
「數到義熙年月、恨迢迢」即用了陶淵明不書義熙年月之典故。陶淵
明所著文章，皆題其年月，義熙以前書晉代年號，自永初以後，惟云
甲子，因為義熙以後就被劉裕奪位了。義熙，是晉安帝年號（405～
418 年）。晉安帝司馬德宗，在位二十二年，只是一具傀儡，保護他
的人一旦離開，就被人殺死了。此處以義熙年月喻光緒帝被慈禧挾制
的處境。所用的典故與事實情境巧妙契合，融化不澀，真可謂「用事
而不為事所使」。又如朱祖謀〈遏方怨〉「歡事冷，玉臺空」一詞，為
悼念珍妃所作，當時的皇室，也是處在一片混亂之中，詞中「夢回撒

〔註63〕同上，頁 4071。

波魚尾紅」句，運用了《詩經·汝墳》「魴魚赬尾，王室如燬」之典故。魴，說文云：「赤尾魚也」，段玉裁注以爲編魚，毛傳云：「魚勞則尾赤」。在此詞中以「魚尾紅」三字來象徵王室艱難，在水深火熱之中。朱祖謀尙有〈夜行船〉詞，其中亦有「卻趁撇波魚尾」句，也用典說明皇室的處境，在取用上亦與事實情況契合。又如王鵬運〈南鄉子〉「山色落層城」一詞，隱用唐明皇因安祿山之亂幸蜀，以喻光緒帝爲慈禧所挾逃至西安之事。（見上一節）這些用典都與當時的實際情說巧妙契合，切時切地也切人，融化不澀，在詞句中有耐人尋味的巧妙之思。

又如王鵬運〈浪淘沙·自題庚子秋詞後〉「華髮對山青」一詞中有「歲寒濡呴慰勞生」句，乃用莊子典故。〈莊子·大宗師〉云：「泉涸，魚相與處陸，相呴以濕，相濡以沫，不如相忘于江湖。」三人困居在京城之中，劫後餘生，相互關懷，相互安慰，以塡詞自娛，不就如同這些魚一樣，在險厄的環境中「相呴以濕，相濡以沫」，藉此以展現生存的本能。此典故的運用，也正是他們在危城之中處境寫照，朱祖謀云：「若忘其在顚沛兀臲中」（半塘定稿序）與「不如相忘于江湖」句，眞有「異曲同工」之妙。此乃對身世處境眞實的寫照，又如劉福姚〈傾杯令〉「芻狗文章，鷦鷯身世」一詞，開頭二句即巧妙的運用老、莊的典故。老子《道德經》第五章云：「天地不仁，以萬物爲芻狗。」「芻狗」乃古代祭祖求福時用草紮成的狗，人們把草做成芻狗時，並不愛它、重視它；祭祀完後即拋開它，乃始用終棄之物。「芻狗文章」來形容身己的文章不受重視，也無法登大雅之堂。《莊子·逍遙遊》云：「鷦鷯巢於深林，不過一枝；偃鼠飲河，不過滿腹。」而「鷦鷯身世」句，即用此典，以比喻自己的身世和冀望，希望在亂世之中，能有安然棲息之處。這同樣也是對自我身世處境的感受，所妙者即兩者都運用了道家的典故。道家崇尙自然、返璞歸眞，在亂世之中，給人釋懷解脫的空間，慰藉困頓的心靈。作者用道家之典，融壑達的態度，入於詞作之中，再配合自

身的處境，真得精妙之思。

此外，劉福姚〈人月圓〉詞中「酒人燕市」句；朱祖謀〈醉鄉春〉詞中「自酹酒問荊高」句；王鵬運〈十二時〉詞中「狂來向燕市，覓荊高殘筑」句，及〈菊花新〉詞中「長鋏欲歌悲骯髒，屠狗賣漿人」句；劉福姚〈思歸樂〉詞，中「易水悲歌燕市酒，容幾輩、椎埋屠狗」句，皆以抒發牢騷，表現對現實的憤懣，作為自我排解寄託。這五首詞中句，則同用一典故。《史記‧刺客列傳》載：

> 荊軻嗜酒，日與狗屠及高漸離飲於燕市，酒酣以往，高漸離擊筑，荊軻和而歌於市中，相樂也。已而相泣，旁若無人者。荊軻雖游於酒人乎，然其於人沉深好書，其所游諸侯，盡與其賢豪長者相結。

荊、高相樂於市，然壯志在胸，日後猶有壯舉，三人居愁域，雖有滿腔熱血，卻報國無門，現實的折磨，屢遭受小人的排擠，更激起他們心底的悲壯義憤。此處巧妙的用典於詞中，不論是時局、心境、身世的寫照，融和著時代憂憤的情緒，激昂之情更為感人。

再如：

> 疑是故宮鉛淚。　　（朱祖謀〈夜行船〉）
>
> 鉛水盤傾泣露。　　（宋育仁〈秋蕊香〉）
>
> 桃葉落，露盤空。　　（王鵬運〈遐方怨〉）
>
> 盤移淚共金仙落。　　（王鵬運〈滴滴金〉）
>
> 金仙有淚和誰說。　　（朱祖謀〈憶秦娥〉）
>
> 銅仙清淚如鉛潑。　　（朱祖謀〈漁歌子〉）
>
> 淚盡金仙，攜盤卻出橫門道。　　（朱祖謀〈燭影搖紅〉）

上七句，皆用漢武帝銅人承露盤之典，《三輔黃圖》云：「神明台，武帝造，上有承露盤，有銅仙人舒掌捧露盤、玉杯，以承雲表之露。」《三輔故事》亦云：「漢武帝以銅作承露盤，高二十丈，大十圍，上有仙人掌承露盤，和玉屑飲，以求仙也。」相傳漢亡之後，魏明帝詔宮官，牽車西取漢孝武捧露盤仙人，欲立置前殿。宮官既拆盤，仙人

臨載，乃潸然淚下。向來用它作亡國之痛的典故，其中最有名的詩，即唐朝李賀所寫的〈金銅仙人辭漢歌〉，歷來膾炙人口，他用詩的方式來處理歷史題材，顯示了驚人的想像力和高度的藝術技巧。詩句中有「空將漢月出宮門，憶君清淚如鉛水」之句，即是此七首詞句的化出，朱祖謀〈漁歌子〉「銅仙清淚如鉛瀉」句，得其精髓，而「瀉」字的運用，更叫人驚心忡目，雖然當時的情況尚未到亡國，然而京師的失陷，則無異於亡國之痛，這幾首皆為感念時局，抒寫內心的悲憤，配合這樣的典故運用，傷感的血淚，也作為當時時代悲劇的一個註腳。除了「鉛水」為淚之外，王鵬運〈玉樓春〉詞中「鮫帕無情盛淚滿」句，乃用鮫魚出淚，淚如珠之典故。王鵬運〈減字木蘭花〉詞中「淚盡楊朱淚已歧」句，乃用揚朱身臨歧路而哭之典；王鵬運〈人月圓〉詞中「金臺重上淚點青衫」句，由白居易〈琵琶行〉「江州司馬青衫濕」句化出；劉福姚〈鷓鴣天〉詞中「暗傳心事拋紅豆」句，由〈紅豆詞〉「滴不盡，相思血淚拋紅豆」句化出；宋育仁〈鷓鴣天〉詞中「空局悠然照淚乾」句，和朱祖謀〈人月圓〉詞中「銀屏淚燭金縷春衫」句，以燭淚比擬，也相當的巧妙，這些雖然不完全為用典，但由詩詞中化出，一直和著當時的處境，使得寫淚之句有變化，有不同詮釋的角度，更添淒楚哀怨之味。

另外，人在困頓之中，常會回憶舊事，希望能回到昔日的生活，拋卻名利，尋求安樂自在的生活，王鵬運的此首作品正透露這樣的訊息，末二句用典上，相當清麗、簡明，並且運用對偶，呈現了對比的情趣。

〈清平樂〉王鵬運

釣竿別後。塵染春衫透。帶眼朝朝憐漸瘦。知否。輕簑如舊。　幾時歸埽蒼苔。樵青相伴行杯。還我門前五柳，笑他堂上三槐。

詞中「五柳」即陶淵明，世稱為「五柳先生」，其〈五柳先生傳〉云：「先生不知何許人也？亦不詳其姓氏，宅有五柳樹，因以為號焉。」

陶淵明爲我國偉大的田園詩人，不慕名利，心胸坦蕩豁達，過著自在逍遙的田園生活。而「三槐」之典，《周禮・秋官朝士》云：「面三槐，三公佐焉。」相傳周代宮廷外種有三棵槐樹，朝見天子時，三公面向三槐而立。後世即以「三槐」比喻三公一類的高級官位。王鵬運詞中的末二句「還我門前五柳，笑他堂前三槐」，不論是對句對比的運用，用典的配合，和詞意的內容，結合得相當巧妙，相得益彰，展現了高度的藝術技巧。

五、樂府民歌化的詞句

「樂府」之名始於漢武帝時，原爲官署之名（樂府署），其職在蒐集詩歌，配合著管弦以入樂，因此，後世便將樂府官署所採獲保存的詩歌，稱爲「樂府」。詞本身入樂、可吟唱，也通稱「樂府」，沿用至今。樂府詩中常有長短句的雜用，而詞是以長短句爲主的抒情文體，甚有多位學者以爲詞源於樂府，兩者在關係上必有某些程度的淵源，內容以抒情爲主，形式上有長短句現象是兩者共同點。至於「民歌」，即是「民間歌謠」的簡稱，也屬樂府的一種，口語清新、通俗自然，南北朝時，樂府民歌相當盛行。《庚子秋詞》中，有些詞作頗具有南朝樂府民歌的風味，特殊的筆調，婉轉而細膩的呈現，別有一番情趣，在詞中使用了「郎」、「儂」、「君」、「妾」等南朝民歌常用的字，如：

> 愁腸深護不輕迴，願隨風入君懷。　（宋育仁〈燕歸巢〉）
>
> 瘦馬嘶風不肯停，郎當鈴語送征程。　（劉福姚〈定風波〉）
>
> 挑鶯作綬寄桃根，好與君心同冷暖。　（朱祖謀〈玉樓春〉）
>
> 君看花月滿春江，都是淚痕無盡處。　（劉福姚〈玉樓春〉）
>
> 春欲盡，記得別君時，強理心情。　（劉福姚〈望江南〉）
>
> 眉尖舊恨，和夢到君邊。　（劉福姚〈少年遊〉）
>
> 一日思君千遍，河上幾歸舟、怕凝眸。　（劉福姚〈西溪子〉）
>
> 拼將殘淚爲花傾，人笑儂痴花莫笑。　（劉福姚〈玉樓春〉）
>
> 憔悴惜花心，花也憐儂。　（劉福姚〈醉花陰〉）
>
> 鸘鸘夜擁漏聲殘，比似君心長暖。　（劉福姚〈西江月〉）

郎君金雁驛，一紙經年得。　（朱祖謀〈醉花開〉）

尊前笑靨，花間淚雨，休被阮郎看。　（劉福姚〈慶春時〉）

白題狂舞，郎當甚燭蕊，交羅任同心。　（朱祖謀〈梁州令〉）

猿鶴含悽送君去，聽夜來風雨。　（劉福姚〈甘草子〉）

殘粉印，不惜爲君憔悴損。　（劉福姚〈應天長〉）

今日把君細字香牋展，繞媿相思淺。　（劉福姚〈鳳喞林〉）

寸結愁腸，爲君千百轉。　（劉福姚〈鬥雞回〉）

紅淚滿羅襟，抵君一寸心。　（劉福姚〈醉垂鞭〉）

妾家高樓官道旁，山茶紅白分容光。漫道郎情似海深，不
抵巴尼半江水。　（王鵬運〈調笑轉踏〉）

邀郎宛轉背花去，雙宿雙飛新作家。堂堂白日繩難繫，長
宵亂絲爲君理。如水妾心事，此一句定湘泉雙玉佩。願郎
莫惜花憔悴，憔悴花心不悔。　（朱祖謀〈調笑轉踏〉）

柔絲宛轉爲郎繫，摧花一夜東風顛。花前多少傷心淚，訴
與箇儂知未。山茶開遍郎不知，嬌魂夜夜隨風起。　（劉福
姚〈調笑轉踏〉）

此詞句，皆運用了樂府民歌中常用的語法和字眼，使語句流暢，自然
純樸，有濃厚的民歌色彩。甚至有全首詞，皆用樂府民歌的風味，別
有清麗舒徐，流動自然之趣。如：

〈玉樓春〉朱祖謀
妾心宛轉機中素。郎意參差箏上柱。機花無蔕斷能連，箏
雁有情飛不去。　春風不許花開住。小語牽衣還絮絮。歸
期早晚問君心，羞揀鬢邊雙朵覷。

〈玉樓春〉王鵬運
郎情似絮留難住。柳絮飛時愁滿路。絮飛隨水有萍留，郎
去如風無覓處。　流鶯花底休輕妒。不爲眠香朝掩戶。關
山月黑夢難通，侵曉好尋郎馬去。

上兩首獨特清新的風味，不論字句流暢自然，或是譬喻的運用，皆構
思別致，深得樂府民歌的風味。

六、疊字的運用

　　疊字的運用，在中國最早的文學總集——《詩經》中，即被廣泛運用。歷來的詩詞歌賦都受到深遠的影響。疊字又名重言，是以兩個相同的字來摹擬物形或物聲〔註64〕。疊字在音響上有極微妙的功用，既可以使語氣完足、意義完整，又可使聲調動聽，加強文學作品的音樂性及修辭美，以表達綿密曲折的情感和自然界美麗的形象。在《庚子秋詞》中，疊字的運用也相當廣泛，因運用眾多，擇其要者以述。以疊字狀景象者，如：

　　　　碧雲冉冉秋將暮。　　（劉福姚〈浣溪沙〉）

　　　　舊家煙水迢迢。　　（王鵬運〈朝中措〉）

　　　　青山隱隱，黃葉江南。　　（宋育仁〈人月圓〉）

　　　　耿耿星河欲曙天。　　（劉福姚〈鷓鴣天〉）

　　　　栩栩白雲，哀雁同度。　　（王鵬運〈燕瑤池〉）

　　　　望綿綿遠道。　　（王鵬運〈紅窗迥〉）

　　　　莽莽烽煙驚遠目。　　（王鵬運〈十二時〉）

　　　　草草衡皋分手。　　（朱祖謀〈惜分飛〉）

　　　　鐙又爇、簾外落梅風陣陣。　　（朱祖謀〈是天長〉）

　　　　煙草淒淒春去路。　　（劉福姚〈玉樓春〉）

　　　　落落尊前風月。　　（王鵬運〈西江月〉）

　　　　六朝山色故青青。　　（朱祖謀〈好事近〉）

　　　　星斗離離高掛，雲外槍旗如畫。　　（王鵬運〈醉鄉春〉）

　　　　簾外寒在、雨珊珊。　　（朱祖謀〈河傳〉）

　　　　斷雲似識客心孤，又疊疊、奇峰起。　　（王鵬運〈一落索〉）

　　　　大好湖山容我醉，雲外沉沉戰氣。　　（劉福姚〈情分是〉）

這些疊字的運用，使景象更加突出，「莽莽烽煙驚遠目」、「雲外沉沉戰氣」兩句，更是當時外在景象的實際描寫。其狀人、事、物象者，如：

<hr>

〔註64〕詳見黃永武《中國詩學——設計篇》，頁191～195。疊字的勝境，在於能達到「以聲摹境」的妙用。

不信枝枝葉葉、總秋聲。　（朱祖謀〈梅克歡〉）

心期千萬，絲絲縷縷愁難翦。　（王鵬運〈踏莎行〉）

年年歸燕花邊路。　（朱祖謀〈醜奴兒〉）

唱渭城、還挽纖纖柳。　（朱祖謀〈七娘子〉）

亭亭，手搓裙帶行。　（王鵬運〈思帝鄉〉）

密密心情裏，點點是淚痕浣。　（劉福姚〈風采朝〉）

睡起慵慵，不爲看山不卷簾。　（劉福姚〈或字木葫花〉）

萬里風波愁渺渺。　（劉福姚〈天門謠〉）

哀鬢更星星。　（王鵬運〈眼兒媚〉）

妝樓殘照西風滿，的的看花心眼。　（王鵬運〈虞美人影〉）

香殘燭盡依依。　（朱祖謀〈臨江仙〉）

費幾許團團彩扇。　（王鵬運〈鋸解令〉）

栽花種竹，小小三間屋。　（劉福姚〈霜天曉角〉）

曲曲屏山親手展。　（朱祖謀〈玉樓春〉）

鸞牋幅幅春愁滿。　（劉福姚〈鳳御杯〉）

晚風吹鬢傲傲。　（王鵬運〈臨江仙〉）

春愁漠漠慵窺鏡。　（王鵬運〈玉樓春〉）

肝腸寸寸君不知。　（朱祖謀〈調笑轉踏〉）

以上疊字，或寫心情愁緒，或表物象，在聲音語氣的強調重複下，不
僅和諧流暢，更得細密幽雅之味。其狀聲音者，如：

雨冥冥，聲隱隱。　（朱祖謀〈滿宮花〉）

風肅肅，雨淒淒。　（王鵬運〈鶴沖天〉）

淒咽喚起簌簌。　（朱祖謀〈紅窗迥〉）

悠悠笛裏關山。　（王鵬運〈西江月〉）

夢繞淙淙清霅。　（朱祖謀〈胡擣練〉）

丁丁夜漏侵璃管。　（朱祖謀〈玉樓春〉）

木客啾啾歌拍手。　（朱祖謀〈謁金門〉）

風咽沉沉街漏。　（朱祖謀〈謁金門〉）

眉目可憐宵，風外葉蕭蕭。　（朱祖謀〈太常引〉）

夜涼哀角聲聲、斷流吏。 （王鵬運〈相見歡〉）

乍短蕭淒送，嗚嗚咽咽，高高下下，響沉寒重。 （王鵬運
〈撼庭秋〉）

以上狀聲音的疊字，不論是外在自然景物所發出的聲響，或樂器聲
響，皆具起伏頓挫之美。節奏或平緩，或高亢，也安詳妥當。其中王
鵬運〈撼庭秋〉詞「嗚嗚咽咽，高高下下」句，更給人震撼般的感受，
四組疊字，連貫直下，在聲音上、氣勢上，遠近層次分明，一如東坡
的「如怨如慕、如泣如訴」，都有著深刻感人的藝術效果，又如〈秋
蕊香〉詞中「塞鴻不爲帶愁去，夜夜風風雨雨」句，一樣也流露著這
樣的氣勢，可見王鵬運在疊字上精鍊的表現。

在《庚子秋詞》中出現其他的疊字，尚有「寂寂」、「盈盈」、「事
事」、「番番」、「處處」、「樹樹」……等，在詞句中運用著。這些疊
字，或抒寫其內心深沈的悲鬱，或慨嘆外在時局景象，各有其和諧
美妙之處。

七、具擬人化痴情語

詞多爲抒情感懷之作，語言的表達豐富變化，往往具有擬人痴情
語句，不僅意味獨特，更是詞中佳處所在，令人百讀不厭，如李清照
〈醉花陰〉「莫道不銷魂，簾捲西風，人比黃花瘦」句；辛棄疾〈賀
新郎〉「我見青山多嫵媚，料青山見我亦如是」句；歐陽修〈蝶戀花〉
「淚眼問花花不語，亂紅飛過鞦韆去」句；范仲淹〈蘇幕遮〉「酒入
愁腸，化作相思淚」句。這些都具有擬人痴情語句，散發著雋永婉麗，
意絕超妙的迷人藝術效果。在《庚子秋詞》中，有部分抒寫閨情、兒
女情態的詞作，具有擬人化痴情語句，也格外的清新生動。如：

黃花笑我鬢先彫，未到傷春時候、已無聊。 （劉福姚〈南
歌子〉）

畫闌幾日又下九，怕花替人僝僽。 （王鵬運〈思歸樂〉）

拚將成淚舍的花傾，人笑儂痴花莫笑。 （劉福姚〈玉樓春〉）

柳腰枝，柔不支，除非教花扶著伊。 （朱祖謀〈河傳〉）

> 看花舊約休回首，怕花枝、還比春人瘦。　（劉福姚〈七娘子〉）
>
> 願郎莫惜花憔悴，憔悴花心不悔。　（朱祖謀〈調笑轉踏〉）
>
> 瘦馬西郊，黃菊招人過野橋。　（朱祖謀〈調笑轉踏〉）
>
> 綠酒多情，黃花如笑，偏向此時看。　（劉福姚〈少年游〉）
>
> 早知紅豆賺人多，多事當堦親種。　（王鵬運〈滿宮花〉）
>
> 多情應悔種相思，今夜相思誰共。　（劉福姚〈滿宮花〉）
>
> 黃花也似吟情減，自倚風依黯。　（王鵬運〈醉花陰〉）
>
> 頻醉倒、怕醉裏，乾坤都小。　（劉福姚〈天門謠〉）
>
> 一日思君千遍，河上幾歸舟、怕凝眸。　（劉福姚〈西溪子〉）
>
> 半晌嬌羞開簾，偏被驚燕偷覺。　（劉福姚〈玉團兒〉）
>
> 詩膽大來天不讓，只低頭小鬟清唱。　（王鵬運〈夜厭厭〉）
>
> 拚酹花千繞，要花知道。　（朱祖謀〈錦帳春〉）

以上的詞句，流露著擬人痴情神態，用「花」形象的比擬，或怕花笑，或花也相憐，呈現「人替花愁，花替人愁」的痴情語態，「柳腰枝，柔不支，除非教花扶著伊」句，更見其情摯的痴迷。以「紅豆」喻淚，寫相思之情，表現出「早知紅豆賺人多，多事當堦親種」的詩句，可與范仲淹「酒入愁腸，化作相思淚」句相比擬。真是痴情人作痴情語，痴情語可貴之處，在於渾然忘我，將自我置身融入於物象之中，物象所呈現出來的情感，即是我的真情感。另外，劉福姚〈天門謠〉「頻醉倒，怕醉裏，乾坤都小」和王鵬運〈夜厭厭〉「詩膽大來天不讓」之句，運用了誇飾的手法，使語句轉折變化，展現了作者一磅礴的胸襟與器識。這些具有擬人痴情語句的詞句，雖然不多，然而在一片愁雲慘霧之中，多傷感憂愁詞句的《庚子秋詞》中，宛若一股清流、自然明麗，令人再三咀嚼，流露獨特的藝術特色。

八、善用動物形象襯托

詩人與詞人的心，都是相當敏銳多感的，萬物的消長變化、聲響、形象，都成了詩人詞客最佳投射抒懷的對象，或寄託、或自我比擬，或觀托背景，點染當時氣氛，皆呈現迷人的藝術情境。如杜甫〈登高〉

「風急天高猿嘯哀」句；東坡〈卜算子〉「誰見幽人獨往來，縹緲孤
鴻影」句；柳永〈雨霖鈴〉「寒蟬淒切，對長亭晚，驟雨初歇」句，
皆巧妙的運用動物形象，來襯托出高遠的意境。在《庚子秋詞》中，
也大量的運用動物形象，雖困居京城，非親見這些動物，或藉由像
「龍」、「鳳」傳說動物來比擬，但是皆能配合詞意情境，點染當時的
心態和感覺。這些詞句眾多，擇要以論述，如：

杜鵑啼斷湖山曉。　（劉福姚〈燭影搖紅〉）

似聞驚雁落西樓。　（朱祖謀〈好事近〉）

離巢孤燕，猶是謝堂客。　（朱祖謀〈思遠人〉）

閑數寒林鴉點，倚西風愁立。　（王鵬運〈好事近〉）

莫向長城飲馬，花豹明駝相亞。　（王鵬運〈醉鄉春〉）

冷落舞臺歌榭，蛛網暗低亞。　（劉福姚〈醉鄉春〉）

亂鶯時侯，刻意傷春春已瘦。　（朱祖謀〈減字木蘭花〉）

花前碎語尚含酸，鸚鵡隔簾偷見。　（劉福姚〈西江月〉）

鶗鴂夜擁漏聲殘，比似君心長暖。　（劉福姚〈西江月〉）

屬玉鵁鶄相向明，倦逢迎。　（朱祖謀〈憶王孫〉）

官蛙聲怒，刻意相迴避。　（朱祖謀〈雨中花〉）

倦鵲南飛知我意。　（劉福姚〈雨中花〉）

孤劍床頭化龍去，響半天風雨。　（朱祖謀〈甘草子〉）

猿鶴合悽送君去，聽夜來風雨。　（劉福姚〈甘草子〉）

身如春繭縛，心似凍蠅痴。　（劉福姚〈臨江仙〉）

鷓鴣吟、芳草綠、客情怵。　（王鵬運〈酒泉子〉）

淚蛾碧埽，沈恨報他青鳥。　（朱祖謀〈金鳳鉤〉）

夢回撇波魚尾紅。　（朱祖謀〈遐方怨〉）

怒馬誰施勒，飢鷹已下絛。　（王鵬運〈南歌子〉）

芻狗文章，鷦鷯身世，蕉鹿夢中誰認。　（劉福姚〈傾‧杯令〉）

青鳳語蘭窗閑聽。　（劉福姚〈睿恩新〉）

哀蟬簾戶半夕陽。　（朱祖謀〈戀繡衾〉）

以上詞句，運用動物形象，或比擬、或襯托、或借用，皆能吻合當時的心情感受，傳達幽遠的詞意情境。其中王鵬運〈醉鄉春〉「莫向長城飲馬，花豹明駝相亞」句，和劉福姚〈傾杯令〉「夠狗文章，鷦鷯身世，蕉鹿夢中誰認」句，連用了三個動物形象（夠狗雖非眞狗，亦是動物形象），來象徵比擬自我身世，和對時局的感嘆，在運用上眞是高妙。在《庚子秋詞》中，動物形象運用的詞句相當多，上述所舉中乃不重複者，其中以「猿」、「鶴」鳴叫爲悲哀之象徵；「燕」乃傷春離別象徵之鳥；「雁」表書信往返；「杜鵑」啼鳴爲不如歸去之喻。這些一動物形象的運用在《庚子秋詞》中，作者各取所需，抒寫感時之憂憤，懷鄉之愁苦，增添了詞境曲折深婉，耐人尋味的情韻。

　　以上乃對《庚子秋詞》中的藝術特色，擇要加以說明。此外，《庚子秋詞》中刻劃人物形象，在多爲幽憂感懷詞作之中，亦有獨到之處，像：

> 豐肌秀靨嬌無限，記得眞珠簾下見。　（劉福姚〈玉樓春〉）
> 新妝依約眉痕淺，記得畫堂西畔見。　（劉福姚〈玉樓春〉）
> 妾家高樓官道旁，山茶紅白分容光。　（王鵬運〈調笑轉踏·巴黎馬克格尼爾〉）
> 雪膚花貌望若仙，陌上相逢最少年。　（劉福姚〈調笑轉踏〉）

這些詞句，對人物的描繪刻劃都頗爲細膩。之外，尚有些閑淡的詞作，運用清新流暢的語句，描寫江南景象，也有特殊的藝術風味，像：

> 清霜送馥，江山橙初熟。千點金丸如畫，輕帆卸，洞庭曲。
> 　（王鵬運〈霜天曉角〉）
> 吟窗碎竹，分得漚波綠。長記江鄉秋老，寒香映，幾叢菊。
> 　（王鵬運〈霜天曉角〉）
> 栽花種竹，小小三間屋，琴筑階前天籟，紅泉落，瀉寒玉。
> 　（劉福姚〈霜天曉角〉）
> 秋光如洗暮潮平，寒沁夢難成。半林月落，五湖霜滿，一葉舟輕。　（劉福姚〈眼兒媚〉）

這些詞句，呈現了如畫般的江南景象，也透露著瀟灑閒逸，寄情於自然山水的清韻。

　　以上是就《庚子秋詞》所呈現出來共同的藝術特色，加以析論，許多的詞作，可以明顯看出是融和了多項的藝術特色在其中，可見三位的才情洋溢，學識豐富，雖在愁城之中，文思縱橫，流於紙端，散發著多樣的藝術特色。

　　就個人在《庚子秋詞》中的表現而言，王鵬運是另兩位的前輩，曾舉詞社，見多識廣，並困居他的住所，提議日課以填詞，自寫幽憤，故在三人之中，詞作的表現最爲突出。王鵬運在風格上可爲豪放語，抒寫自己強烈的愛國情操，如〈十二時〉「百年闌檻，百年孤抱」、〈南歌子〉「骯髒吟情倦，微茫戰氣高」及「夜氣沈殘月，秋聲激怒濤」兩首；亦可爲閒逸安適的風格，如〈霜天曉角〉「清霜送馥，江山橙初熟」及「吟窠碎竹，分得漚波綠」兩首；而婉約含蓄的風格更是在《庚子秋詞》中俯拾即是。在文學技巧上，注重字句的鍛鍊、精巧，如〈眼兒媚〉「愁揮綠綺、醉拂青萍」、〈臨江仙〉「身如春繭縛，心似凍蠅痴」；善用典故寄託時事（如上節述），樂府民歌化的語句；在上述所學的共同藝術特色，王鵬運皆能融會運用，故其不論爲豪放語，爲婉約語，皆表現的相當出色，就三人的差異而言，王鵬運風格多樣，詞作富有變化，語句多精鍊，貴寄託，扮演主導角色。

　　朱祖謀寫作《庚子秋詞》時年四十四歲，從王鵬運學填詞才四年而已，雖然時間不長，但是在表現上亦可圈可點。風格以婉約爲主，有一首詞逸風格的作品。注重疊字運用、對句安排，巧妙用典。就三人的差異而言，朱祖謀平實眞誠，詞作平穩流暢，字句和諧。

　　至於劉福姚的表現可謂與朱祖謀旗鼓相當。風格亦以婉約爲主，有〈南歌子〉一首爲具有邊塞豪放風格。在文學技巧上，注重譬喻、擬人化痴情語、樂府民歌化詞句，和動物形象的襯托。就三人的差異而言，劉福姚筆調細密，描摹傳達生動，對事物觀察入微，字句亦多精工典麗。

第四章 有關《庚子秋詞》的評論

　　在論述後人對於《庚子秋詞》的評話之前，先列舉作者在《庚子秋詞》中的最後三首，寫自我對《庚子秋詞》完成的感受，其詞云：

　　〈浪淘沙・自題庚子秋詞後〉王鵬運

　　華髮對山青。客夢零星。歲寒濡呴慰勞生。斷盡愁腸誰會得，哀雁聲聲。　心事共疏蔡。歌斷誰聽。墨痕和淚漬清冰。留得悲秋殘影在，分付旗亭。

　　〈浪淘沙〉朱祖謀

　　何止為飄零。相伴秋鐙。念家山破一聲聲。消盡湘纍多少淚，不要人聽。　蛩駏若為情。哀樂縱橫。十洲殘夢未分明。休向恨牋愁墨裏，畫取蕪城。

　　〈浪淘沙〉劉福姚

　　幽憤幾時平。對酒愁生。短歌莫怪淚縱橫。記得西窗同剪燭，聽慣秋聲。　身世醉兼醒。顧影伶俜。哀時誰念庾蘭成。詞賦江關成底事，一例飄零。

上三首詞中「留得悲秋殘影在」、「休向恨牋愁墨裏」、「詞賦江關成底事」三句，即是他們四個多月來所寫作的《庚子秋詞》二卷。這三首詞可以作為他們對《庚子秋詞》的自論，而其中更清楚明白的表露他們的處境，內心悲憤的哀淒，「華髮對山青」、「何止為飄零」和「身

世醉兼醒，顧影伶俜」句，是寫自己身世零落的傷感。「歲寒濡呴慰勞生」、「相伴秋鐙」和「記得西窗同翦燭，聽慣秋聲」句，也看出在險厄困頓的環境中，他們相濡以沫的眞誠友誼。《庚子秋詞》寫作過程淚眼與墨漬俱下的心酸，也一一呈現出來。

《庚子秋詞》寫作完成之後，京城中當時的詞客好友，多有題辭，以感念此事。〔註1〕其中與侍講朱祖謀同進退的侍郎張亨嘉，所作的五言題辭，對三人的評論較爲詳實，其言云：

> 同時三子者，危城共淹久。鶩翁豪俠士，文章抉漢手。大呼排九閽，抗疏恣擊掊。漚尹吾故人，曉事世無偶。造辟陳至計，勿恃邊將赴。忍盦負凤慧，灑落眞吾友。獨立天人儔，窮蒐圖籍椒。吁嗟三子者，行止故不苟。人言茲陷賊，君謂實否否。金甌幸無缺，失計鑒宜臼。〔註2〕

此乃評論詞人的才氣性情，又云：

> 一一寓於詞，讀之沫流口。變雅有哀傷，國風極佼憪。音得樂府遺，法從天水受。氣或邁稼軒，派惟宗石帚。旖旎近屯田，禪悅託無咎。固知忠愛心，況有才八斗。

上所言即對《庚子秋詞》提出評論，「變雅有哀傷，國風極佼憪」乃是《庚子秋詞》寫作所呈現出來的基調，「音得樂府遺」說明了部分作品是承傳樂府的傳統。「氣或邁稼軒，派惟宗石帚。旖旎近屯田，禪悅託無咎」四句說明《庚子秋詞》的風格，部分的作品，在風格上的確氣勢若稼軒，豪放雄邁，但絕大部份的作品則更近於柳永，抒寫羈旅愁困的感懷之作。張亨嘉對當時的三人和其《庚子秋詞》所評，雖然用辭較隱澀，卻不失爲肯切之論。而最能感受三人寫作時的處境，爲永嘉徐定超，其《庚子秋詞》序云：

〔註1〕當時題辭者，有張亨嘉一首五言長詩、宋育仁一首七言律詩、俞陛雲二首七言詩、張仲炘一首詞〈秋思耗·依夢窗韻〉，劉恩黻一首詞〈清平樂·集夢窗句〉，陳銳一首詞〈秋思耗·用夢窗韻〉。這些題辭俱見《庚子秋詞》序後。

〔註2〕張亨嘉的題辭爲五言詩體，詩句甚長，辭多晦澀，所引用部分，爲其最顯明，且爲評論三人的部分。

余居去半塘最近，晨夕過從相與慰藉。既出近詞一編示余，
則皆兩月來，籌鐙唱酬，自寫幽憂之作，以余同處患難，
而屬弁言於余。

同困於京城，感同身受。他認為《庚子秋詞》特別之處，乃言出他人
所不能之言，其言云：

言為心聲，心之所動，自不能不發之於言，古之作者處此，
有為麥秀黍離之歌者矣。如庾信之哀江南，杜甫之悲陳陶，
皆有所謂古之傷心人，別有懷抱者，彼其時其事之躬自閱
歷，所以怵魄而愴神者，豈無他人共之哉？惟他人不能言，
而此獨言之，使讀之者悲憤交集，皆怦怦戚戚，而若有以
先得其心之所同，然足以鳴當時而信後世。〔註3〕

這說明了《庚子秋詞》作者三人確實言出了他人所不能言之幽憤哀
淒，末二句的敘述，也同於王羲之「後之覽者，亦將有感於斯文」（蘭
亭集序）的感慨，也有「足以鳴當世而信後世」的歷史含意。文學藝
術的價值，即在於作者能藉由語言文字，真實地傳達出內心的情感思
想，能言他人所不能之言，引起普遍的共鳴和感動，為其價值所在。
徐定超之論，則更近平實中肯。

在時人當中，對《庚子秋詞》感念甚深，且能為其評論、詮釋者，
首推受業于朱祖謀門下的龐樹柏〔註4〕，龐樹柏以詞來表示他對《庚
子秋詞》強烈的感受，是相當獨特的，其詞云：

〈惜紅衣〉讀王半塘《庚子秋詞》感賦，仍用白石韻。

畫角吹塵，狂花卷日，俊游無力。獨上高樓，千山暮雲碧。

〔註3〕見《庚子秋詞》序。
〔註4〕龐樹柏（1884～1916年），字檗子，號芑庵，江蘇常熟人。早年肄業
于江蘇師範學校。歷任江寧（今南京）、上海、木瀆（在今蘇州）、
常熟各學堂教習。商社發起人之一。嘗主講上海約翰大學。辛亥革
命時，常熟光復，樹柏為首謀。事定，返約翰大學，任滬軍部督文
牘，兼任教于愛國、競雄諸女校。有《龍禪室詩》、《玉瑲瑽館詞》。
其詞受業于彊村之門，用力于南宋姜夔最深。彊村刪定其詞，沒後
仍為題詞并助資刊行。見《金元明清詞鑒賞辭典》，唐圭璋主編，頁
1514。

歌離吊遠，空老卻、京華詞客。淒寂。腸斷楚蘭，問夫君
音息。　秋風九陌。落葉哀蟬，深宮亂蕪藉。霓旌翠輦去
國，指西北。往事怕談天寶，多少鬢絲經歷。剩墨華和淚，
難辨舊時顏色。

此詞不僅對《庚子秋詞》的感懷，更爲感嘆庚子國難而作，其中最特
別，即櫽括了《庚子秋詞》中寫作始末，詞中所反映的史事，兼用比
擬技巧，完整地在詞作中表露。起調點染出一幅秋風殘暮的淒涼景象，
此乃《庚子秋詞》之基詞，「俊游無力」句，寫出了家園遭此災變，怎
堪游賞殘破蕭條的景象。上片的下半段寫出了京華詞客內心的淒寂，
「問夫君音息」句即透露他們以「比興寄託」方式，寫君王西幸不歸
之事。下片之後用含蓄委婉的筆調言出《庚子秋詞》反映了當時史事，
「秋風九陌，落葉哀蟬，深宮亂蕪藉」句即言《庚子秋詞》中追悼珍
妃作品。「霓旌翠輦去國，指西北。往事怕談天寶」句，用天寶之事比
擬，與王鵬運〈南鄉子〉「山色落層城」詞所用之典相同，更指出《庚
子秋詞》中寫君王西幸之事。「多少鬢絲經歷；剩墨華和淚，難辨舊時
顏色」句，即寫出了他們身世的感傷，和寫作《庚子秋詞》淚痕和墨
漬俱下的心酸苦楚。王鵬運〈浪淘沙‧自題庚子秋詞後〉詞中有「心
事共疏櫺，歌斷誰聽？墨痕和淚漬清水」句，龐樹柏此詞的末二句，
顯然由此化出。這首感賦之詞不僅櫽括了《庚子秋詞》寫作的基調，
三人的處境，也道出了《庚子秋詞》的內容，深刻感念寄託的時事，
運用了巧妙的比擬，更融入了《庚子秋詞》中的詞句，「用不長的篇幅
就清晰地展示出庚子國難中的京師荒蕪的圖卷，又把詞人的悲憤心情
與憂患意識表現得如此深沉。渲染得如此濃烈，淒涼而愈見其悲，含
蓄而愈覺其憤。」〔註5〕龐樹柏此首雖是感賦之作，以詞論詞，甚爲特
殊，又能傳達《庚子秋詞》其中之眞味，意絕超妙，令人佩服。

　　至於近人對於《庚子秋詞》的評論，如龍沐勛《中國韻文史》云：

〔註5〕見《金元明清詞鑒賞辭典》，頁 1516。龐樹柏此首〈惜紅衣〉，爲錢
　　　仲聯和嚴明兩人所析論，詳見該書頁 1514～1516。

　　庚子聯軍入京，鵬運陷危城中不得出，因與孝臧諸人，集
　　四印齋，日夕填詞以自遣，合刻《庚子秋詞》，大抵皆感時
　　撫事之作。〔註6〕

「感時撫事之作」確實爲《庚子秋詞》主要的內容表現。劉子庚《詞
史》云：

　　拳匪之亂，聯軍入都，王氏以不及忌諱，乃與朱祖謀、劉
　　福姚等約爲詞，其庚子作者曰《庚子秋詞》，辛丑作者曰《春
　　蟄吟》，此宣南詞社之終局也，又十年而清帝退位矣。〔註7〕

劉氏雖未論及作品內容，卻將此事作爲其《詞史》論著中最後所談論
的部分，可見劉氏對於《庚子秋詞》的重視。〔註8〕

又如饒宗頤〈清詞年表〉云：

　　拳匪亂，京師陷，王鵬運、朱孝臧坐困危城，以填詞寫憤，
　　即世所傳之《庚子秋詞》，和者二百闋。鄭大鶴賦楊柳二十
　　六首，〈謁金門〉三解，每闋以「行不得」「留不得」「歸不
　　得」之語發端。〔註9〕

雖然也未論及作品，但也說明《庚子秋詞》在清詞的演變發展上有一
席之地。此外尚有論及《庚子秋詞》者，如嚴迪昌《清詞史》……等，
但是部僅作概略的介紹，未詳論其內容。〔註10〕

〔註6〕見《中國韻文史》，龍沐勛撰，頁229。
〔註7〕見《詞史》，劉子庚撰，頁168。
〔註8〕劉氏的《詞史》，以精錬筆調論述，必有其認爲重要者，論清人之詞，
　　　　至王、朱的《庚子秋詞》爲結，亦爲其所重視。劉氏書中例舉朱祖
　　　　謀〈天門謠〉一詞：「交徑新陰小。試吟袖膰寒猶峭。人意好。爲當
　　　　樓殘照。　奈芳事輕隨春去早。滿路香塵酥雨少。隨處到。恨羅襪
　　　　不如芳草。」並引況周儀蕙風移隨筆曰：「庚子亂作，鷺翁、漚尹、
　　　　忍盦各紀以詞，《庚子秋詞》、《春蟄吟》皆實事也。漚尹尤深於律，
　　　　同人憚焉，謂之律博士。」見頁168。
〔註9〕饒宗頤所言的和者二百闋，所指的就是劉福姚。而同時在京城中的
　　　　鄭文焯也多有詞作，感念京師遭此大劫，其中鄭文焯的三首〈謁金
　　　　門〉，在上章中也引爲君王西幸之例。（見第四節比興寄託）饒宗頤
　　　　〈清詞年表〉，見於〈文轍——文學史論集〉，頁869。
〔註10〕嚴迪昌《清詞史》云：「庚子（1900年）八國聯軍入侵，與王鵬運、
　　　　朱孝臧一起填詞于北京宣武門外教場頭條胡同的還有劉福姚。」頁

至於能對《庚子秋詞》提出較具體評論，爲大陸學者劉映華，其《王鵬運詞選注》云：

在《庚子秋詞》中，半塘用含蓄影射的手法，指責慈禧惡行，對光緒亦有微辭，對于入侵者的罪行也有所揭示。但其中更多的是描寫山河破碎、銅駝荊棘的景象，抒寫一種國家淪亡，世事變幻的感情，這一些詞作情感深沈悲憤，蒼涼淒楚。〔註11〕

又云：

從這些作品中，我們可以看到王鵬運的愛國思想；這些作品聯系到當時的時代，我們確實可以從詞人感情細流裏看到時代激流的折光。這是應該給予充分肯定的。然而正如他自己所說的「短歌寒噤不堪豪」（〈南歌子〉），在這些詞中，感傷的成份多于慷慨，悲愴的成份濃于激昂。打個形象的比喻的話，就是有「風蕭蕭兮易水寒」之情，而少「壯士一去兮不復還」之概。

「含蓄影射的手法」即是詞作採婉轉諷諭的方式來表達，也說明了《庚子秋詞》所反映的時事及所表達的內容，劉映華此評論，顯然對《庚子秋詞》有較深入的了解和研究，是相當肯切的。另唐圭璋所編《金元明清詞鑒賞辭典》中，在所選的《庚子秋詞》中〔註12〕，也有所評論，其言云：

王鵬運與友人朱祖謀、劉福姚面對著侵略軍的血腥暴行和滿清統治的腐敗無能，悲憤填膺，便「籌鐙唱酬，自寫幽

524。另外有李福子〈歷代詩餘私集籤目〉云：」《庚子秋詞》二卷，清‧王鵬運撰，鵬運字幼遐，自號半塘人，晚號鶩翁，廣西臨桂人，生於道光二十八年，卒於光緒三十年，同治舉人，官內閣侍讀，監察御史，著有《庚子秋詞》二卷，以還清眞之渾化。」見《詞學集刊》。

〔註11〕見《王鵬運詞選註》，篇首作者所寫的〈關於王鵬運的詞〉，頁3。

〔註12〕該書選王鵬運《庚子秋詞》兩首，其一爲〈浪淘沙‧自題庚子秋詞〉「華髮對山青」，另一首爲〈玉樓春〉「好山不入時人眼」。頁1377～1380。

憂。」所作既多，乃合編成著名的《庚子秋詞》二卷。《秋詞》眞切地描繪了山河破碎、銅駝荊棘的淒慘景象，抒發了「短歌寒噤不堪豪」（〈南歌子〉）和「沉恨萬端如霧散」（〈玉樓春〉）的沉痛感情，含沙射影指責了慈禧的罪惡行徑，是思想性與藝術性達到高度統一的作品。〔註13〕

　　而葉嘉瑩〈常州詞派比興寄託之說的新檢討〉一文之中，也十分讚同作者詞作與詞論結合，其言云：

　　以至晚清著名之詞人，朱祖謀等，雖無論詞之專著，但從朱氏〈雜題我朝諸名家詞集〉的二十四首〈望江南〉詞來看，他旣曾推尊張惠言之《詞選》云：「回瀾力，標舉選家能」，又讚美周濟之《詞辨》云：「金鍼度，詞辨止庵精」，也都可見其對常州詞論推崇之一斑。而且當庚子之亂八國聯軍佔領北京時，朱氏更與王氏及一些其他困居北京之友人合作塡詞，借比興以寄託幽憂，後來訂爲《庚子秋詞》。〔註14〕

由以上諸家對於《庚子秋詞》的評論，可以明顯看出，由簡單概略的介紹《庚子秋詞》爲適切的評論，《庚子秋詞》的時代意義，文學的藝術價值，逐漸受到重視和肯定。

〔註13〕此評論爲析論〈浪淘沙・自題庚子秋詞後〉這首中詞所言，評論者爲姜光斗和顧啓兩人，頁1377。
〔註14〕見《中國古典詩歌評論集》，葉嘉瑩著，頁180。

結　論

　　義和團之亂所引發的八國聯軍，成為中國歷史上最為悲慘的一件
事，義和團的入京到聯軍攻陷京城，只在短短的兩個月間，朝廷的積
弱腐敗，國運的不振，外患的強權欺凌，人民抗外意識的覺醒等種種
複雜的因素，締造成一個空前未有動盪的時代，這個時代是血淚交
織、理想與現實衝突、思想與行動受壓抑的時代，是民族自覺與抗爭
的時代，是個國難深重與有志臣子報國無門的時代，是各種矛盾鬥爭
錯綜複雜的時代……。

　　在這樣強烈動盪的環境背景之下，《庚子秋詞》的完成，也具有
深刻悲壯的時代含意，這是詞人眼中的悲憤和愁緒，身心困頓極致的
苦悶，同時，也是時代人民共同的心聲和血淚，訴說著人民所承擔過
的苦難與哀淒。

　　就作者而言，《庚子秋詞》中的王鵬運、朱祖謀、劉福姚三人皆
是朝廷命官，有著豐富的學識，及滿腔報國、救國的熱血。王、朱兩
人為官的事蹟，更見其高風亮節的情操，不畏個人死生以蒼生社稷為
念，勇於直諫，甘犯廷上，此種精神，足為後人典範。朱祖謀在庚子
事變中，扮演更為重要的角色，數次的直言上諫，豈奈「孤臣無力可
回天」，其人格性情、志節操守，真可不朽。又王、朱兩人在詞學的
淵源關係上亦師亦友，密不可分，同為常州詞派勁流，兩人共校夢窗

詞，精研詞集刻勘，貢獻卓越。以此而爲《庚子秋詞》，必有可觀。

就風格而言，《庚子秋詞》主要的風格特色，即是以婉約風格爲基調，這不僅是傳承了詞自來的主流，託喻深遠的婉約風格，亦是動盪時局下，抒情詠懷所流露眞情感的表徵，委婉曲折、纏綿悽惋、迷離惝恍，涵蓋了大部分的詞作，吟唱著憂傷的低調。而爲數極少的豪放風格，氣勢非凡，直抒胸臆，爲基調之外，伴奏著高亢響亮的樂章。另外，甚少的閒適風格，清幽淡雅的詞境，也爲《庚子秋詞》點綴一股清新的氣息。

就內容而言，《庚子秋詞》的基調是感時憂國，悲憤滄涼的，由於時代情緒加上作者悲壯心志的鎔鑄，幾首豪放奔躍的詞作，注入澎湃的浪濤，特別有生命力。而感念時局、反映時事、忠君愛國之思；朋友情誼、自我身世、生命無常之慨及懷鄉之念等作品，更是眞情流露的不同表現。再如詠物、遊戲題詠之作，也表露困頓生活中，詞人另一面眞實的紀錄。而閨情、傷春離別、幽遠閒適等作品，也爲詞人愁苦悲憤的情緒，尋找一個不同釋懷的角度，爲苦悶的心靈，開啓另一扇窗口，讓纏綿細緻的兒女情態、煙波寄情的詞韻，安慰心靈，以此爲樂，亦是在窮極困頓下人之常情。《庚子秋詞》雖以詠懷爲其基調，但也呈現了相當廣泛多樣的內容。

就藝術特色而言，《庚子秋詞》中運用了常州詞派「比興寄託」的詞學理論，反映了當時的史事，散發其蘊藉含蓄，耐人尋味的藝術媚力。藉歷史的寄託運用，善用譬喻的技巧、對句的巧妙安排，用典的精密契合，動物形象的襯托，使悲憤淒涼爲基調的詞作，或點染、或契合、或襯托，交疊著多樣的藝術特色。而疊字的巧妙運用，樂府民樂化的詞句、生動活潑的擬人痴情語句，細膩的人物刻劃，景色的描繪，在詞作中交替融和的運用著，皆使其不同釋懷角度的作品，散發著鮮明、活躍的藝術特色，爲憂傷的基調之作，渲染了多樣不同而動人的彩墨。這也是《庚子秋詞》藝術特色中極具有價值的部份。

就常州詞派的詞論而言，《庚子秋詞》的完成，對於周濟所云：

「詩有史，詞亦有史，庶乎自樹一矣」（介存齋論詞雜著）的詞論觀點來看，《庚子秋詞》中部份作品不僅表現詠懷愁思，感士不遇，更傳達時代精神，寄託婉諷時事，反映社會狀況，是可成為最佳有力的依據。《庚子秋詞》中這部分的作品，注重「比興寄託」，與「非寄託不入，專寄託不出」詞論相契合，亦是詞作與作者詞論相結合的代表。

　　綜而觀之，詞作甚多的《庚子秋詞》，雖非每一首皆為佳作，但其中確實有不少是血淚之篇。《庚子秋詞》是有強烈的時代悲憤，有歷史悲劇無奈的情感，有作者的文采性情，交織鎔鑄而成的一部作品。斯人已遠，歷史也不再重複，就如同王鵬運所云「留得悲秋殘影在」（〈浪淘沙·自題庚子秋詞後〉），亦可作為歷史的一個見證。《庚子秋詞》為歷史悲劇添上淚痕墨漬，為時代辛酸悲楚寫上一頁；詞人含蓄幽遠的詞作，表現真摯的內心世界，文學的寄託也為詞人找到心靈安頓的避風港。人的性情、胸襟懷抱與歷史呈現在文學生命中，文學生命也呈現在人與歷史之中，《庚子秋詞》作了這幾方面的連接。作品呈現的時代意義、文學價值以及作者忠貞人格和高尚的志節典範，這三者為《庚子秋詞》所透露的意義和價值，最值得深思與肯定的。

參考書目舉要

一、專著部分

（一）

1. 《庚子秋詞》，王鵬運等撰（臺北：學生書局，民國 61 年 1 月影印初版）。
2. 《半塘定稿・和珠玉詞》，王鵬運等撰（臺北：學生書局，民國 61 年 1 月影印初版）。
3. 《王鵬運詞選注》，劉映華注（廣西：民族出版社，1984 年 8 月第 1 版）。

（二）

1. 《全宋詞》，唐圭璋編（台北：明倫出版社，民國 59 年版）。
2. 《全清詞鈔》，葉恭綽編（香港：中華書局，1975 年 2 月港第一版）。
3. 《清名家詞》，陳乃乾編輯（香港：太平書局，1963 年 11 月版）。
4. 《清詞別集百三十四種》，楊家駱主編（台北：鼎文書局，民國 65 年 8 月初版）。
5. 《四印齋所刻詞》，王鵬運校輯，民國間影印清光緒十四年臨桂王氏家塾刊本。
6. 《彊村叢書》，朱祖謀校輯（台北：廣文書局，民國 65 年版）。
7. 《詞莂》，朱孝臧原編（台北：世界書局，民國 51 年元月初版）。
8. 《宋四家詞選・譚評詞辨》（附介存齋論詞雜著），周濟（台北：廣文書局，民國 51 年 11 月初版）。

9. 《篋中詞》，譚獻（台北：鼎文書局，民國 60 年 9 月初版）。

10. 《廣篋中詞》，葉恭綽（台北：鼎文書局，民國 60 年 9 月初版）。

11. 《藝蘅館詞選》，梁令嫻輯（臺灣中華書局，民國 59 年 10 月臺一版）。

12. 《近三百年名家詞選》，龍沐勛（台北：長歌出版社，民國 65 年 4 月初版）。

13. 《詞選續詞選校讀》，李次久校讀（台北：復興書局，民國 50 年版）。

14. 《清八大名家詞集》，錢仲聯選編（湖南：岳麓書社，1992 年 7 月第一版第一刷）。

15. 《金元明清詞鑒賞辭典》，唐圭璋主編（江蘇：古籍出版社，1989 年 5 月第一版）。

16. 《金元明清詞精選》，嚴迪昌編選（江蘇：古籍出版社，1992 年 12 月初版）。

17. 《宋詞三百首》，汪師雨盦註譯（台北：三民書局，民國 81 年 9 月 8 版）。

18. 《清詞三百首》，錢仲聯選注（湖南：新華書局，1992 年 1 月一版一印）。

19. 《宋四家詞選箋注》，鄺利安箋注（台灣中華書局，民國 60 年 1 月初版）。

20. 《近代詞選三種》，楊家駱編（台北：世界書局，民國 57 年 11 月再版）。

21. 《中國歷代詞選》，羅琪（台北：宏業書局，民國 60 年 1 月初版）。

22. 《清詞金荃》，汪師雨盦（臺北：學生書局，民國 54 年 6 月初版）。

23. 《海綃詞》，陳洵（台北：臺灣書店，1973 年 11 月影印版）。

（三）

1. 《詞史》，劉子庚（台北：學生書局，民國 71 年 8 月三版）。

2. 《詞學通論》，吳梅（台北：盤庚出版社）。

3. 《詞史》，王易（台北：廣文書局，民國 49 年 4 月初版）。

4. 《中國韻文史》，龍沐勛（台北：樂天出版社，民國 59 年 4 月初版）。

5. 《詞曲》，蔣伯潛（台北：世界書局，民國 45 年版）。

6. 《實用詞譜》，蕭繼宗（台北：台灣書店，民國 59 年 3 月再版）。

7. 《中國詩詞演進史》，嵇哲（台北：莊嚴出版社，民國 67 年版）。

8. 《清代文學》，韓石秋（高雄：百成書局，民國 62 年 10 月版）。

9. 《清代詞學概論》，徐珂（台北：廣文書局，民國 68 年 5 月初版）。

10. 《論清詞》，賀光中（台北：鼎文書局，民國60年9月初版）。

11. 《清詞史》，嚴迪昌（江蘇：古籍出版社，1990年1月第一版）。

12. 《中國詞學批評史》，方智范等（北京：中國社會科學出版社，1994年7月第一版）。

13. 《中國詞學史》，謝桃坊（四川：巴蜀書社，1993年6月第一版）。

14. 《漢語詩律學》，王力（上海：新知識出版社）。

（四）

1. 《詞源注・樂府指迷箋釋》，宋・張炎撰、夏承燾校注（台北：木鐸出版社，民國71年5月初版）。

2. 《詞論》，劉永濟（台北：源流出版社，民國71年5月）。

3. 《清代詞學四論》，吳宏一（台北：聯經出版社，民國79年7月初版）。

4. 《詞學今論》，陳弘治（台北：文津出版社，民國80年7月增訂二版）。

5. 《詞學考詮》，林玫儀（台北：聯經出版社，民國76年12月初版）。

6. 《詞學古今論》，葉嘉瑩、繆鉞（台北：萬卷樓圖書公司，民國81年10月初版）。

7. 《詞學漫談》，夏紹堯（台北：文林出版社，民國70年9月初版）。

8. 《詞學》，梁啓勳（台北：河洛圖書出版社（日期不詳））。

9. 《詞學論薈》，趙爲民、程郁綴（台北：五南圖書公司，民國78年7月初版）。

10. 《歷代詞評》，廖從雲（台北：商務印書館，民國73年6月三版）。

11. 《評詞絕句註》，楊仲謀（台中四川同鄉會，民國77年10月版）。

12. 《瞿髯論詞絕句》，夏承燾（北京：新華書局，1979年3月一版）。

13. 《人間詞話・蕙風詞話》，王國維、況周儀（台北：河洛圖書出版社，民國64年10月初版）。

14. 《古今詞論》，清・王又華（台北：廣文書局詞話叢編本）。

15. 《西圃詞說》，清・田同之（台北：廣文書局詞話叢編本）。

16. 《蒿庵詞話》，清・馮煦（台北：廣文書局詞話叢編本）。

17. 《詞概》，清・劉熙載（台北：廣文書局詞話叢編本）。

18. 《白雨齋詞話》，清・陳廷焯（台北：廣文書局詞話叢編本）。

19. 《復堂詞話》，清・譚獻（台北：廣文書局詞話叢編本）。

20. 《論詞隨筆》，清・沈祥龍（台北：廣文書局詞話叢編本）。

21. 《詞論》，清・張祥齡（台北：廣文書局詞話叢編本）。

22. 《近詞叢話》，徐珂（台北：廣文書局詞話叢編本）。

23. 《詞說》，蔣兆蘭（台北：廣文書局詞話叢編本）。

24. 《小三吾亭詞話》，冒廣生（台北：廣文書局詞話叢編本）。

（五）

1. 《碑傳集》，清・錢儀吉纂錄（台北：明文書局（清代傳記叢刊），民國 75 年 10 月出版）。

2. 《續碑傳集》，繆荃孫纂錄（台北：明文書局（清代傳記叢刊），民國 75 年 10 月出版）。

3. 《碑傳集補》，閔爾昌纂錄（台北：明文書局（清代傳記叢刊），民國 75 年 10 月出版）。

4. 《碑傳集三編》，汪兆纂錄（台北：明文書局（清代傳記叢刊），民國 75 年 10 月出版）。

5. 《清代七百名人傳》，蔡冠洛編纂（台北：明文書局（清代傳記叢刊），民國 75 年 10 月出版）。

6. 《近世人物志》，金梁輯錄（台北：明文書局（清代傳記叢刊），民國 75 年 10 月出版）。

7. 《同光風雲錄》，邵鏡人撰（台北：明文書局（清代傳記叢刊），民國 75 年 10 月出版）。

8. 《近代名人小傳》，費行簡撰（台北：明文書局（清代傳記叢刊），民國 75 年 10 月出版）。

9. 《戊戌變法人物傳稿》，湯志鈞（台北：漢京文化事業公司，民國 71 年 9 月初版）。

10. 《清代廣東詞林紀要》，孫甄陶（台北：商務印書館，民國 59 年 10 月初版）。

11. 《康南海自訂年譜》，康有爲（台北：文海出版社，民國 59 年 10 月）。

12. 《清朝御史題名錄》，蘇樹蕃編（台北：文海出版社，民國 57 年）。

13. 《黃公度先生傳稿》，吳天任（香港：中文大學，1973 年初版）。

14. 《清代學者象傳合集》，葉恭綽編（上海：古籍出版社，1989 年 7 月 1 版）。

15. 《清史稿校注》，國史館編（民國 80 年 6 月出版）。

（六）

1. 《義和團獻彙編一～四》，楊家駱主編（台北：鼎文書局，民國 62 年 9 月初版）。

2. 《義和團研究》，戴玄之著（台北：商務書館，民國 52 年 12 月初版）。

3. 《庚子西行記──慈禧太后西幸始末》，唐晏纂（台北：廣文書局，民國 50 年 4 月初）。

4. 《庚子國變記》，羅惇曧（台北：廣文書局，民國 55 年）。

5. 《瓦德西拳亂筆記》，德·瓦德西著（台北：大西洋圖書公司，民國 59 年 1 月初版）。

6. 《大清德宗景（光緒）皇帝實錄》（台灣：華文書局）。

7. 《庚子西狩叢談》，吳永著（台北：文海出版社（未載日期））。

8. 《拳匪紀事》，日·佐原篤介，浙西漚隱輯（台北：文海出版社）。

9. 《西巡回鑾始末記》，八詠樓主人編（台北：文海出版社）。

10. 《庚子北京事變紀略》，鹿完天記（台北：文海出版社）。

11. 《庚辛之際月表》，王鏡航編（台北：文海出版社）。

12. 《拳變繫日要錄》，陳睦編（台北：文海出版社）。

13. 《庚子詩鑑》，郭則澐（台北：文海出版社）。

14. 《細說清朝》，黎東方著（台北：傳記文學出版社，民國 66 年 10 月初版）。

15. 《庚子紀事》，仲芳氏記（中國社會科學院近代史研究所編，北京中華書局，1987 年 8 月版）。

16. 《拳匪紀略》，僑析生撰（台北：文海出版社）。

17. 《中國近代史》，李方晨（台北：三民書局，民國 63 年 8 月三版）。

18. 《義和團運動史》，李德征等著（台北：漢京文化事業公司，民國 76 年 3 月活版一刷）。

（七）

1. 《中國文學發展史》，劉大杰（台北：華正書局，民國 75 年 6 月版）。

2. 《中國文學批評史》，郭紹虞（台北：商務印書館，民國 36 年 2 月初版）。

3. 《中國文學史》，孟瑤（台北：大中國圖書公司，民國 63 年）。

4. 《清代文學評論史》，日·青木正兒（台北：開明書局，民國 58 年 12 月初版）。

5. 《文轍——文學史論集》，饒宗頤（台北：學生書局，民國 80 年 11 月初版）。

6. 《現代文學史》，錢基博（台南：平平出版社，民國 63 年 10 月初版）。

7. 《中國古典詩歌評論集》，葉嘉瑩（台北：桂冠圖書公司，民國 80 年 7 月再版一刷）。

8. 《晚清文學思想論》，李瑞騰（台北：漢光文化事業公司，民國 81 年 6 月初版）。

9. 《中國詩學——設計篇》，黃永武（台北：巨流圖書公司，民國 76 年 4 月一版八印）。

10. 《中國近三百年學術史》，梁啓超（台北：華正書局，民國 73 年 8 月初版）。

11. 《清代學術概論》，梁啓超（台北：商務印書館，民國 74 年 2 月台二版）。

12. 《中國近三百年學術史》，錢穆（台北：商務印書館，民國 79 年 10 月台十版）。

（八）

1. 《花隨人聖盦摭憶》，黃濬（香港：龍門書店，1943 年 3 月初版）。

2. 《方家園雜詠紀事》，王照（台北：文海出版社）。

3. 《慈禧與珍妃》，章君穀（台北：中外圖書出版社，民國 63 年 4 月再版）。

4. 《御苑蘭馨記》，德齡（香港：百新書店）。

5. 《王冬飲先生遺稿》，王瀣（台北：中華文化出版社，民國 51 年 12 月初版）。

二、期刊論文部分

1. 〈試論王鵬運的《庚子秋詞》〉，馬颷，《廣西師範學院學報》，1988 年三期。

2. 〈半塘老人傳〉，況周儀，《詞學季刊》三卷三號，民國 25 年 9 月。

3. 〈評文藝閣雲起軒詞鈔王幼遐半塘定稿賸稿〉，胡先驌，《學衡》二十七期，民國 13 年 3 月。

4. 〈清故光祿大夫前禮部右侍郎朱公行狀〉，夏孫桐，《詞學季刊創刊號》，民國 22 年 4 月。

5. 〈清故光祿大夫禮部右侍郎朱公墓誌銘〉，陳三立，《詞學季刊》一

卷一號，民國 22 年 8 月。

6. 〈清代第一詞家朱古微〉，劉太希，《暢流》五十卷三期，民國 63 年
   9 月。

7. 〈彊村遺書序〉，張爾田，《詞學季刊創刊號》，民國 22 年 4 月。

8. 〈朱祖謀〉，江絜生，《暢流》十七卷十二期，民國 47 年 8 月。

9. 〈評朱古微彊村樂府〉，胡先驌，《學衡》十期，民國 11 年 10 月。

10. 〈朱彊村望江南詞箋釋〉，王韶生，《崇基學報》五卷一期，民國 54
    年 11 月。

11. 〈彊村本事詞〉，龍沐勛，《詞學季刊》一卷三號，民國 22 年 12 月。

12. 〈與龍榆生論彊村詞書〉，張爾田，《詞學季刊》一卷二號，民國 23
    年 4 月。

13. 〈與龍榆生論彊村詞事書〉，張爾田，《詞學季刊》一卷四號，民國
    23 年 4 月。

14. 〈宋芸子先生傳〉，蕭月高，《國史館館刊》一期四卷，民國 37 年 11
    月。

15. 〈清代詞人別傳〉，黃華表，《民主評論》半月刊七卷十期，民國 45
    年 5 月。

16. 〈珍妃專號〉，《故宮週刊》三十期，民國 19 年 5 月。

17. 〈光宣詞壇點將錄〉，錢仲聯，《詞學》三輯，1985 年 2 月。

18. 〈清詞平亭的我見〉，錢仲聯，《清代學術研討會論文集》，1991 年。

19. 〈論常州詞派〉，龍沐勛，《同聲月刊》一卷十號，民國 30 年 9 月。

20. 〈常州詞派比興寄託之說的新檢討〉，葉嘉瑩，《古典詩歌評論集》，
    1991 年 7 月。

21. 〈論寄托〉，詹安泰，收錄在《詞學論薈》，民國 78 年 7 月。

22. 〈論清詞在詞史上的地位〉，饒宗頤，《中國文哲研究通訊》第四卷
    第一期，民國 82 年 4 月。

23. 〈清末四家詞研究〉，劉瑩，輔仁 68 年碩士論文。

24. 〈清三家詞比較研究〉，陳申君，東海 63 年碩士論文。

25. 〈晚清詞論研究〉，林玫儀，臺大 68 年碩士論文。

26. 〈清常州派寄託說〉，張泌芳，文化 73 年碩士論文。

27. 〈清常州詞派比興說研究〉，朱美郁，高師大 80 年碩士論文。

28. 〈文廷式詞學研究〉，翁淑卿，東海 82 年碩士論文。

29. 〈譚復堂及其文學〉，楊棠秋，東海 82 年碩士論文。

附　錄

附錄一：半塘僧鶩自序

　　半塘僧鶩者，半塘老人也。老人今老矣。其自稱老人時，年實始壯。或問之，老人泫然，以泣作而曰：「禮不云乎？父母在，恒言不稱老。某不幸，幼而失怙，今且失恃矣。稱老所以志吾痛也。然則半塘者，何日是吾父母體魄之所藏也。吾縱不能依以終老，其敢一日忘之哉！」由是朋輩無少長，皆以老人呼之而不名，悲其志也。

　　老人仕于朝數十年，所如輒不合。嘗娶矣，壯而喪其偶。生子又不育。嘗讀書應舉子試矣，而世所尊貴如進士者，卒不可得。家人以老人之鬱鬱于前，冀其或取于後也。召瞽之工于術者，以老人生年干支使推之。瞽狹然曰：「是半僧人命也。」老人聞之則大慊，乃自號半塘。老人之爲言官也，嘗妄有所論列，其事爲人所不易言。老人之友有爲老人危者，上疏之前夕，爲老人占之，得刻鵠類鶩之繇。疏上，幾得奇禍，乃復自號鶩翁。曰：「吾以傲夫卜而自匿其草者。」于是，三名者嘗隨所適以自名焉。既而其友以疑罪死于法，老人傷之，曰：「吾哀吾友，吾忍忘吾鶩耶！」遂撮三者，自名爲半塘僧鶩云。

　　嗟乎！半塘者，老人之墓田丙舍也，曩以仕于朝不得歸。今投劾去矣，又貧不能歸。老人又以出世之志，牽于身世不得，遂求得西方貝葉之書，及哆口瞠目不能讀，讀亦不能解。惟所謂鶩者，其鳴無聲，其飛不能高以遠，日浮沉于鷗鷺之間，而默以自容，或庶幾焉。是老人之名副其實者，僅三之一耳。然則老人之遇，亦可知矣。

附錄二：王鵬運與交游唱和詞作一覽表

姓　名	字　號	交　遊　（　唱　和　）　詞　作
謝元麒	子　石	宴清郎・四月望日，子石招飲花之寺楊州慢・《桂山秋曉》，謝子石比部筆等也。圖畫依然，故人長往，愴懷今昔，情見乎詞。
龍繼棟	松琴、槐廬	翠樓吟・同槐廬、粹父過至安寺。
王監倉	粹　父	翠樓吟・同槐廬、粹父過至安寺。
端木埰	子　疇	慶清朝・丁亥展重三日，疇丈、鶴老龍樹寺補禊，同拈此解。 微招・過觀音院，追悼疇丈，用草窗九日懷楊守齋韻。
沈　桐	敬甫、風樓	摸魚子・酬沈風樓舍人，并束道希。
文廷式	道希、芸閣	摸魚子・酬沈風樓舍人，并束道希。　祝英台近・次韻道希感春。 木蘭花慢・送道希學士乞假南還。　三姝媚・道希南歸，途次賦詞見寄，倚調答之，即用原韻。
劉湉焴	星　岑	高陽台・劉星岑前輩寄示《南征詩集》，率題代束。集其壬午之官鎮遠時紀程作也。 百字令・星岑為題戴笠圖，殷殷以事功相勖勉，倚調賦謝，并致愧辭。　摸魚子・星岑見示酒邊新作，依調酬之。 齊天樂・蕙風南來，殘暑自退星岑前輩適以新作見示，依調奉酬，時乙未六月五日。
況周儀	夔笙、蕙風	微招・得夔生白門書，卻寄。 憶舊游・夔笙寄調問訊，依調代束。角招。夔生寄示新刻《菱影詞》……微招・夔生自廣陵游鄂，賦詞寄懷倚調以和。
陳　璚	六笙、六生	聲聲慢。六生將賦遠遊，倚聲留別，即次原韻送行。傷離念遠，憂來無端，不覺音之沉頓也。
桂念祖	伯　華	齊天樂・伯華惠題拙集，依調奉酬，并示子蕃。
成　昌	子蕃、南禪	齊天樂・伯華惠題拙集，依調奉酬，并示子蕃。
魏　彧	龍常、鐵三	摸魚子。鐵三有海外之行，過我言別，并示近作萬柳堂紀游詞，倚調奉答即以贈行。
王維熙	辛峰、稚霞	金縷曲・辛峰至自汴梁，出示所作和稼軒詞數十篇……。

鄭文焯	叔問、小坡	鶯啼序・子苾二讀同叔問登北固樓，用夢窗韻聯句之作，觸我愁思，仍用原韻奉答。 還京樂・用美成韻，酬叔問。 漢宮春・滬樓暝坐，侍叔問不至，用夢窗韻寄懷，叔問近刻所著《比竹餘音》，有《楊柳枝》詞極工，因并賦之。 古香慢・同叔問步登靈岩，遂至琴台絕頂，用夢窗韻。
張仲炘	鶱京、次珊	三姝媚・次珊讀唐人《息夫人不言賦》……。 月華清・中秋束次珊。 摸魚子・以匯刻宋元詞贈次珊，承賦詞報謝，即用原韻酬之。
鄭鴻荃	雨人、休庵	浪淘沙慢・用美成韻，寄酬雨人梁山。
姜　筠	穎　生	卜算子・影照小像，倩穎生作圖，先之以詞。
王以慜	文悔、夢湘	水龍吟，戊戌小除，立己亥春，夢湘同作。 東風第一枝元夕雨中，用梅溪韻，同夢湘作。
惲毓鼎	薇孫、澄齋	醉太平・西湖隱山，吾鄉岩洞最勝處。薇生侍御，貽我韶石，……。
沈曾植	乙　庵	紅情・葦灣觀荷，與乙庵分賦〈紅情〉、〈綠意〉。 金縷曲・送乙庵奉號南歸，即之武昌師幕。
于齊慶	穗　平	唐多令・衰草。和穗平。
劉世珩	蔥石、楚園	水調歌頭・初至金陵，諸公會飲秦淮，酒邊感興，索贍園、蔥石、積餘和。
繆荃孫	筱珊、藝風	水龍吟・筱珊自山中入都，賦詞寫懷，倚調以和。
徐乃昌	積　餘	水調歌頭・初至金陵，諸公會飲秦淮，酒邊感興，索贍園、蔥石、積餘和。
志　銳	伯　愚	八聲甘州・送伯愚都護之壬鳥里雅蘇台。
沈克城	漁溪、愚公	念奴嬌・疊韻酬漁公。
張祥齡	子苾、芝馥	鶯啼序・子苾示讀同叔問登北固樓，用夢窗韻聯句之作，觸我愁思，仍用原韻奉答。
許玉瑑	鶴　巢	秋宵吟・霧雨醿寒，秋光向盡，和鶴公。
彭鑾	瑟　軒	摸魚子・倚此奉答。 金縷曲・寄瑟老思恩。
陳　銳	伯　弢	浣溪紗・題王幼霞給諫春明感舊圖時同客滬上將別矣。
安維峻	曉　峰	滿江紅，送安曉峰侍御謫戍軍台。

附錄三：朱祖謀與交游唱和詞作一覽表

姓　名	字　號	交　遊　（　唱　和　）　詞　作
陳繼昌	蓮　史	暗香・秋宵倚闌，月華如水。記去年留滯江上，蓮史餞我于托鵑水樹，正此日也，傷離念遠，不能無言。
張仲炘	瞻　園	烏夜啼・同瞻園登城戒壇千佛閣。 鶯啼序・龍樹寺餞別高理臣府丞，張次珊參議。 齊天樂・獨游龍樹寺，有懷半塘、次珊。 荔支香近・皋橋夜集，送瞻園。 淡黃柳・吳門重別瞻園。 氐州第一・瞻園前輩見示酒邊新作，半塘和之，蒙復繼聲，用清眞韻。 八聲甘州・酬瞻園。 三姝媚・瞻園約爲西山之游。寒陰殢人，屢阻攜屐，雪後引眺，賦此代簡。
于齊慶	穗　平	唐多令・衰草、和穗平。
鄭文焯	叔　問	燕山亭・寄題鄭叔問《薊門秋柳圖》　漢路花・寒食酬叔問，和美成韻。
		聲聲慢・題叔問戊戌沽上詞卷。 探芳信・春城連雨，游計因循。叔問拈夢窗「雨聲樓閣，寂寞收燈」之句，切情依黯，約次其韻。 齊天樂・叔問新營樵風別墅，將買春西崦，歸補梅竹籬落間。秋雨兼旬，戒寒不出，見示新作，依韻報之。 惜紅衣・中秋踏月，過叔問夜話，兼憶伯宛海演索居情況，用夢窗韻。
陳　銳	伯　弢	木蘭花慢・送陳伯弢之官江左。 木蘭花慢・奉和朱侍郎見贈之作。 祭天神・送伯弢還武陵。
黃遵憲	公　度	燭影搖紅・晚春過黃公度人境廬話舊。 夜飛鵲・香港秋眺，懷公度。
王乃徵	病　山	金縷曲・書感寄王病山、秦晦鳴。 紫萸香慢・焦山九日，同病山、仁先、愔仲。
朱敬齋		琵琶仙・送朱敬齋還江陰。
吳保初	彥　復	西子妝・酬吳彥復。
陳伯平		木蘭花慢・陳伯平使君今席話舊。

況周儀	夔笙、蕙風	六幺令・和況夔笙。 千秋歲・效連詠體，夔笙得前拍，予繼聲。 浣溪沙・和病山、蕙風即席之作。
沈曾植	寐叟、乙盦	水龍吟・沉寐叟挽詞。 二郎神・偕乙盦、晦鳴、悔生，步淨業湖上。
陳　洵	述　叔	丹鳳吟・寄懷陳述叔嶺南。 應天長・海綃翁客秋北來，坐我思悲閣，談詞流連浹句。吳湖帆爲作圖餞別，翁示新章，借其起句答之。
龍沐勛	榆　生	漢宮春・眞茹張氏園，杜鵑盛開，後期而往，零落殆盡，歌和榆生。
劉炳照	語　石	浣溪沙・贈劉語石。
陳　詩	鶴　柴	應天長・陳鶴柴席上，送劍丞。
張白琴		琵琶仙・張白琴有還湘之賦，索詞爲別。 一萼紅・花步里回棹，示白琴。　竹馬子・送白琴。
麥孟華	孺　博	水龍吟・麥孺博挽詞。
高變曾	理　臣	鶯啼序・龍樹寺餞別高理臣府丞，張次珊參議。
夏孫桐	悔生、閏枝	瑞鶴仙・得悔生長安書卻寄。 燭影搖紅・乙丑元日，和閏枝。 瑞鶴仙・庚子歲晏，賦此調寄悔生。長安今三十年矣，悔生垂老無家，留滯舊京，欲不得，倚聲寄憶。重依美成高平調報之。
鍾德祥	西	月華清・乙巳中秋和西。
潘之博	弱　海	齊天樂・寒夜同麥孺博、潘弱海。
陳曾壽	仁先、蒼虬	惜黃花慢。仁先以舊京移菊，經歲作花，倚聲征和。 木蘭花慢・感春，和蒼虬。 渡江雲・望蒼虬不至，倚此致懷。 齊天樂・蒼虬赴天津，寄示渡海四十韻，倚歌賦答。
夏敬觀	映　盦	倦尋芳・題映盦藏大鶴山人詞墨。
徐德沅	芷　帆	繞佛閣・崇效寺楸花最盛。往年徐芷帆養吾兄弟時則宴賞其下，子季彥偁間亦一至。
秦樹聲	晦　鳴	金縷曲・書感寄王病山、秦晦鳴。 二郎神・偕乙盦、晦鳴、悔生，步淨業湖上。
胡仲巽		拋球樂・書胡仲巽淨業湖僦舍。
馮　煦	蒿　叟	高陽台・花朝，渝樓同蒿叟作。
曹元忠	君　直	國香慢・爲曹君直題趙子固淩波圖。